「莎拉被抓到
哪裡去了呢？」
飛行船春天號——
這是第幾次踏入這艘船了？俯瞰
地面上的光景，人們的身影早已
變得比豆粒還小。一走出空中迴
廊，強風便吹亂金髮。梅莉達深
呼吸，讓肺部吸入新鮮空氣之後，
一口氣衝過艦橋。
從敞開在胴體上的升降口，奔入
飛天鯨魚的體內——

「雖然把你找來，但我有一件事很擔心呢。」
塞爾袞搖晃矛尖，毫不鬆懈地隱藏自己的破綻。
「擔心你會被我殺掉。」
庫法・梵皮爾
隸屬於「白夜騎兵團」的刺客，也是梅莉達的家庭教師。為了暗殺塞爾袞，解放吸血鬼的力量，潛入夜界居民的聚會。

我要成為他的槍，
替他摧毀所有礙事者。
芙莉希亞
塞爾裘的隨身「槍手」。在這次
革命中定位似乎十分重要……？
刺客守則 9
暗殺教師與真陽加冕

愛麗絲・安傑爾
梅莉達的堂姊妹，擁有「聖騎
士」位階的優秀瑪那能力者。
擔心遭到追殺的梅莉達。
「女……女孩子的內衣褲，
內衣褲本身就會成為武器喔！」
「……不愧是
我的老師。」
梅莉達・安傑爾
雖生在「聖騎士」之家，
卻不具備瑪那的少女。為
了阻止革命而成為芙莉希
亞的伴娘。

莎拉夏・席克薩爾
席克薩爾家千金，擁有「龍騎士」位階，武器為矛。由於兄長塞爾裘引發革命而陷入遭軟禁狀態。
「啊嗚，對……對不起……」
「哎呀，真是低俗。臉上的妝都垮掉嘍。」
繆爾・拉・摩爾
位階為「魔騎士」的拉・摩爾公爵家千金。從一個月前的王座會議後就行蹤不明……

「蘿賽老師
是個有時有點脫線的老師，
這種時候就由我來幫忙輔助。」

「用不著擔心。」
庫法總算開口反駁。
與此同時，他本身散發出凍氣。
冰呈放射狀擴散開來，爬過地板。
塞爾裘果然還是接受一切，露出笑容。
「這樣才像你呢。」
塞爾裘・席克薩爾
身為「龍騎士」席克薩爾家當家，也是弗蘭德爾的王爵。雖然推動與夜界居民和平相處的革命，但他真正的意圖是……？

「老師該不會是想拯救王爵大人吧？」
「小姐很溫暖呢。」
梅莉達能想到的，就只有在他堅硬凍結的
內心融化之前，靜靜地陪伴在旁，
不斷撫摸他的頭而已……

刺客守則

ASSASSINSPRIDE

暗殺教師與真陽加冕

9

天城ケイ
KeiAmagi

ニノモトニノ
illustration
Ninomotonino

Kadokawa Fantastic Novels

彩頁、內文插圖／ニノモトニノ

ASSASSINSPRIDE
CONTENTS

CHARACTER

庫法・梵皮爾

隸屬於「白夜騎兵團」的
瑪那能力者，位階為「武士」。
雖然被派來擔任梅莉達的
家庭教師兼刺客，
卻違抗任務培育梅莉達。

梅莉達・安傑爾

雖生在三大公爵家的「聖騎士」家，
卻不具備瑪那的少女。
即使被輕蔑為無能才女
也並未灰心喪志，
是勇敢且堅強的努力之人。

愛麗絲・安傑爾

梅莉達的堂姊妹，
具備「聖騎士」位階的
瑪那能力者。
以全學年首席的實力為傲。
沉默寡言且面無表情。

蘿賽蒂・普利凱特

隸屬於精銳部隊
「聖都親衛隊」的菁英。
位階是「舞巫女」。
現在是愛麗絲的家庭教師。

繆爾・拉・摩爾

三大公爵家之一
「魔騎士」的千金。
與梅莉達等人同年紀，
卻散發成熟的神祕氛圍。

莎拉夏・席克薩爾

三大公爵家
「龍騎士」的千金，
與繆爾是同校的朋友。
個性文靜且怯懦。

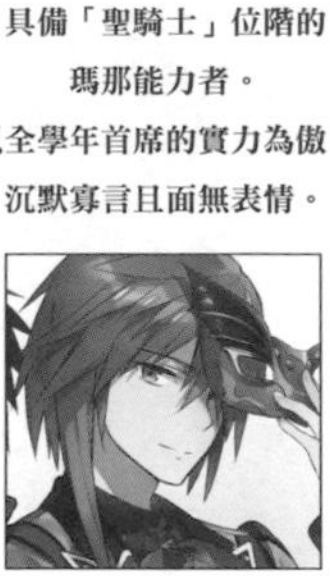

塞爾裘・席克薩爾

年紀輕輕便繼承爵位的
「龍騎士」公爵，
是莎拉夏的哥哥。
此外亦是「革新派」首領。

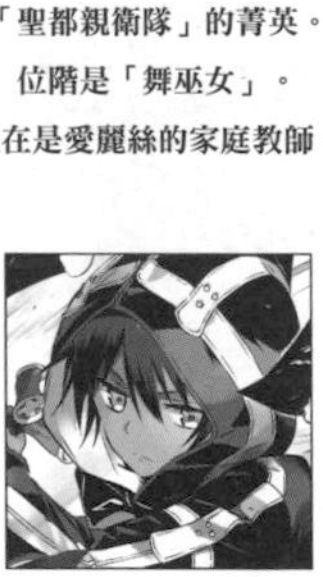

布拉克・馬迪雅

隸屬於「白夜騎兵團」的
變裝專家。
位階是變幻自如，
具模仿能力的「小丑」。

威廉・金

隸屬於藍坎斯洛普的
恐怖集團「黎明戲兵團」的
屍人鬼青年。
以咒力隨心所欲地
操縱繃帶戰鬥。

涅爾娃・馬爾堤呂

梅莉達的同班同學，
以前曾欺負梅莉達，
但兩人關係最近產生變化。
位階是「鬥士」。

KEYWORD

藍坎斯洛普	受到夜晚黑暗詛咒的生物化為怪物的模樣。 分成許多種族，擁有咒力這種異能。
瑪那	用來對抗藍坎斯洛普的力量。 具備瑪那的人須保護人類免受藍坎斯洛普的威脅，相對地擁有貴族地位。 根據能力的傾向分成各種位階。

基本位階

Fencer 劍士	盾牌位階，以強大防禦性能與 支援能力為傲，特別強化防禦。	Gladiator 鬥士	突擊型位階，攻擊、 防禦都具備突出性能。
Samurai 武士	刺客位階，敏捷性優異， 擁有「隱密」能力。	Gunner 槍手	特別強化遠距離戰的位階， 將瑪那灌注到各種槍械中戰鬥。
Maiden 舞巫女	擅長將瑪那本身具現化 來戰鬥的位階。	Wizard 魔術師	後衛位階，特別強化攻擊支援， 擁有「咒術」這項減益型技能。
Cleric 神官	後衛位階，具防禦支援能力以及 把自身瑪那分給同伴的「慈愛」。	Clown 小丑	特殊位階，能夠模仿 其他七個位階的異能。

上級位階

只有三大騎士公爵家——安傑爾家、席克薩爾家、
拉・摩爾家繼承的特別位階。

Paladin 聖騎士	由安傑爾公爵家代代相傳的萬能位階。無論是戰鬥力或支援同伴的能力， 在各方面都以高水準為傲。具備所有位階中唯一的恢復能力「祝福」。
Dragoon 龍騎士	由席克薩爾家所擁有，具備「飛翔」能力的位階。 活用驚人的跳躍力與滯空能力，將慣性毫無遺漏地轉化成攻擊力。
Diabolos 魔騎士	由拉・摩爾家繼承，最強的殲滅位階。 具備能夠吸收對方瑪那的固有能力，在正面對戰中所向無敵。

HOMEROOM EARLIER

十四歲少年的指尖，早已經喪失對「殺生」這件事的反感。

感覺剛開始時，還會算一下砍了幾個敵人。不過，在一陣兵荒馬亂中，甚至被同陣營的騎士撞開肩膀，被粗野的怒吼撼動腦袋，怪物的影子一口氣填滿了視野角落的瞬間，少年領悟到像個人類的理性根本毫無意義。

這就是所謂的戰場。

彷彿暴力的風迷惑了方向感。雷鳴貫穿鼓膜，敲打著全身的雨滴宛如子彈一般。即使動了動嘴脣想要喘氣，空氣也絲毫無法通過喉嚨。豈止如此，反倒是鮮血與硝煙的氣味纏繞在舌頭上，少年不禁咳了起來。

氧氣傳遞不到大腦，指尖發麻且顫抖起來。

少年只能盡力避免弄掉握在手上，沾滿鮮血的黑刀。

咕嚕嚕——傳來了這樣的低吼聲。

一隻怪物絲毫沒學到教訓地想奪走少年的性命。「滑溜溜的皮膚遭到藤壺侵蝕，用雙腳步行的海洋生物」，只能稱之為怪物了吧。而且那傢伙還架起質感像是珊瑚礁的魚叉，用生鏽的尖端對準這邊的心臟，這已經是不折不扣的「敵人」了。

不是一**人**，而是一**隻**——某人在耳邊這麼低喃。

是自稱少年的養父，將殺手祕訣灌輸給少年的暗色男人的聲音。

——殺吧。死神這麼命令。

怪物發出尖叫，少年也在同時吶喊。

「唔啊啊啊啊啊啊！」

兩個影子相對地以超高速擦身而過。

少年的暗色軍服在側腹一帶裂開，濺出鮮血。

然後怪物則是以將魚叉刺向前方的姿勢變成**無頭**怪物，就那樣翻倒在地。

嘩沙——怪物發出難聽的聲音倒下了。少年根本提不起勁去確認被他砍飛的頭飛到了哪裡。他一臉厭煩地俯視下方，只見豈止一隻無頭怪物，地上早已躺滿眾多屍體，連踏腳處都沒有。

不只是類似海洋生物的怪物。

身穿軍服的騎士屍體，看起來也一樣多。

嗚——少年當真湧現一股嘔吐感，他轉過身去。

正好有欄杆在他胸部的高度。他勉強只繼續握住刀，同時趴倒在欄杆上，呼呼——他重複喘息後，思考能力總算復甦。

他俯視欄杆外側，是一片彷彿打翻墨水似的漆黑海洋。肯定是神用食指攪拌出來的離奇漩渦，將幾十艘帆船捲入，讓船隻堵塞在海上。腳邊之所以會搖晃不停，便是這個緣故。

戰端是幾小時前開始的呢——這條海岸線是人類世界的邊界，藍坎斯洛普的船團突然襲擊這裡，因此燈火騎兵團召集有限的部隊，搭建起防衛線……甚至動員了隸屬於地下組織的十四歲刺客。

面對敵人好似驚濤駭浪的猛攻，該說是沙之樓閣嗎？

戰線眨眼間便崩潰了。砲彈如暴雨般射向岸邊，滴著海水的怪物爬上被砲彈耕犁的大地。騎士被迫迎戰怪物與阻止來自船上的砲擊。少年記不得自己為何會被分配到突擊方的部隊。負責指揮的人也沒認真思考過吧。

好幾艘載著奮不顧身的突擊部隊的船舶，從岸邊出擊了。

一邊目睹同伴的船舶接連被砲擊擊沉，同時拚命地向前進。

總算到達的前方是艘幽靈船——

騎士都像要掩飾恐懼似的發出戰吼，衝進墳場。

少年也混入那支送葬行列，在意識變成一片空白前，不斷砍殺，砍殺，砍殺——

然後現在獨自一人佇立在屍體當中。

火勢從船舶竄起，豪雨從天空傾盆而降。風將臨終前慘叫帶向無盡頭的高處，此刻閃電宛如龍一般將天空劈成兩半。這裡就是地獄嗎？少年這麼心想。

少年的腳毫無預警地被抓住了。

明明以為還活著的人只剩下自己，卻有某人爬過地面靠近。少年無法辨別那是人類或怪物，頓時將刀刺向對方。

只靠上半身移動過來的那傢伙，無庸置疑地是敵人吧。那麼該怎麼做才能完全殺死對方呢？少年陷入輕微的恐慌。對方一直抓著少年的腳踝不放，因此少年好幾次揮刀往下砍。瞄準心臟的位置，瞄準頭部，無數次地劈開擊潰。

「可惡！可惡！可惡！可惡！可惡！」

叩咚——腳步聲微弱地響起。

少年滿懷殺意地揮動黑刀。威力應該強到利刃都模糊不清才對。

鏘！刀刃響亮地被擋住。

不知不覺間出現在背後的，是身穿高級戰鬥服的青年。跟騎兵團的軍服不同。而且他的舉止讓人感受到比聖都親衛隊更高尚的氣質。

他手持的是龍騎士的矛——

尚未成年的塞爾袞・席克薩爾，看起來反倒比較吃驚的模樣。

「小孩？」

他應該是想接著說為何像你這樣的小孩會在這種戰場上吧。不過在那之前，少年猛然抬起了臉。因為他看見有個影子逼近塞爾袞背後。

「危險！」

少年一蹬滑溜的地板，飛奔穿過塞爾袞身旁。少年的刀與他的矛迸出火花後分開，靠那股反作用力揮落的利刃，與滑溜的紫色「鉗」衝撞。

火花大量濺出，被照亮的是全身覆蓋著甲殼，宛如蠍子般的怪物。無庸置疑地是「敵人」——藍坎斯洛普的佼佼者。

塞爾袞的思考轉換得很快。他一邊踩著跳舞般的步伐，一邊測量距離，立刻揮矛展開反擊。「喝啊！」他氣勢十足地喊道。

蠍子怪物果然跟隨便倒在地上的手下不同層次。首先牠的身體就十分巨大。才舉起一隻手甩開矛尖，只見牠靈活地扭動另一邊的鉗，試圖折斷黑刀。少年在千鈞一髮之際抽回手並往後跳，逃過一劫。

在少年往後跳時，塞爾袞踏向前方。少年也揮動黑刀，幫忙掩護他的破綻。每交鋒一次，蠍子怪物便往後退一點。牠在戒備龍騎士的攻擊距離。

不出所料，宛如弓箭般的一記矛擊壓制住鉗。

少年立刻撲上前去，將刀尖刺進甲殼的空隙間。

他用上全身，扭斷蠍子的左手——一陣尖叫。

充斥憤怒的右鉗往上揮起，但隨後塞爾裘便動了起來。使勁伸直，滿是破綻的手想必很容易瞄準吧。他用矛尖瞄準甲殼的縫隙，靠純粹的破壞力刺穿出洞。

蠍子怪的右手吹飛了。

少年使勁地讓略微不足的身高跳起，踹飛蠍子怪的胸膛。

塞爾裘預料到敵人會面朝上地倒落，在頭頂上轉動握柄。

他將反手拿著的矛，往下刺向心臟。

蠍子怪的兩腳抽搐起來，沒多久就跟其他怪物一樣，一動也不動了。

「好身手。」

塞爾裘抽起矛尖，粗魯地撫摸少年的頭。

溼掉的瀏海被攪在一起，水滴散落到視野中。

「將來就讓你當我的近衛騎士吧。好啦，快點回後方吧！」

塞爾裘推了推少年的背後，自己朝船首飛奔而去。為什麼非得被他擅自決定不可？

少年一邊感到火大，一邊握著黑刀，飛奔到船尾方向。

聽見塞爾袞類似哀號的聲音，少年反射性地停下腳步。

「父親！母親！」

他折返回甲板，在怒濤的對面，可以看見格外詭異可怕的多層式軍艦（Galleon）。是敵人的大本營。一看就像是船團提督的藍坎斯洛普巨漢，與攜帶著矛的勇猛男女伴隨火花在主桅上展開混戰。

雷光竄過陰暗天空。

正在戰鬥的是席克薩爾家當家——真龍．席克薩爾與迪莉塔．席克薩爾吧。甲板上也能看見發誓效忠他們的隨從騎士身影。

動員所有席克薩爾家的戰力。

在當他們對手的，究竟是何方神聖——？

身為船長的藍坎斯洛普從容地站在眺望臺上，在海盜帽底下扭動嘴唇，露出奸笑。

「不管怎樣，你們都打算殺掉擁有不死身的本大爺嗎？」

對於敵人這番話，真龍．席克薩爾像在吶喊似的反駁了什麼呢？

在他開口的同時，彷彿神怒的雷鳴迴盪周圍，蓋過他的聲音。

「父親！母親——！」

塞爾袞・席克薩爾從雙腳噴出龍騎士的火焰(瑪那)，在海上飛翔。攜帶黑刀的少年只能淋著雨目送他飛離。

少年搭的船被波浪推開，距離變得更遠。

可靠的背影勾勒出火焰光線，衝入暴風雨的中心。

多層式軍艦轉眼間就被大雨遮擋住，其威容消失到黑暗的另一頭——

少年並不記得那之後的光景。

† † †

結果，根據報告所說，戰鬥是弗蘭德爾方的勝利。據說在敵方船團因為急遽的暴風雨陷入混亂時，席克薩爾家的精銳打敗了身為提督的藍坎斯洛普。

雖然騎兵團的耗損率慘不忍睹，但一般民眾並不知情。倖存的騎士無一例外地獲贈勳章。是當時的王爵菲爾古斯・安傑爾親手頒發的勳章。只不過，**照理說並不在現場的人**成了例外。

拎著黑刀的少年回到原本應該待的黑暗世界，對照之下，席克薩爾家的塞爾袞則是獲得英雄稱號，在成年的同時繼承了當家的座位。

他作為最年輕的王爵君臨天下，是那之後又經過三年的事情——

究竟有誰能夠想像到，理應沒有交集的命運，居然會在那時再度交錯呢？

如今也與黑刀同在的「他」，有時會忽然回想起來。想起那人的指尖不客氣地撫摸頭部的感觸。想起宛如風一般逐漸遠離的背影。想起那充滿自信與溫柔的聲音——噯，塞爾裘．席克薩爾，你——

記得自己那一天救了我這件事嗎？

LESSON:I ～天使騎士作戰～

LESSON:I　～天使騎士作戰～

那些「客人」造訪弗蘭德爾的聖王區，是二月第四週第七天的事情。火車的燈光照亮最近往返車輛大量減少的軌道。

火車一邊高聲響起汽笛，一邊駛入位於中央街外圍的火車站——

一輛前來迎接的馬車停留在正面出入口。

被韁繩繫住的是「無頭馬」。據說在夜界是高貴人士用來當交通工具的動物。火車想必是帶來了貴賓吧。

一個狼頭的狂人狼族露出緊張的表情，在旁待命。

雖然人類無法詳細地看出他們的表情就是了——

此刻，有三個人影從火車站現身了。

狂人狼隨即攤開雙手，張開大嘴迎接訪客。

第一位客人是個奇妙的男人。全身的模樣並不均衡。他有著老人的頭部，身體特別長，下半身卻宛如幼兒一般虛弱。男人身穿白衣。憑他那雙短腿，就連要踩上馬凳也相當困難，狂人狼看似惶恐地抱起男人的腋下，讓他搭到客車上。

第二位客人也是個奇妙的女性。她穿著恰好貼身的禮服，露出的肌膚是紫色的。且有著爬蟲類的眼眸。禮服強調著胸口，相反地下襬卻非常長，或許是試圖遮掩從開衩處可以略微窺見的尾巴。

她拉起狂人狼試圖護送的手，隨後差點跌倒。她以非常危險的姿勢靠在狂人狼身上。雖然那動作實在非常故意，但能看見狼的表情色瞇瞇地融化了。女性黏在狂人狼身上不放，在他耳邊低喃著什麼。

但從有幾百公尺距離的屋頂上，實在無法聽見他們的說話聲就是了……

紫膚女性將身體盡情地壓在狂人狼身上一陣子後，搭上了客車。負責帶路的狂人狼心情變得愉快無比。第三位客人粗魯地推開那樣的他。

那是個讓人感覺到年輕氣息的魁梧男人。身高應該也能與狂人狼族較勁吧。與剛才的女性形成對比，男人用布仔細地覆蓋住全身。還包著裝飾性的頭巾。

能夠確認到的部分，頂多就從眼角到嘴邊吧——原來如此，男人的肌膚是彷彿在燃燒一般的紅褐色。他像在嘲笑似的俯視狂人狼族，然後擅自搭上了客車。

實在是一群奇妙的客人。

換言之，他們並非人類——而是藍坎斯洛普的達官顯貴。

LESSON: I

～天使騎士作戰～

一屁股跌坐在地上，負責帶路的狂人狼，回過神並站了起來。他命令車夫之後，自己也踏上馬凳。

無頭馬發出嘶鳴。

馬車在石版路上踩響馬蹄，奔馳而出。毫不客氣的鞭子聲咻咻地響起。奔向橫跨聖王區的福爾摩斯河。是打算駛過雙霧橋，前往帝國飯店嗎？途中可以看到工業區擴展開來……

見證到這邊後，「他」收起了望遠鏡。

他靈活地從煙囪邊緣站起身。

「我們走吧，小姐。」

依偎在他身旁，另一個纖細的氣息——

兩個影子在融入黑暗的屋頂上動了起來。

另一方面，在馬車當中，進行了「他」不會聽見的這種對話。

拚命地想炒熱氣氛的，果然還是負責帶路的狂人狼。

「歡迎蒞臨，各位貴賓！對弗蘭德爾的街道還滿意嗎！」

「好臭。」

包著頭巾的紅褐膚魁梧男人冷淡地批評。

他像要嘲諷狂人狼似的拉起衣領，抖了抖鼻子。

「人類的土地太陽的氣息(Nectar)太濃厚了，實在教人受不了。就是因為這樣，才沒什麼人應邀前來吧？要不是你們再三邀請，就連俺也不會理你們。」

狂人狼不禁倒抽一口氣，但他認為自己不能屈服，將身體向前傾。

「不……不過，您還是抽空前來了。這表示您對我們的『生意』有興趣吧？」

唔——這次換紅褐膚青年不滿地蹙起眉頭。

體型不均衡的老人則在青年旁邊頻頻確認著窗外。

「話說，要去哪裡才能看見呢？看見你們狂人狼族主張的生意什麼的。」

老人抿著嘴角咕噥一會兒後，繼續說道：

「那個叫作**永動機**的——美好系統在哪兒？」

他表露出對此非常關注的態度。負責帶路的狂人狼卑賤地歪了歪嘴。

「為了讓您有所期待，明天——不，後天！會展現給您看的。因為目前狂人狼族全部出動，正在建設宴會的舞臺……咯嘻嘻嘻嘻。」

「是嗎，唔嗯……期待那一刻到來啊，唔~嗯……」

奇妙的老人心不在焉地回應之後，心神不定地眺望著窗外……他究竟在找什麼呢？

LESSON I
～天使騎士作戰～

他對永動機這麼感興趣嗎？

「真是的，看不清楚！」

老人突然發起脾氣。負責帶路的狂人狼顫抖起來。

老人用像幼兒一般圓圓胖胖的手掌，粗暴地敲打著窗戶玻璃。

「覆蓋整條街道的這些黑霧是怎麼回事！弗蘭德爾平常就這個樣子嗎？」

這也是理所當然的，畢竟無論去到哪邊，聖王區的大街都垂掛著厚重的黑色窗簾，從窗戶頂多只能勉強看見商店的屋簷。這就是周圍沒有任何馬匹或車輛來往的原因。倘若不是夜界出生的無頭馬，跑不到十公尺就會讓客車翻倒了吧。

負責帶路的狂人狼不知所措。他比手劃腳，心想需要找個藉口才行。

「這……這是『夜之煙霧（Night Smog）』。沒……沒錯，當然是我們為了讓夜界的各位能舒適地在此逗留——啊！請看那邊！」

狂人狼打從心底感謝這巧妙的時機。這時馬車正好到達了工業地區。

乘客的興趣都集中到窗外。

以人類的角度來看，應該是相當無趣的光景吧。高聳到需要抬頭仰望，但隨處可見的工廠並列在一起，從頂端的煙囪猛烈地噴出黑霧。

……霧的密度並不尋常。從這個工業區排出的霧瀰漫到整條街道上，拉下了好幾層黑色窗簾。狂人狼的嘴殘暴地扭曲起來。

「這都多虧他們的努力。請看！」

有大量人類在工廠前列隊。

雖然幾乎都是穿著工作服的礦工，但當中也混有年幼的小孩。他們搬運著看來非常沉重的麻布袋裡面，裝滿不祥的黑色石頭。

他們機械性地將那東西扔入鍋爐。插入口看起來也彷彿惡魔的臉孔一般。是口腔裡正赤紅燃燒著的惡魔。惡魔讓旋轉軸來回，津津有味地咬碎石頭後，吐出猛烈的黑霧。黑霧通過管子，從煙囪被排放出去。

那些人類作業員都看似痛苦地咳個不停。儘管如此，他們仍然步調一致地行動，以免打亂隊形，專心一意地在黑石頭山與鍋爐之間往返。

倘若沒有狂人狼站在一旁監視，他們肯定會立刻逃離職場吧——

「那是黑礦炭。」

負責帶路的狂人狼散發出滿滿的優越感，從馬車當中這麼說道。

無頭馬放慢速度，側目眺望工廠前的送葬行列，同時緩緩地奔馳著。

「他們是連生活在『提燈之中』的資格都沒有，下層居住區的勞工！不過他們自願從事這份工作。他們只求能爬上聖王區！我們只不過是給予他們機會罷了……縱使他們與鎮上的居民之間會產生爭執，也跟我們無關。」

「原來如此，這是黑礦炭的煙霧嗎？人類的肺部會壞掉喔。」

老人悄聲說道。

此刻正有一名孩童承受不住麻布袋的重量而跌倒了。他咳個不停，也站不起來。負責監視的狂人狼族並未伸出援手，而是拿出了鞭子。

大概是孩童的父親吧，只見一名強壯的礦工請求原諒。他代替孩童被鞭打。髒汙的襯衫裂開，即使被烙印上幾道悽慘的傷痕，男人仍舊覆蓋在兒子身上，一直保護著他。

馬車裡沒有任何一人在意這幕光景。

「勞動力是取之不盡，用之不竭的。」

負責帶路者的語調滲出殘虐的聲色，變得非常粗暴。

「這就是我們與弗蘭德爾的同盟形式。狂人狼建構系統，人類成為齒輪，將成果提供給夜界的各位！十分理想對吧？」

「人類是消耗品嗎？這倒無所謂，但在那之前……唔嗯，唔～嗯。」

老人還是一樣，似乎很在意什麼。他頻頻眺望著勞工的隊伍。

狂人狼放棄去理解老人，決定尋求其他同伴。在馬車裡除了紅褐膚青年和奇妙的老人之外，還有另一名客人。

「特別是這個夜之煙霧——我想應該能讓各位暗妖精（Imp）感到開心。」

彷彿想說等候已久似的，美女從一旁靠到狂人狼身上。紫色肌膚在夜界反倒是受歡迎的色調。爬蟲類的眼眸發亮，稍微露出分岔的細舌。

不僅如此，對方還在耳邊低語的話，也難怪狂人狼會笑逐顏開了。

「狼先生還真是貼心呢。」

那聲音宛如毒藥一般滲入骨子裡，讓狂人狼講話更加口齒不清了。

「這……這……這……這……這是理所當然的關懷！咯嘻嘻嘻嘻……！」

「我對你們的本領（生意）非常感興趣。究竟是怎樣的花招呢？」

狂人狼的胸膛被撫摸，但他也沒有察覺到那動作非常刻意。

在對面看著兩人的紅褐膚青年，彷彿想說看不下去似的搖了搖手。

「狼的話語實在太難聽清楚，我受不了。史皮庫斯·羅傑怎麼了？帶他過來！我實在不想跟其他狂人狼交談。」

瞬間，狂人狼的全身僵硬起來。

緊貼著狂人狼的紫膚美女眼尖地察覺到他的動搖。爬蟲類的眼眸瞇細起來。

「羅……羅傑他，那個……」

話語黏在狼的嘴裡，吞吞吐吐。

LESSON: I ～天使騎士作戰～

「他……他過世了。」

「過世了？那對巴薩卡兄弟是被誰殺害的啊！」

「說來慚愧，所以說，如果能給我機會說明的話——」

狂人狼用不得要領的態度，非常委婉地告知。

「……是革命的反對勢力——」

隨後，馬車的車頂「砰！」一聲地猛烈搖晃起來。

狂人狼的肩膀誇張地跳起，三名客人同時抬頭仰望天花板。

紅褐膚青年還在寬鬆的衣服內側握緊短劍的握柄。

「怎麼回事？」

馬車高高地彈跳起來。

奇妙的老人一頭撞上窗戶玻璃，紫膚美女發出尖銳的哀號。因為車輪打滑，客車亂動個不停。沒有順勢翻車堪稱是奇蹟。

負責帶路的狂人狼驚慌失措地將臉從窗戶探出。

「這是怎麼一回事！」

正好就在此時，理應握著韁繩的車夫跌落到石版路上。難得訂製的燕尾服沾滿灰塵。身為狂人狼的他，用彷彿野獸般的手掌顫抖不停地指著頭頂上。

「又……又……又出現了！在車頂上！」

尖叫聲響起。

「是『預言之子』梅莉達．安傑爾！」

彷彿在回應一般，兩個影子從馬車的車頂上跳起。

看輪廓是少女與青年。讓披風隨風搖曳的黑色裝束，是打算扮演從惡夢裡跑出來的怪人嗎？臉上還戴著華麗的面具，遮蓋住眼部。但少女那頭耀眼的金髮揮開夜之煙霧，宛如太陽一般閃閃發亮。

在工廠裡面，礦工的表情恢復了活力。

「是梅……梅莉達小姐……！」

「『預言之子』來拯救我們嘍——！」

少女與青年沒有回應歡呼聲，只是迅速地動了起來。青年在空中拔出刀，挑戰負責監視工廠的人。他輕易地斬斷鞭子，用刀背擊潰延髓。

然後他優雅地伸出手。一直遭到欺凌的礦工淚流滿面。

「老天保佑……」

LESSON I

～天使騎士作戰～

這齣拯救劇彷彿能成為舞臺上的一幕。少女的剪影奔馳過一旁。她雙手的手掌拎著分成好幾份的小袋子。

她將裡面的東西連同袋子灑向堆滿黑礦炭的手推車。那是讓人聯想到麵粉的白色粉末。少女一邊宛如在舞動般輕飄飄地奔馳著，同時仔細地將粉雪灑到黑石頭山上。

當狂人狼驚慌失措地趕過來時，已經太遲了。

「是煙囪粉！」

即使用野獸的手掌揮甩，也拍不掉粉末。他們惱羞成怒地將粉末扔入鍋爐。

但卻燒不起來。豈止如此，火勢看起來還變弱了。感覺惡魔的嘴似乎也跟著頹喪起來——這也是理所當然的，因為煙囪粉是強力的不燃粉。

「這樣變不成煙霧啊！該死的小ㄚ頭！」

狂人狼抽出鞭子包圍少女。將麵粉袋全部灑完的少女，除了掛在腰上的纖細魔棒外，看起來手無寸鐵。

只見少女將那根魔棒轉了轉圈並拿穩，有模有樣似的將前端伸向前方。

「一……二……三！」

砰！魔棒的前端炸裂開來。

直接命中位於正前面的狂人狼，灑了他滿鼻頭的是漆彈。他發出窩囊的哀號，跌了個四腳朝天。那模樣讓礦工打從心底開懷地大笑出聲。

少女用手掌靈活地轉動魔棒，敲了敲自己的肩膀。

「好戲上場（It's Show Time）。」

「竟敢瞧不起人！」

狂人狼面露慍色。青年的影子飛越過他們的頭頂。

青年以快到眼睛看不見的速度穿越過狂人狼之間，只見幾道斬線閃起，揮開煙霧。狂人狼的鞭子被砍落，手臂被刀背敲打，從狼嘴發出「嘎啊！」的哀號。

少女隨即踏向前方。她再次收緊魔棒，這次用流暢的劍術揮出兩三次突刺。魔棒敲打狼的顴骨與鼻頭，最後命中頭頂，給予致命一擊。

黑刀青年翩翩舞動。魔棒少女俐落跳起。狂人狼被迫跳著蹩腳的舞蹈，東逃西竄，雙腳被掃倒，頭部被擊中而倒地。每當他們一個接一個被打趴在地時，工廠前的人們便發出歡呼聲。

馬車裡的客人與帶路者，目瞪口呆地眺望著這光景。

多麼瘋狂的騷動啊——

紅褐膚青年獨自一人按著頭巾，同時瞇細單眼。

「那男人有一套啊。」

LESSON I ～天使騎士作戰～

在黑色裝束的兩人當中，他較為注意青年那方。這也是因為非常引人注目的少女的戰鬥力，其實並沒有多大威脅。儘管如此，卻是少女看起來比較活躍，是因為她與搭檔默契十足地攜手合作。

倘若是一對一戰鬥，那名青年恐怕也能與夜界的猛將匹敵吧——

撤退時機也抓得非常精準。一看到已經趕跑了大部分的狂人狼，他立刻抱起少女的腰部，轉身離開。踉踉蹌蹌地追趕上去的狂人狼，他根本沒放在眼裡吧。

青年抓住起重機的繩索。少女則熱心地摸索著那名青年的懷裡。

就在青年的靴子踢開握把，與少女將某樣東西扔向鍋爐的同時。

黑色裝束的兩人彷彿被釣竿拉起一般，飛舞到半空中。試圖設法追上去的狂人狼跌得東倒西歪。然後被扔入鍋爐的球狀物體點燃餘燼，迸出火花。

煙火五顏六色地散落四方。

好似惡魔的鍋爐口發出歡喜的吼叫，從煙囪噴出煙火。煙火毫不在乎地吹散夜之煙霧，用如夢似幻般的光芒照亮上空。礦工丟掉帽子，鼓掌喝采。口哨聲與歡呼聲震耳欲聾地響徹周圍。

「聽好了，虛偽的和平主義者呀！」

少女與青年的剪影重疊起來，同時占據工廠的屋頂。

以煙火的光芒為背景，像在演戲般的手掌動作被照亮出來。

「我是被預言選中的命運之子！將太陽喚回沉入黑暗的這座都市之人……」

卡片伴隨著感覺像是拚命大喊出聲的內容被揮灑下來。

那些類似撲克牌的幾十張卡片，一邊大膽無畏地翻轉著，同時如雪片般飛落。

「距離結婚典禮還有三天。那將會是這場革命的最後！」

青年轉過身去。就宛如怪盜一般，抱著少女飛離現場。礦工高高地舉起手臂，目送他們離開。狂人狼滿臉通紅地想隨後追上，但八成是無謂的掙扎吧。

馬車裡的客人至今仍一臉茫然。紅褐膚青年走下馬凳，不經意地撿起飛到腳邊的一張卡片。

上面印刷著簡單的簽名。

「『預言之子梅莉達．安傑爾登場』——嗎？」

負責帶路的狂人狼肩膀顯而易見地跳起。

在他找藉口辯解之前，紅褐膚青年壞心眼地歪了歪嘴唇。

「看來和平實在很順利啊。」

狂人狼無話可反駁，只能看似惱火地顫抖著嘴角。

沒多久後，他毫不害臊地直跺腳。

LESSON I
～天使騎士作戰～

「可惡，該死的預言之子！」

† † †

同一時刻，在聖王區的四處也響起突發性的歡呼聲。

共通的是鎮上居民的笑容。還有他們圍住的收音機。

「太棒了！預言之子又大發神威！」

在某間酒館，十幾名常客紛紛擠向櫃臺的收音機。酒保稍微調整旋鈕，於是響起的聲音變得更加清晰。

每個人都豎起耳朵。廣播這麼說著。

『今夜預言之子的「解放運動」也是大成功！』

是個說話方式雖然古典，卻讓人感受到豔麗與青春的美女聲音。

人們看似欣喜地互相對望。縱然沒說出口，聲音主人也顯而易見。是反抗塞爾袞．席克薩爾王爵的革命，解放戰線的代表人物——

亞美蒂雅．拉．摩爾女公爵正在告知預言之子的活躍！

『還在運轉的工廠數量也已經所剩不多了吧。啊，對了對了，各位狂人狼最好確認一下黑礦炭的儲藏庫喔。因為什麼「調味」也沒有，所以妾身先幫忙灑了滿滿的粉末。哇哈哈！』

這時人們終於發出爆炸般的歡呼聲。

眾人將帽子高高地扔向天花板，打開威士忌的瓶蓋，宛如祝福一般四處揮灑。

「萬歲！預言之子，萬歲！」

「革命什麼的去吃屎吧！」

「把那群狼人一個個收拾掉吧！」

這時正好有一個狂人狼撞開入口的門，闖了進來。

似乎是響徹到大馬路上的歡呼聲讓他感到不快。他的顏面因憤怒而扭曲。

「別聽了！現在立刻停止聽廣播！」

一個客人護著收音機。狂人狼順從衝動揮起拳頭。

立刻有另一個人出聲責備。

「想動粗嗎？你……你們是『無血主義者』吧！」

唔——狂人狼的全身僵住。

這讓剩餘的客人也一起得意忘形起來。他們從四面八方責怪著狂人狼。

「你們說的什麼『無血主義』果然是騙人的！」

LESSON I
～天使騎士作戰～

「擺出這種態度還敢說什麼想和平相處，成為好友，真是笑死人啦！」

「這樣的話果然還是不能贊成革命啊！」

狂人狼全身顫抖著。他的血管看起來像要氣到炸開——這麼說應該也不誇張吧。

不過，結果他還是無法訴諸暴力。「可惡！」他這麼咒罵，轉身往回走。他用盡全力摔門發洩後，離開了店裡。

彷彿這就是自己等人的戰果一般，人們發出震耳欲聾的歡呼聲。

收音機混在那音量當中，繼續播放摻有雜訊的廣播。

『——唔哦！說曹操，曹操就到，救世主歸來了。嗨，梅莉達呀，過來廣播室吧！』

說是廣播室，但那裡其實只是室內塞了器材的狹窄房間——

總之完成了一項工作的庫法與梅莉達回到的地方，是蓋在聖王區寂寥的巴特康路上，早已經關門大吉的亞索榭咖啡廳。那間咖啡廳的地下儲藏庫，據說是以亞美蒂雅為首的「解放戰線」的活動據點。

回來前才剛在工廠街上演了激烈的武打戲，應該非常疲憊吧。儘管如此，一旦想到自己出聲能讓居民稍微湧現活力，梅莉達還是毫無怨言地在廣播器材前坐了下來。

她將麥克風湊近嘴邊。

「大……大家晚安。我是梅莉達。向各位報告今天的新聞……」

雖然待在地下室能感受到的只有潮溼的空氣，但庫法察覺到這時在聖王區各處肯定湧現了熱烈的歡呼聲。

他率先以助手身分幫忙工作，即興挑選出亞美蒂雅收集來的情報報告書，交給梅莉達。雖然已經廣播過好幾次，但她還是緊張不已。

「從今……今天傍晚起，有護岸工程在福爾摩斯河的南部區域開始動工。庫拉貝茵橋將會禁止通行，還請附近的居民多加留意——此外，共乘馬車的工會似乎總算達成了協議。從明天開始會小心地避免發生意外，在大幅刪減班次的同時恢復行駛……接……接著朗讀預定表。〇七點二十三分從堡斯蒙吉站到薩瑟蘭。〇七點四十七分——」

這些是市民生活不可欠缺的重要情報。

塞爾裘．席克薩爾王爵宣言要與夜界和睦相處，狼頭的狂人狼族旁若無人地闖入弗蘭德爾，大約是上個月二月第四週的事情吧。王爵將菲爾古斯．安傑爾和亞美蒂雅等反對派從議會中清除，很快地掌握了弗蘭德爾的全權。騎兵團在命令系統陷入混亂的狀態下被迫孤立、分裂，目前正在**隔壁**的賽勒斯特泰雷斯凱門區這個要塞拚命地固守城池。

與此同時，狂人狼族優先採取的行動，是支配與封殺廣播和報紙這類情報媒體。

人們對藍坎斯洛普的反感根深蒂固——

LESSON: I ～天使騎士作戰～

也有許多人無法接受塞爾袞王爵荒唐無稽的政策吧。

他們透過每天的新聞報導來解決這個問題。最近的媒體動不動就讚揚狂人狼族的優點，列舉和平帶來的好處，還有反過來列出一大串燈火騎兵團沒有存在必要的理由，淨是些這樣的內容。

但也不能責怪報社記者和廣播局的員工。

因為此刻狂人狼一定也在他們的辦公桌背後緊盯著他們吧——

這些偏頗的報導，在「預言之子」梅莉達‧安傑爾的存在公諸於世後，變得更加顯著了。究竟有誰能預料到呢？記載著未來真相的預言書裡，居然會標示梅莉達的名字，說她是「粉碎王爵革命者」！

梅莉達一躍成為話題人物。

狂人狼族刻意否定「預言之子」的存在，試圖掩蓋對自己不利的真相。因為太過執著於和平的成就，廣播早已無法達成原本的業務。報紙更是每天每晚都是同樣的文章，實在教人看不下去吧。

因此，這時就輪到亞美蒂雅等人開設的地下電臺登場了。

既然狂人狼族要偽造，就由「我們」來傳達沒有加油添醋的真相。

傳達人們真正想知道的話語。

傳達戰鬥的正義究竟是站在哪一邊——

朗讀完漫長的新聞報導後，梅莉達「呼」一聲地微微吐了口氣。

實在是很神奇，只要習慣這回事，至少語調會變得緩和。

「那麼，今天的廣播就到這邊。明天的廣播也請各位準時——」

梅莉達打算作個總結，因此庫法連忙用筆尖敲了敲舉起來的羊皮紙。

是指示表（小抄）。梅莉達「啊」了一聲，肩膀抽動了一下。

「最……最後還有一件事要通知各位——在維克登公園又出現了**撕裂魔**。被害者果然還是男性狂人狼族。」

梅莉達緊張地嚥了一下口水，嚴肅地告知。

「請各位居民也多加小心。外出時盡量避免落單……那麼，明天廣播再見。謝謝各位的收聽。」

亞美蒂雅靜悄悄地伸出手，啪一聲地關閉器材的電源。

她一關掉電源，梅莉達立刻避開麥克風，趴到桌面上。

「啊嗚~剛才真的好緊張喔~~……」

「妳的聲音聽起來很悅耳喔，小姐。」

庫法將馬克杯叩一聲地放到桌上，杯子裡裝著他事先泡好的可可亞。

LESSON: I ～天使騎士作戰～

他幫亞美蒂雅準備的則是加水稀釋的酒。只不過，亞美蒂雅愛喝的酒只有少量。
咕嚕——女公爵豪邁地一飲而盡，開口說道：
「三天後就是結婚典禮了啊。」
梅莉達的背抽動了一下，她抬起上半身。
並不是透過地下電臺對抗敵方的情報操作，就能解決所有問題。結果還是得排除災禍的源頭——也就是開始這場革命的塞爾袞・席克薩爾王爵與狂人狼族，否則弗蘭德爾無法獲得和平。
庫法脫掉黑色裝束的披風。同時也解開梅莉達肩膀上的釘釦，幫她脫掉。他將披風一起折疊，同時詢問亞美蒂雅。
「賽勒斯特泰雷斯凱門區的——燈火騎兵團準備得如何？」
「似乎可以勉強湊齊戰力。多虧了預言之子的廣播，士氣也高漲起來。」
開設地下電臺的目的，並非只為了將聲音傳遞給市民。
同時也為了在內容裡穿插暗號，偷偷地與同樣在收聽廣播的燈火騎兵團聯繫。亞美蒂雅露出一臉複雜的表情，雙手交叉環胸。
「正好就在三天後要開始作戰。在狂人狼族的幹部齊聚一堂，塞爾袞肯定會露面的結婚典禮的瞬間，騎兵團將採取孤注一擲的反擊……！不過有個問題。」

「您是指？」

大人在談論複雜的話題時，小孩會有一種難以言喻的舒適感。梅莉達默默地拿起馬克杯，用雙手抱著杯子，小口地啜飲起來。

亞美蒂雅蹙起眉頭。

「那群狂人狼似乎也逐漸完成結婚典禮的準備。好像空閒了下來。他們開始正式地對這邊的地下電臺採取對策……照這樣下去，明天要廣播也會變得困難吧。」

咦？梅莉達不禁抬起頭來。

另外兩人看向梅莉達，亞美蒂雅緩緩地點了點頭。

「他們灑了干擾箔（Chaff）混在煙霧中。如此一來，電波就會被煙霧遮蔽，我們的聲音無法傳遞到任何地方。市民的家不用說，也無法傳遞給燈火騎兵團。」

「那果然是很傷腦筋的事情嗎？」

「非常傷腦筋——特別是結婚典禮當天，在騎兵團起義的瞬間，『這邊』與『那邊』必須能聯絡上才行。」

聽好了——亞美蒂雅像是覺得孺子可教似的，將身體探向前。

「如今弗蘭德爾的交通網也全部在敵人的掌握之中。騎兵團的交通工具是列車——不過狂人狼也料到這點，將聖王區的車站大門牢牢關上了。因此妾身會趁警備因結婚典禮而變得薄弱的瞬間，壓制車站打開大門，讓騎兵團進入……！只不過，要是開門的時間點沒有傳遞出去的話？」

「換言之……」

「沒錯。雖然騎兵團意氣風發地出擊了，但大門沒打開的話，他們就無法進入聖王區的坎貝爾，只能呆站在原地。話雖如此，但要是太早打開大門，狂人狼也會立刻察覺到情況有異，他們會蜂擁而至，企圖殺掉妾身吧。」

庫法捲起襯衫袖子，雙手交叉環胸。

「這表示敵人也設想到結婚典禮會發生什麼事呢。要怎麼應對？」

「改變電波的發送方式。要利用『天空』喔。」

梅莉達的大眼睛驚訝地瞠大。

亞美蒂雅在展現知識時，會像個孩子似的露出燦爛的表情。

「在天空的高處，有反射電波的『層』。要是沿著地面發送電波，會被煙霧遮蔽，在途中被消除。因此要暫且將電波傳送到正上方，讓對方在地上接收從空中反彈回來的電波。」

「哇呀……」

「但是，這邊也有個問題。到目前為止的天線已經不能使用了。」

女公爵的手背鐺鐺地敲了敲金屬材質的器材。

庫法也理所當然似的點了點頭。

「因為設置地點沉入煙霧裡了呢……」

「該……該怎麼辦呢？老師！」

「只能重新設置空間波用的天線了吧。有候補地點嗎？」

「最好是鐘樓。」

亞美蒂雅立即這麼斷言。她似乎早已經事先調查完畢。

「聖王區的地標……如果是那裡，煙霧也搆不到，應該不會受影響吧。器材已經組裝完畢嘍。等明天夜晚一到——」

「不如我現在就去設置吧？」

亞美蒂雅一臉意外地睜大了眼睛。梅莉達也說不出話來。

「……狂人狼族現在正瘋狂地在追殺我們。我們必須謹慎行動啊！」

「這個，嗯，您說得沒錯。」

庫法走到房間深處——

他眺望了一下盡頭的櫃子後，什麼也沒做就走回來了。廣播室相當狹窄，因此光是要擦身而過也十分費力。庫法若無其事地撫摸梅莉達的肩膀後，踏上前往地上的階梯。

LESSON: I ～天使騎士作戰～

「那麼，我去準備洗澡水吧。」

他就那樣俐落地爬上階梯，亞美蒂雅一臉不可思議地仰望著庫法的腳步。有些浮躁的腳步聲從樓上傳遞過來。

「那傢伙究竟在焦急什麼？」

亞美蒂雅拿起杯子想大口喝酒，卻發現杯子早已經空了。

梅莉達摸了摸自己的肩膀。感覺那裡還殘留著庫法手掌的熱度。也就是「感情」。梅莉達思念著心上人厚實胸膛的內側。

「老師……」

另一方面，亞美蒂雅伸出手，窸窸窣窣地翻找著儲藏庫的櫃子。

「呃，我記得是在這邊——」

在她找到東西之前，梅莉達「砰」一聲地敲了敲櫃子。

她用習慣成自然的態度露出微笑。

「只能喝一杯酒。」

亞美蒂雅擺出無處發洩怨憤的態度，雙手交叉環胸。

「多麼不講理的師徒啊！」

反叛者的夜晚，就這樣今天也愈來愈深——

† † †

隔天，在「燈光」也完全變暗的時分。

說是這麼說，但在目前施行減光政策的弗蘭德爾裡，根本沒有洋溢著充足燈光的時間帶。總之在鎮上居民完全踏上歸途後，梅莉達與庫法身穿一如往常的黑色裝束，潛入作為聖王區地標的鐘樓。

倘若是平時，這裡是民眾經常造訪的歷史博物館——

但最近訪客似乎也愈來愈少。甚至連一個管理員的身影也看不到。一直掛在鐘樓入口的「禁止進入」告示牌毫無魄力可言。

兩人輕易地打開門鎖，從鐘樓的一樓前往無止盡的樓上。

梅莉達一邊側眼看著只有自己的腳步聲在迴盪，散發著恐怖感的博物館與樓層，一邊不停爬上樓。她心驚膽戰地暫時握住了庫法的手。

最後，他們到達展望室。

那是在挑空的樓層只設置了上下樓梯的空間，十分靠近鐘樓頂端。那麻煩的煙霧早已在遙遠的眼底下宛如雲海一般起伏。

LESSON: I
～天使騎士作戰～

干擾箔也無法搆到這裡。

甚至連管理員都已經逃離的話，就算是小偷，也不會上來這種地方吧——

庫法點了一下頭。

「就在這一帶設置天線吧。」

不過，師徒倆暫時都沒有任何動作。

因為兩人眺望著景色。

這是從弗蘭德爾最高處眺望出去的絕景——

「真漂亮呢……」

梅莉達不禁這麼低喃，尋求共鳴。

沉入暗色煙霧中，歷史悠久的街道，確實是美如畫的光景吧。但此刻在底下看起來宛如豆粒般的人們，肺部正因煙霧所苦。說不定正畏懼著狂人狼帶來的恐怖。不僅限於聖王區——還有推了梅莉達一把，送她到這裡的人們。宅邸裡親愛的女僕、聖弗立戴斯威德女子學院的同學，還有夏洛特・布拉曼傑學院長等人，此刻在做什麼呢？

還有無可替代的友人。愛麗絲、繆爾、莎拉夏是否平安……？

庫法猛然抬起頭來。

「小姐。」

他用優雅的舉止緊抱住梅莉達，將她帶到柱子陰影處。

他的視線抬頭仰望的前方，有隻巨大的「鯨魚」在空中遨遊。

是飛行船春天號。

藉由「永動機」這個未知的能源產生裝置，獲得無限的推進力，可以在空中飛行的夢幻發明。這陣子只要從地上抬頭仰望，一定能在空中的某處看見春天號的身影。它已經整整好幾天都沒有著陸，一直在聖王區上空打轉。

碰巧就在同個時期，梅莉達等人總算成功潛入了聖王區。

「看來對方果然在警戒刺客呢。」

庫法毫不鬆懈地瞪著飛行船的燈光看，同時這麼低喃。

空中的鯨魚如今成了世界上最安全的「避難場所」。要說在保護著誰，當然是塞爾裘·席克薩爾巡王爵。塞爾裘之妹，同時也是梅莉達好友的莎拉夏·席克薩爾，現在似乎也被送到船上軟禁。

慎重無比到可說十分膽小。但現在的塞爾裘具備這麼做的理由。

因為游擊戰活動在鎮上盛行起來。

那正是梅莉達等人也在廣播提醒民眾注意的「撕裂魔事件」。到目前為止的被害者都是狂人狼族。令人毛骨悚然的是，犯人會將讓狂人狼變化成人狼模樣的**毛皮剝下並撕**

裂，殘酷地暴露出他們解除變身的原本面貌後，再留下屍體。

事件現場總是會散落著被撕裂的狼皮，伴隨著悽慘的遺體。

因此被命名為「撕裂魔事件」——

最初狂人狼都異口同聲地說：「這肯定是預言之子搞的鬼！」

這根本是找碴。庫法等人為了自稱正義之士，目前還沒有在這個聖王區裡奪走任何性命。凶手另有其人。

庫法和亞美蒂雅等人早已握有確切證據。他們晚了一步才到達聖王區，在庫法前往白夜騎兵團的祕密基地時，牢房早已遭到破壞，理應被嚴密地關起來的「那些人」完全不見蹤影。

都是因為塞爾袞那傢伙趕走了「白夜」，才會承擔這種荒唐的負債。游擊戰活動家的目的十分單純。他們打算從正面反對與狂人狼族和平共處，藉由謀殺塞爾袞，讓這次革命一筆勾銷吧。雖然一般民眾並不知情，但他們的真面目顯而易見。

是席克薩爾分家的淑女，庫夏娜．席克薩爾與她的隨從騎士——

身為堂姊妹，她打算親手洗刷自家人的恥辱吧。

「既然如此，要是能跟我們合作就好了。」

庫法不由得摻雜著些微焦躁這麼說道。

不出所料，察覺到庫夏娜逃獄的塞爾袞，似乎立刻決定逃到空中避難。一旦變成這樣，縱然是庫法也不可能出手。

必須想個辦法，將那個瘋狂的國王從空中拉下來才行——

目送飛行船的燈光遠離之後，庫法才總算解開擁抱。

他目不轉睛地注視著鯨魚的尾巴，梅莉達自然地依偎到他身旁。

「老師該不會是想拯救王爵大人吧？」

庫法難得地露出不知所措的表情，俯視自己的學生。

雖然梅莉達自己也對長輩之間的關係沒什麼自信，但……

「老……老師跟塞爾袞大人在嬉鬧時，看起來非常開心。簡直就像認識十多年的朋友一般……老師是否內心其實並不想失去他——」

「不，小姐。」

庫法毫不迷惘地打斷梅莉達的話語，態度堅定到甚至有些不自然。

庫法將左右手掌放在學生纖細的肩膀上，像是要讓她安心一般。

「**無論是想殺或不想殺**，對我而言都是不必要的感情。」

「老師……？」

「既然肩負了使命，就只管肅穆地去達成。僅此而已。」

是不想繼續這個話題嗎？庫法在這時蹲了下來，將器材分類整理。

一共有四個沉甸甸的袋子。強壯的手臂抱起其中兩個。

「分頭行動吧。有什麼事情的話，請透過『耳邊』聯絡我。」

梅莉達不經意地用指尖碰觸自己的右耳。

「思念增幅器（耳麥）」這個非常方便的通訊機器連接起兩人的距離。梅莉達確認感度後點了點頭，庫法也點頭回應，然後迅速地轉身離開。

他準備在展望室的外圍，以等間隔設置天線。

庫法走向樓層的另一頭——他似乎願意接收最遠的地點。梅莉達當場蹲了下來，解開兩個袋子中的其中一個的繩子。

亞美蒂雅苦口婆心地再三指導過使用方式。

將伸縮式的三腳拉長，牢牢地鎖緊螺絲固定住——確認穩定性。

接著將好幾條電纜連接到底座——電纜還仔細地分成好幾種顏色。

最後接上電池，開啟電源便大功告成。綠色燈光表示感度良好。

梅莉達碰觸了一下耳邊。

「老師，第一個組裝完畢了！」

……沒有回應。

感覺還摻雜著些微的雜音。是機器的狀況不太好嗎？還是庫法陷入沉思之中呢？真希望他能開口說些什麼——梅莉達一邊抱持彷彿心臟被揪緊般的感傷，一邊抬起另一個器材。

她前往自己負責的第二地點。

她選了個平坦的地方，用跟剛才一樣的步驟組裝天線。因為動作變得有一點草率，反倒花了更多時間。由於手邊太暗的緣故，甚至無法區分不同顏色的電纜。即使接上電池，通訊指示燈依舊是——紅燈。梅莉達從頭檢查究竟是哪個步驟出了問題，才總算注意到是線路接錯。

她重新啟動電源——綠燈。

這次梅莉達欣喜地用雀躍的聲音說道：

「老師，我完成了！」

隨後，她的側頭部被用力毆打。

她忍不住倒落到地板上——不對，她並非被毆打。右耳那邊此刻也產生著激烈的「壓迫感」。梅莉達不曉得發生什麼事，抱住了頭。即使在地板上掙扎，疼痛也一直沒有消除。照這樣下去……腦袋會裂開的！

「小姐！」

強壯的手指將災禍種子從梅莉達耳邊拔除。是思念增幅器。庫法用手掌將增幅器捏碎，丟到鐘樓外。瞬間，梅莉達從痛苦中獲得解脫，她忍不住氣喘吁吁地緊抓著心上人的胸口。

「老……老師……？究……究竟發生什麼……」

宛如風一般趕過來的，當然是庫法。

不過他的美貌至今仍一臉嚴厲。

「有人干涉了思念增幅器。這並非狂人狼族的異能（咒力）……！」

「咦……？」

「這是陷阱！我們在這裡的事情也穿幫了！」

正好就在這之後，有個強力的燈光從鐘樓正下方照亮兩人。

已經沒空說什麼殘響聲讓自己頭很痛了。梅莉達勉強用手拄著庫法的肩膀，站起身來，在庫法幫忙扶著背的狀態下趕忙跑到樓梯那邊。

不過，一窺探到樓下的情況，兩人立刻停下腳步。

「抓住他們！他們在樓上！現在是絕佳的好機會！」

LESSON: I
~天使騎士作戰~

粗暴的腳步聲爬著螺旋階梯上來。從他們的呼吸密度來推測……人數相當龐大！

庫法立刻抱著梅莉達的肩膀，轉過身去。

既然如此，就只能依靠鐘樓的外牆，沿著非道路的道路跳下去了。不過兩人一同從邊緣探頭一看，梅莉達便被迫體會到已經陷入更糟的絕境。

「啊……！」

可以看見沿著鐘樓外牆垂直飛奔上來的「波浪」。是一大群毛皮。狂人狼族具備一個特性，就是能夠視情況使用野獸或半獸人的姿態，變成四隻腳的他們宛如野生動物一般朝著樓上前進。在歷史悠久的石造牆上刻畫下粗暴的利爪痕跡。

無論走樓梯或選外牆，都必須與他們一戰。

狂人狼族八成是不折不扣地投入所有戰力吧。

因為他們認為這是扼殺「預言之子」的最後機會——

梅莉達無法立刻作出判斷。該走樓梯或外牆？選擇哪邊會比較有利呢？

身經百戰的家庭教師，是否能看出答案呢？

「真是敗給他們了呢。」

庫法乾脆地舉白旗投降。梅莉達不明白他真正的意圖。

他怎麼看都不像是已經放棄的樣子。

「恐怕已經無法回到亞美蒂雅大人身邊了。」

庫法迅速地這麼說道，同時看似焦躁地脫掉披風。

「小姐……請忍耐一下！」

庫法將自己脫下來的披風，套到梅莉達的頭上。

然後他熱情地緊抱住梅莉達。他那強到令人呼吸困難的手臂力道，讓梅莉達不知所措。

「老……老師？」

就在這時，狂人狼族終於從樓梯那邊現身了。

梅莉達可以從披風的縫隙間清楚地看見他們渴望著鮮血的獠牙與利爪**閃閃發亮**。

「他們走投無路啦！雖然不曉得他們是跑來這種鐘樓觀光，還是……——」

大放厥詞的狼在奇怪的地方中斷了話語。

從人類的雙眼來看，也能清楚地看出狼的表情因恐懼而緊繃起來。

是怎麼一回事呢？在場的狂人狼同時當場跪了下來。

「這這……這實在是太失禮了！」

「吵鬧成這樣，是怎麼回事？」

庫法光明正大地回答。

那讓人脊背顫抖起來的聲音——不，實際上的確感受到背後吹起一陣涼爽的空氣。宛如雪之結晶的光粒搔癢著梅莉達的鼻頭，讓她猛然一驚，忍不住抬起頭來。

心上人端正的面貌幾乎原封不動。

但頭髮伸長到肩膀，變質成銀色。而且像在賣弄似的發出凍氣（咒力），所以連梅莉達都感到寒冷。他略微張開嘴唇，便能窺見野性般的犬齒。

「這就是你們對待來賓的禮儀？」

前頭的狂人狼立刻站起身，揮動手臂。

「快關燈！認錯人了！」

命令慌亂地傳遞下去，原本照亮鐘樓的燈光，沒多久後一個接一個地減少了。所有狂人狼都露出困惑的表情。

到這時梅莉達才明白了庫法的企圖。他打算揭露自己身為半**吸血鬼**的本性，融入敵人之中。正好就在昨晚，來自夜界的使者造訪了聖王區。他打算主張自己也是他們的一員吧。

不過，事情會這麼順利嗎？

「吸……吸血鬼閣下，您是何時蒞臨此地的？」

不出所料，有幾個狂人狼族露出懷疑的眼神。

或者也可以說是小心謹慎的眼神吧。
特別是要哄騙前頭的那一個人，感覺得耗費一番工夫。
「您沒搭船也沒搭列車……是怎麼前來的？」
被緊緊抱住的梅莉達，可以感受到庫法的心臟怦怦跳個不停。
但他話尾連一點顫抖也沒有，這讓梅莉達敬佩不已。
「我具備你們根本想像不到的力量。」
「那姑娘是？看起來像是個人類呢？」
縱然用披風遮蓋住金髮，緊貼在一起的赤裸雙腳仍明顯透露出梅莉達的存在。
庫法看來非常凶猛似的將嘴唇湊近梅莉達的後頸。
「這是我的『祭品』。畢竟是一趟漫長的旅程嘛。」
接下來的聲音，讓所有聽者都脊背發涼。
「──敢對她動手的話，別想全身而退喔。」
他這句話讓大部分狂人狼都退後半步，陷入沉默。
但唯獨前頭的那一個人，至今還是留在界線的內側不動。
他亮出了王牌。
「我帶您到馬德・戈爾德那邊吧。」

LESSON I
～天使騎士作戰～

周圍的狂人狼族看來也像是鬆了口氣。

「我們的首領正在等您大駕光臨。他一定會竭誠歡迎您吧。」

如此一來，就能水落石出。得知這個吸血鬼是否真的是受邀的來賓——

不知不覺間，狂人狼圍住了兩人周圍。看起來也像是打算親切地帶路吧。

實際上則是「當犯人帶走」。庫法別無選擇，也無路可逃，只能點頭答應。

他盡可能落落大方地回答。

「好吧。」

這時，有一個跟現場很不搭調的女性，從成群毛皮中走上前來。

是個從煽情的禮服底下秀出紫色肌膚，擁有爬蟲類眼眸的美女。

雖然是藍坎斯洛普，但當然並非狂人狼族。

——是暗妖精。

「聽說認錯人了。還真是對不起你呀？」

庫法稍微瞇細單眼。

梅莉達也想起他說的話。剛才庫法曾說干涉思念增幅器的攻擊並非狂人狼的異能（咒力）。

換言之，那其實是身為暗妖精的女性**搞的鬼**。

藍坎斯洛普協助藍坎斯洛普這種事，完全沒什麼好奇怪的。實在是太大意了……！

庫法保持著面無表情，身為暗妖精的女性靠到他身上。

「我名叫妮爾菲亞。」

她用撩人的聲音報上名號，臉頰磨蹭著庫法的肩膀。

「傑出的蝙蝠先生……很抱歉驚嚇到你，今晚就讓我替你倒酒當作賠罪，好嗎？」

庫法有一瞬間在思考以他的立場應該怎麼回應吧。

不過在那之前，梅莉達隨即拉了拉心上人的衣服。自稱是妮爾菲亞的女性，不禁露出大感意外的表情，俯視著這邊。

那態度彷彿她現在才總算注意到梅莉達的存在。

「不自量力。」

黑暗的感情從美貌的背面滲出。

「妳對主人很執著嗎？明明只是個等著被吃掉的蝴蝶。」

「……！」

梅莉達非常清楚，自己不應該反駁。

儘管如此，她還是不由得瞪著美女的臉看。跨越在兩種立場上的庫法也不禁迷惘著該如何對應。一個狂人狼「咳哼」一聲，清了清喉嚨。

「那……那麼各位……我們走吧。妮爾菲亞閣下，十分感謝您的協助。」

LESSON: I ~天使騎士作戰~

「這是當然的嘍，強壯的狼先生？」
妮爾菲亞轉過身去，黏膩地撫摸狂人狼的肩膀後，消失到樓梯那邊。
梅莉達在總算感到安心的同時，也對女性的態度產生一種難以置信的心情。
庫法像是要隱藏那樣的梅莉達的真面目，他將套在梅莉達頭上的披風拉得更低。
已經無法回頭了──

† † †

倘若表現出想逃走的樣子，會更加遭到懷疑，導致事情變得無法挽回吧。包圍住兩人周圍的狼群，眼神十分嚴厲。
吸血鬼化的庫法更加光明正大地行動，依照他們的帶領前進。梅莉達緊緊抓著庫法的側面。她應該才是最焦慮不安的人──
「……那是？」
庫法忽然停下了腳步。
在他沿著聖王區幅度最寬廣的福爾摩斯河沿岸道路漫步時。狂人狼追逐他視線的前方，梅莉達也面向河川那邊，然後發現了。

有某個巨大到誇張的建築物在河川中央浮起……！

縱然不是庫法，也會懷疑起自己的眼睛。那究竟是什麼呢？煙霧還是一樣漆黑地籠罩著周圍，無法捕捉到那東西的整體樣貌。

可以肯定到之前為止並沒有那種東西。

總覺得那輪廓也像是一棟氣派的「房子」……

「那是結婚典禮的會場，『格蘭特洛瓦』。動力源正是那個**永動機**——」

殷勤地說明到這邊後，狂人狼的眼眸銳利地亮起。

「……我們應該在邀請函上告知了這件事吧？」

庫法假裝已經不感興趣，面向前方。

「我有聽說永動機的事情。」

實際上梅莉達當然也是初次聽說。說到永動機，那應該是塞爾裘率領的席克薩爾家以極機密的技術開發出來的未知科技才對。為何狂人狼族會一副熟知內情的樣子，在活用它呢？

這件事有寫在給夜界使者的邀請函上——

換言之，他們感興趣的並非王爵（塞爾裘）的結婚典禮，也不是與弗蘭德爾之間的和平，而是永動機嗎？……實在難以看透背後那層關係。

LESSON: I
~天使騎士作戰~

不，反正很快就會真相大白了吧。

在能夠一覽大運河（Great Holmes River）的絕佳景點上，建有聖王區最豪華的飯店。是最近讓報紙突然熱鬧起來的帝國飯店。

負責帶路的狂人狼仰望那甚至得抬起頭看的高樓。

「我們的首領在最高級套房等您。」

周圍的狂人狼一同圍住庫法的背後。

「來吧，吸血鬼閣下，請進——」

庫法傲慢地低喃。

「快點帶路。」

他抱著梅莉達的手臂稍微用力，於是學生的手掌也蘊含起意志。

這是個**好機會**。

「沒想到您真的大駕光臨了！」

庫法等人一進入房間，那個狼男便伴隨著誇張的動作這麼大喊。

狼男一身筆挺的西裝打扮。他不客氣地靠近過來，用雙手握住庫法的手。

光是那手滲出的咒力壓力，就讓庫法明白男人並非一般人。

「馬德・戈爾德（Mad Gold）。」

庫法相當由衷地告知。

「很榮幸能見到你。」

具備「夜界樞機卿」的頭銜，且是狂人狼族的代表。大約一個月前，他突然闖入王座會議，與塞爾袞勾結，是將弗蘭德爾卷入革命漩渦裡的罪魁禍首。對燈火騎兵團而言肯定是仇敵之一。

馬德・戈爾德綻放笑容，邀請庫法坐到接待室的沙發上。

酒瓶也早已經冰好，威士忌被倒入兩個玻璃杯中。

雖然庫法稍微捏了把冷汗，但他的學生確實地認清自己現在的立場。梅莉達並非像平常那樣自己也坐在心上人的旁邊，而是繞到沙發後面，宛如隨從一般在旁待命。

沒想到以前指導她的女僕須知，居然會在這種地方派上用場……

戈爾德瞥了一眼，雖然注意到梅莉達的存在，但他什麼也沒說。

他用彷彿野獸般的手掌舉起玻璃杯。

「先乾杯吧！」

庫法也高舉了一下玻璃杯，然後將杯子靠到嘴邊。他一邊假裝在喝杯裡的酒，同時若無其事地確認狂人狼的配置。

LESSON: I
～天使騎士作戰～

他們果然還是半信半疑吧，有幾個人毫不鬆懈地站在周圍監視。通往陽臺的窗邊站著兩人，在入口的門邊也站著兩人。服務生的懷裡也有不自然的鼓起……為了應付意外狀況，他們在懷裡藏著暗器。

馬德．戈爾德也表現出並沒有完全鬆懈下來的態度。

「您在路克斯拜尼拉的生活還是一樣？」

他立刻提出意義不明的詞彙，想動搖庫法的真心。

「我達成約定了！吸血公有什麼表示嗎？」

在露出馬腳前，庫法翹起他的長腿，單刀直入地開口：

「我想跟你私下（單獨）談談。」

「這還真是奇怪。」

即使含蓄一點地說，戈爾德也是露出覺得這提議很愚蠢的態度在嗤笑著。

在旁監視的狂人狼也面露慍色。認為這個客人果然有什麼陰謀吧？

深信自己位於優勢的戈爾德，露骨地擺出挖苦的態度，將身體探向前。

「就如您所知，我們狼是很膽小的生物呢。」

呼——庫法嘆了口氣。

他彷彿歌唱一般。

「龍佩爾——…………」

戈爾德的手掌以驚人的反應速度彈了起來。

他的顏面因過度驚愕而僵住。無處可去的指尖瑟瑟發抖。

庫法故意裝出驚訝的樣子，然後歪了歪嘴脣狡詐地笑。

對於知道其中意義的人而言，那看起來像是惡魔的微笑吧。戈爾德擠出聲音。

「……你們暫時離席。」

「咦！呃……可是，首領……」

「廢話少說，快給我消失！」

他從背後散發出驚人的怒氣，讓那群狂人狼部下渾身顫抖。

結果，負責監視的狼男以不情不願的態度離開了房間。庫法目送他們的腳步聲與氣息確實地遠離。接待室只剩下馬德・戈爾德、庫法與遮住金髮的梅莉達三人。

窗簾在一直敞開的窗邊搖晃著。

沒有其他任何人在聽他們的對話——

「你……你究竟是在哪……聽說那名字……」

幾乎無法聽清楚戈爾德沙啞的聲音。

庫法沒有直截了當地回答，他從容地交扣十指，表現出綽綽有餘的態度。

「馬德．戈爾德，你**原本也是個人類**。」

彷彿野獸的表情驚嚇地顫抖了一下。庫法淡淡地繼續說道。

「在『前貴族』的村落──歐哈拉零號街生活的瑪那能力者……因為害怕戰鬥而拋下任務，被烙上膽小鬼的烙印，墮入歐哈拉，後來甚至難以忍受周圍的眼光，而逃遁到夜界……為了混入藍坎斯洛普，**剝下野獸的皮**，主動承受詛咒，成為『史上第一個狂人狼』──」

從亞美蒂雅那裡聽說他的背景時，庫法也大吃一驚。

殘留著關於「龍佩爾施迪爾欽」的記述的，是大約五十年前的資料。但戈爾德至今還保持著中年的模樣，應該是身為狂人狼的生命力帶來的影響吧。他一定從承受詛咒那時開始，外貌就沒有改變過。

庫法將身體靠到椅背上，伴隨著嘆息吐出荒唐的事實。

「然後你在夜界統率有類似遭遇的藍坎斯洛普，甚至對同伴隱瞞自己原本是人類的事實，如今還爬上夜界樞機卿的地位……沒錯吧？」

「是惡魔。」

戈爾德總算發出回應。

他露出彷彿憎恨著世上一切的眼神，指著庫法。

LESSON: I
～天使騎士作戰～

「是惡魔告訴你的……沒錯吧～～！」
「那麼——」
這時，梅莉達像是終於忍耐不了一般，將披風從頭上掀開。
金髮隨之搖擺——
幾乎每天都刊登在報紙頭版的美貌出現。
「老師！為什麼不全部說出來呢！」
「居……居然是預言之子？」
戈爾德這次真的是瞠大了眼，他手貼在額頭上，將頭髮抓成一團亂。
「這……這……這是怎麼回事……？為何身為吸血鬼的你，會跟預言之子一同……我……我無法理解這什麼情況……！」
「我的確是吸血鬼，但跟夜界的同族沒有關係。」
首先必須讓戈爾德理解這方面的內情吧。庫法用嚴肅的語調告知。
「然後我是人類的同伴。你明白這個意思嗎？」
「咕……！」
他重新注意到了目前的狀況，是自己被逼入窮途末路的絕境吧。
不過，庫法還沒有將他「原本的名字」全部說出來。那是對狂人狼而言的致命傷。

在承受詛咒，變化成人狼姿態前的真實名字……當別人說中真名，該對象會從詛咒中獲得解放，恢復成原本的樣貌。

伴隨著甚至會讓人衰弱致死的痛苦——

這也難怪梅莉達會急於求成。

「現在正是好機會！其他狂人狼也不在！」

「不，小姐。」

但庫法卻斬釘截鐵地左右搖了搖頭。

梅莉達的大眼睛也不禁露出訝異的神色。

「我們現在**反倒**不應該那麼做。」

「咦……？」

這時戈爾德露出壞心眼的笑容。

「咯咯咯！看來弗蘭德爾的救世主大人對政治似乎很生疏啊。」

「什……什麼意思……！」

「後天的結婚典禮，等於是我們狂人狼族與弗蘭德爾的和平典禮。其他種族的貴賓也從夜界大駕光臨了！妳明白這個意思嗎？」

是打算回敬剛才的庫法嗎——讓他得意忘形感覺也很不爽，因此庫法接著他的話說下去。

「狂人狼族身為『無血主義者』，可說是夜界首屈一指的穩健派。」

梅莉達的臉面向這邊。庫法筆直地瞪著位於正面，彷彿野獸的男人。

「如果穩健派的領袖在和平交涉的期間中被討伐，會變成什麼情況呢？夜界存在著各式各樣的外交戰略勢力。目前其他種族的使者，正作為他們的耳目，造訪此地。假如馬德．戈爾德亡故，他們會這麼判斷吧——弗蘭德爾甩開了友誼之手！果然要跟人類和平相處是不可能的！」

「……！」

梅莉達緊張地倒抽一口氣。她應該能預料到那之後的展開吧。

庫法也稍微看向梅莉達，點頭表示肯定。

「……藍坎斯洛普的風氣，將會一口氣傾向於『毀滅弗蘭德爾』吧。再也不會有人聽從反對意見和慎重論。而且令人懊惱的是……燈火騎兵團的準備還不足以迎戰夜界全軍。」

「本大爺也不希望變成那樣。」

戈爾德用令人感到意外的強烈語調這麼插嘴。

庫法回看他，只見他用像是在找藉口似的態度繼續說道。

「畢竟弗蘭德爾就算這樣，也還是本大爺的故鄉啊，我不想看到人類死亡。你們以為本大爺至今為了抑制那群侵略派的蠢蛋，耗費了多少工夫？嗯？」

「不過，你的做法——藉由減光政策讓弗蘭德爾與夜界和睦相處，以及所有居民的藍坎斯洛普化，我們也不能接受。」

「那要怎麼做呢！」

戈爾德像是豁出去了一樣，他傲慢地將身體後仰，兩肘搭在椅背上。

「難道你希望彼此都拿出王牌互毆，同歸於盡嗎？」

庫法反倒將身體探向前。他放下原本翹起的腳，取而代之地將左右手交叉環胸。

——從現在開始才是「交涉」。

「馬德．戈爾德，我們互相合作吧。」

「你說什麼？」

「你們狂人狼族應該在談什麼『生意』吧？我很常聽說這件事喔。據說……是與永動機相關的什麼東西。」

他一邊蒐集記憶的碎片，同時搬出理論繼續說道。

「你會跟塞爾袞合作，應該也是為了那個永動機吧？」

「正是如此。」

LESSON: I ～天使騎士作戰～

戈爾德像是在品嚐歲月一般，緩慢且深深地點了點頭。

「完成完美無缺的永動機，正是我們種族……不，是本大爺的宿願！」

「我可以協助你這件事。相對地希望你也能協助我們。」

「你有何意圖？」

「暗殺塞爾袞・席克薩爾。」

庫法察覺到梅莉達驚嚇地抽動了一下肩膀。

但他假裝沒注意到，在話尾滲出更加強烈的意志。

「換言之，就是以『**人類方的內亂**』這種形式來作個了結——雖然和平交涉進行得很順利，但王爵被一**部分的過激派**討伐，確立了新的政權。因此與狂人狼族的交涉也回到原點……我們不會更進一步地干涉你們。你可以帶著你想要的永動機，回到原本應該待的夜界。」

只不過——他沒忘記讓細長的眼眸犀利地亮起。

「倘若你試圖再次出現在弗蘭德爾，我隨時都可以揭露你『原本的名字』，請別忘記這件事。」

「還真是寬宏大量的慈悲！那麼，你當然會要求我放過她對吧，放過這個……預言之子！」

梅莉達的肩膀再次抽動了一下。

不過，對於狼的怒氣，庫法依舊不動如山。

「難道你沒發現嗎？馬德．戈爾德。」

「發現什麼呢？聰明的你。」

「畢布利亞哥德的預言雖然告知『梅莉達．安傑爾會阻止巡王爵的革命』，卻沒有任何關於**狂人狼族會有什麼下場**的記述。」

啊——戈爾德吸了口氣，他稍微低頭，撫摸了好幾次下頷。

「火焰的氣勢將會燒光寶座……渾身是血的綠龍臥倒在地……——確實如此。」

「塞爾裘大人的死與你們的生意並不衝突。你明白了嗎？」

「…………」

梅莉達察覺到天秤正在戈爾德的腦海中左右搖擺。

沒多久後，他似乎得到了什麼結論。他誇張地露出奸笑，伸出手掌。

「——為了弗蘭德爾的美好未來。」

「感謝你的協助。」

戈爾德與庫法的手隔著桌子，牢牢地握在一起。

庫法應該是在從鐘樓被帶到這邊之前，就事先想好了作戰計畫吧，以梅莉達的立場來說，家庭教師頭腦的靈活度還是一樣讓她佩服不已。

另一方面，讓她懷疑起自己耳朵的，是對於戈爾德的發言。他居然這麼乾脆地就背叛塞爾衮……！難道身為協力者，他對塞爾衮沒有絲毫情義嗎？

或者只是特別擅長保身的他，在握手的狀態下狡詐地歪了歪嘴脣。

「只不過有一個條件。」

「條件？」

在握手之後才說這種話。庫法一臉疑惑地蹙起眉頭，但戈爾德絲毫不放鬆握著手掌的力量。

「這下我們就成了協力者。不過你知道本大爺『原本的名字』，你要是有那個意思，隨時都能殺掉本大爺……！這樣能說是對等的關係嗎？」

「……你有何意圖？」

「芙莉希亞！能聽見的話，一個人到本大爺的房間來！」

他突然用大到嚇人的聲音對整層樓這麼呼喚。

立刻在遠處傳來有人動起來的氣息。機械般的腳步聲靠近房間，打開房門。

「打擾了。」

是個看起來比梅莉達稍微年長一點，禮服裝扮的少女。她並非狂人狼族——而是人類。梅莉達立刻想起了她就是之前服侍塞爾裘的狙擊手。

少女也看一眼確認接待室的狀況，接著猛然抬起臉來。

「梅莉達．安傑爾……！」

庫法看到少女隨即準備翻找武器。但她現在似乎手無寸鐵。

如果她套在左手無名指上的戒指，會發射出紅外線就另當別論——

禮服裝扮的少女緊繃著全身，半感到難以理解似的詢問：

「為何會在這裡……她不是塞爾裘大人的敵人嗎？」

「情況改變了。」

戈爾德放開庫法的手，相對地非常親密地抱著少女的肩膀。

少女似乎名叫芙莉希亞。之前曾聽說她是席克薩爾家的客座槍手，原來如此，既然是「客座」，意味著她原本隸屬於其他地方。

——不過，是因為怎樣的經過，人類少女才會待在狂人狼身邊？

戈爾德在庫法還有芙莉希亞像在試探般的視線注目下，繼續說道。

「安傑爾小姐似乎也對預言的內容完全心裡沒底，正傷透腦筋。沒錯吧？她跟莎拉夏．席克薩爾小姐同樣具備公爵家的血統……明明如此，為何安傑爾小姐非得殺害莎拉夏小姐的兄長不可呢！」

LESSON: I ～天使騎士作戰～

「這……我也有聽說兩人是好友……」

「必須解開大家的誤會才行。」

簡直就像惡魔在教唆人一般，戈爾德將臉湊近芙莉希亞的耳邊。

「我們決定請安傑爾小姐在結婚典禮上擔任妳的伴娘。我們要團結一致地迎接和平，藉此讓大眾理解——『預言根本是個錯誤』！」

「哦……」

「本大爺跟那邊的貴公子必須仔細地討論行程。」

黏人的視線稍微瞄向了庫法。

接著用散發出殘酷光芒的眼神看向梅莉達。

「安傑爾小姐——在我們準備婚禮的期間，能請妳幫忙照顧芙莉希亞嗎？」

「咦……」

「換言之，那是——」

多虧了庫法立刻用單手幫忙掩護，梅莉達也遲了些才注意到。

也就是「人質」。

為了讓庫法無法輕易說出「龍佩爾施迪爾欽」之名，戈爾德想製造出有什麼萬一時，芙莉希亞可以立刻將庫法深愛的人——這種狀況吧。

家庭教師不可能有辦法作出決定。

所以梅莉達率先鞠了個躬。她開始覺得跟這個滿身虛飾的馬德．戈爾德討價還價，實在太愚蠢了。

「我知道了，我願意接受。」

「可是，小姐……！」

「我明白的，老師……我不要緊的。」

另一方面，芙莉希亞至今仍幾乎無法理解情況。

但也不能對她詳細說明計畫吧。戈爾德溫柔地說道。

「放心吧，芙莉希亞。大家是在討論妳幸福的未來。」

「幸福的未來……」

「打開收音機聽聽看廣播吧！可以聽到很棒的消息喔。」

芙莉希亞用不具現實感的步伐走向牆邊。

她戴著戒指的纖細指尖扭動旋鈕。

傳來的廣播當然不是亞美蒂雅的地下電臺。

而是狂人狼沙啞的聲音。

『……唯一擔憂的格蘭特洛瓦的建設，也總算能預估完工日期……』

LESSON I ～天使騎士作戰～

就連廣播局的人也早已意志消沉，由狂人狼在代理廣播。

廣播天天都在煽動聽眾對結婚典禮的期待。

室內所有人的視線都集中到小小的機械上——

狼平常就難以聽清楚的聲音，與不穩定的電波摻雜在一起，不祥地宣告著。

『各位國民衷心期盼的結婚典禮，也終於就在兩天後到來。不曉得新郎與新娘此刻心跳得有多快呢？收到邀請函的人請小心不要遲到……那一天弗蘭德爾將會重生成月之都市，我們會成為真正的朋友。』

庫法・梵皮爾

位階：武士

HP	7594	MP	755		
攻擊力	730（619）	防禦力	618	敏捷力	872
攻擊支援	0~20%	防禦支援	–		
思念壓力	50%				

主要技能／能力

隱密Lv.9／心眼Lv.9／結界無效Lv.X／血之解放Lv.X／幻刀九首・空牙羅生閃／千刀術・絕華絢爛／極致拔刀・戰嵐輝夜／鏡刀・天狼神威／奧義殺刀術・破界之精髓

梅莉達・安傑爾

位階：武士

HP	3662	MP	365		
攻擊力	374（313）	防禦力	321	敏捷力	408
攻擊支援	0~20%	防禦支援	–		
思念壓力	31%				

主要技能／能力

隱密Lv.5／心眼Lv.5／結界效果減半Lv.X／逆境Lv.4／抗咒Lv.6／幻刀四神・雪月嵐牙／拔刀真打・火鳥刃織／千刀術・櫻華／祕義雙刀術・天穿

【來賓名單：I　《不被祝福者》暗妖精族】

在夜界傳聞當組織或國家沒落時，背後必定有她們的影子。她們用妖豔的話術與眾多藍坎斯洛普擁有親密關係，正因如此，只要能拉攏她們成為同伴，對狂人狼族的生意會成為莫大的助力吧。

但千萬要小心，別自己掉入了她們的圈套……

此外也要記住她們敏感的肌膚非常害怕「燈曬」。

LESSON: II ～冒牌王子與暴發戶狼～

LESSON: II ～冒牌王子與暴發戶狼～

「要讓計畫成功，我們還抱持著相當嚴重的問題。沒錯吧。」

戈爾德用完全放鬆下來的聲音說道。庫法也用輕鬆的態度點頭同意。

兩人穿著西裝並肩漫步的模樣，簡直就像生意伙伴一般。

但他們討論的內容，則是關於「弒君」——

「畢竟明天就是結婚典禮了。」

庫法隔著煙霧稍微仰望在上方拓展開來的天空。

飛天鯨魚——也就是飛行船春天號，今天也載著王爵優雅地在上空環遊。因為畏懼「撕裂魔事件」造成的被害——倘若不設法將那艘船拉下來，暗殺的利刃就絕對搆不到目標（塞爾袞）的喉頭。

從庫法等人向馬德·戈爾德提出交易之後，經過了一晚……

今天早上，庫法等人按照之前商量好的，分成各兩人的兩組。也就是梅莉達帶身為新娘的芙莉希亞到街上；庫法則在戈爾德的帶領下，以視察的名義造訪大運河。

正確來說，是前往浮在大運河上的神祕建築物——名叫「格蘭特洛瓦」的船上。

「本大爺叫它『巨大飛空城』。」

看到戈爾德一臉得意的態度，庫法也附和著確實如此。

白天還有路燈（太陽之血）帶來的光明。像這樣重新抬頭仰望的巨大飛空城格蘭特洛瓦，寬度確實占滿了整個福爾摩斯河，全長甚至是寬度的兩三倍。包括全高在內，應該超越了飛行船春天號吧。

與其說是船，外觀確實更像是莊嚴的建築物原封不動地浮在河上。而且既然號稱「飛空」，這座巨大的城堡應該也會飛行吧。

「動力源果然是？」

「就是永動機……！這座城堡也兼任裝置的運轉據點。」

「話說我最想請教的是——」

在城堡的甲板上——也就是以建築物來說的屋頂上，狂人狼此刻也忙著在布置典禮會場。該說是**人類的喜好**嗎？裝飾相當高級，品味並不差。

庫法走在當天應該會有許多列席者就坐的長椅之間，開口詢問。

「你們為什麼想要永動機？那個裝置的邏輯是？」

「好問題。人類富有智慧！這才是事物的本質啊……」

LESSON II ～冒牌王子與暴發戶狼～

饒舌的戈爾德看起來像是一直很期待能跟某人炫耀的機會。「那群部下完全不行。」從他這麼抱怨的態度，感覺看到了他還是人類時的影子，庫法蹙起眉頭。

戈爾德摻雜著像在跳舞般的手勢，開口詢問：

「你會怎麼想像夜界的生活？浮現在你腦海中的光景是？」

「怎麼想像……『很暗』。」

「沒錯！就是很暗。不過生物能夠在完全無光的真正黑暗中生活嗎？在鐘樓將你們逼入絕境時，聽說部下使用了**燈光**啊。正是如此，就算藍坎斯洛普再怎麼擅長夜視，在黑暗中也無法建立起文明。」

需要用來替代的光明——他這麼說。

「對弗蘭德爾而言的太陽。夜界之光、黑暗中的光輝……那就是『涅墨西斯（Nemesis）』。」

「涅墨西斯……」

「一般認為如果太陽之血是太陽之力的象徵，涅墨西斯就是與它成對的月光力量的結晶。是讓人感到安穩的神祕光輝……——」

戈爾德宛如詩人一般閉上眼皮，應該是在想像夜界的光景。

「太陽的光芒太過耀眼了。」

他像在低喃似的說道。

「只有月亮的光輝，會溫柔地安慰藍坎斯洛普（我們）。」

「換言之，那是夜界的資源嗎？」

「正是如此。是最容易引起鬥爭的火種。」

戈爾德啪一聲地睜開眼皮，注視現實。

他再次帶領庫法到船頭方向，同時用冷靜沉著的聲音繼續說道。

「就跟太陽之光讓動植物保持健全一樣，月光具備給所有生物帶來知性的效能。」

「知性……」

「像這樣甚至能夠與進行對話的藍坎斯洛普，跟只是聽命於他們的怪物，差別就在這裡！只要沐浴涅墨西斯的光芒，我們就算藍坎斯洛普化，就算處於夜界的瘴氣中，也能夠保有與人類對等的知性……！好了，說明到這邊的話，你應該明白為何藍坎斯洛普的勢力會長年在夜界展開骨肉之爭吧？」

再明白不過的庫法伴隨著嘆息點了點頭。

「因為互相爭奪有限的涅墨西斯……是嗎？」

「你說得沒錯。」

戈爾德看來非常滿意似的回答。

「古今東西，比起具備利爪與獠牙的猛獸，擁有一把手槍的人類反倒更強……！涅墨西斯的保有量就等同於『國力』。所以將有限的涅墨西斯比別人確保了更多的種族，就能讓文明發展起來，征服發展中國家，增強在夜界的影響力。」

「毫無意義啊。」

「正是如此。本大爺想終結那毫無意義的鬥爭。」

這番意外的話語讓庫法不知所措，他回望著戈爾德混濁的眼眸。

他像在試探似的詢問。

「……為此才需要永動機嗎？」

「你一點就通，真是太棒了！沒錯，本大爺打算破壞為了涅墨西斯互相爭奪領土這種舊時代的夜界形勢……藉由永動機產生出無限的能量，且將供給線布滿整個夜界。今後所有藍坎斯洛普不會像撿石頭一樣追求涅墨西斯，而是從我們手中『購買』光芒（能量）。」

「事情會這麼順利嗎？」

「剛才也說過，有很多障礙。」

戈爾德似乎也以他的方式在看清現實。他快步地前進。

他說話速度稍微快了起來，同時繼續說道：

「我催促了好幾次，才總算找來了夜界的有權勢者。假如能拉攏他們，諸多種族也會接二連三地跟進吧。但他們也並非團結一心……有勢力企圖將永動機霸為己有！」

戈爾德迅速地看向周圍，低聲說道：

「必須考慮如何防衛才行。弗蘭德爾正好是最適合用來當作防衛的據點。」

庫法露出微笑，冷淡地告知：

「希望你能改去其他地方處理。」

「真是的！」

就在戈爾德輕輕地踩踏地板時，已經來到格蘭特洛瓦的船頭附近了。

非常不可思議的「樂器」聳立在那裡——

看來就像是新郎與新娘發誓相愛的祭壇。聳立在背景的東西像是有著出色曲線美的——銅管樂器（法國號）。高度應該超過十公尺吧。可以看到中央部分有發出紅光的中樞機構（核心），但沒有架設踏腳處的話，也無法靠近那裡吧。

庫法開口詢問。

「那就是？」

戈爾德發出嗤笑。

「永動機……！」

有好幾個狂人狼在踏腳處那邊排隊。所有人都一臉肅穆的表情。

他們手上拿著什麼——看來是小型的十字架。他們將那個十字架插入銅管內側，並加以固定。他們一個接一個地向神祈禱後，看似依依不捨地放手。

庫法一臉不可思議地目送淚眼汪汪地走下踏腳處的狼群。

「他們在做什麼？」

「我讓他們拋棄『真名』。」

庫法不禁注視著戈爾德。說到原本的名字，那可是他們的生命線。

戈爾德也用嚴肅的表情觀看著部下的祈禱。

「雖然從之前就覺得『很危險』，但還是一直放著不管。但昨天本大爺本身可是被迫切身體會到了啊，將真名留下來是多麼愚昧的行為——」

充滿挖苦意味的視線瞪向這邊，因此庫法也重新面向前方。

「那些十字架上面刻著他們『原本的名字』。」

此刻，十字架一個接一個地從狼的手掌與他們道別。

有時會滑過臉頰的淚水，究竟跟人類的眼淚有多大的差別呢？

「在吞下所有『真名』之後，永動機會關上它的外殼，永遠地蓋上蓋子。在我們狂人狼的宿願——永動機完成的同時，與舊日的自己道別……」

「永動機還沒有完成？」

「還剩下最後一道步驟。來，這邊請——」

在戈爾德畢恭畢敬地帶領下，庫法靠近永動機旁邊。

它巨大到得抬頭仰望——

自從知道它搭載在飛行船春天號裡之後，庫法一直想見識一下實物。但至今為止，它澈底地被當成黑盒子看待……即使翻找白夜騎兵團的調查紀錄，也只有發現「應該是使用夜界原產的素材吧」這種**難以理解的記述**而已。

庫法說出理所當然的疑問。

「這是怎樣的構造？」

戈爾德沒有立刻回答，而是帶庫法來到鮮紅的中樞機構前方。

那是個強化玻璃製的箱子，裡面似乎在發光。在中央被隔開，左右兩邊鋪滿形狀與顏色各自不同的結晶。

庫法對填滿箱子右側，宛如光塊一般參差不齊的石頭有印象。

「仙饌密酒結晶……！」

「哦！你居然知道這玩意，真令人吃驚。沒錯，這是將等同太陽之力的太陽之血壓縮到極限，精製出來的寶石。由於代價過大，被指定成禁忌的技術呢。」

「那麼左側的石頭是？」

庫法很肯定自己對那邊毫無印象。雖然接近正圓，但斷面宛如鑽石一般輝煌地被切割開來。不曉得多達幾面呢……那東西本身似乎閃耀著藍白色的光芒。

戈爾德用熟練的動作打開箱子，拿起一顆藍色石頭給庫法看。

「這叫做『涅墨西斯行星』。如果說仙饌密酒是太陽之血的凝縮體，這就是涅墨西斯的凝縮體……兩者好比太陽與月亮，是完全成對的物體。」

「涅墨西斯行星……」

「來講一些以前的故事吧。」

戈爾德說了這樣的開場白後，注視著遠方，露出在回顧過往的眼神。

他的語調讓庫法也不禁幻視到那光景。

「剛才說過涅墨西斯的保有量會決定種族優劣這件事了吧？據說在夜界盡頭的盡頭，宛如迷宮一般的深邃峽谷的更深處，有座一切都是用涅墨西斯結晶構成的神祕都市。其名為路克斯拜尼拉——」

那是昨晚與他首次碰面時聽說的名字。

既然如此……彷彿在證明庫法的預測一般，戈爾德對庫法咧嘴一笑。

「你應該明白吸血鬼族為何被譽為『最強』的理由之一了吧？沒錯，無論其他藍坎斯洛普怎麼成群結黨，都敵不過君臨路克斯拜尼拉的他們。然後我們只能含淚服從他們的要求——」

也就是唯我獨尊的孤高一族。

不過——戈爾德接著說道，開始講述起甚至讓庫法感到意外的愚勇故事。

「本大爺無論如何都需要他們獨占的涅墨西斯。我一直在尋求與仙饌密酒成對的物質。本大爺為了得到那東西，運用了各種手段與大筆錢財，找出峽谷的捷徑，隻身潛入了路克斯拜尼拉！」

「這還真是……」

「然後很乾脆地被逮住了。」

戈爾德一臉失魂落魄地仰望著天空。

實際上，當時的他肯定已經作好必死無疑的覺悟了吧。不過，他現在像這樣平安無事，就表示……讓庫法思索一陣子之後，戈爾德點了點頭。

「關於路克斯拜尼拉的模樣，其實本大爺記得不是很清楚。畢竟被蒙住了眼睛……記憶似乎也被**動了手腳**。當我試圖回想起來，大腦就會有一種彷彿要凍結的感覺！」

「……然後呢？」

「本大爺被帶到名為『吸血公』的高貴人物面前。本大爺心想反正都要被處以極刑，就滔滔不絕地詳細講出自己的野心！那恐怕是……把一直藏在心底的一切都講了出來。結果你猜怎麼了？吸血公居然對本大爺的話題感興趣啊！」

LESSON: II
～冒牌王子與暴發戶狼～

哦——庫法想像起素不相識的同族。

戈爾德捏著眉間，拚命地絞盡腦汁。

「至於他說了些什麼……本大爺果然還是想不起來。不過吸血公將這個涅墨西斯行星賞賜給本大爺，然後將本大爺平安地送回到峽谷。他一定是要本大爺完成這個野心！本大爺備受期待啊！」

根據戈爾德所言，他似乎也寄了結婚典禮的邀請函給吸血鬼族。不過從他話中印象來看，對方應該不屑一顧吧。正因戈爾德本身也這麼認為，才會對庫法的來訪表示「沒想到」，露出欣喜的樣子。

庫法跟那個拜尼拉某國毫無淵源，多少有些過意不去。

庫法催促戈爾德說下去。

「然後你終於讓永動機的系統完成了。搭載在飛行船春天號裡的東西，是試作品第一號？呃，不過……」

「沒錯，為了籌措仙饌密酒，這次必須求助席克薩爾家的力量才行。算是共同開發吧……本大爺來說明一下原理。」

戈爾德這麼說，這次從箱子右側拿起一個仙饌密酒結晶。

他將右手與左手拿的寶石叩一聲地互相重疊。

「本大爺剛才說明過，仙饌密酒與涅墨西斯行星具備完全成對的性質吧？這些成對的物質在某個特定條件下相交時，會**彼此讓對方的存在消滅**，消失的質量會原封不動地變換成龐大的能量！」

「龐大的能量……」

「說到那變換效率！即使只是把這種小石頭從邊緣削減一點，也能變換成幾百年，幾千年……不，說不定還能供應幾萬年份的能量喔！」

庫法將手指貼在下頷，勉強消化這荒唐的邏輯。

「不過，既然會慢慢地被削減，嚴格來說並非『永久』？」

戈爾德也不認輸，像在頂撞似的反駁。

「**實際上等於永久**。這就是本大爺構築出來的『湮滅理論』。」

「關於那結構，嗯，我想我大概是理解了。」

庫法緩緩地搖了搖頭，整理腦海中的思緒，重新拋出疑問。

「不過，既然是那麼完美的系統，為何需要**兩個**？只要挪用搭載在飛行船春天號裡的永動機，不就足夠了嗎？」

「老實說，那其實是缺陷品。」

這話讓庫法也不禁不知所措。

戈爾德也是一臉苦悶的表情。讓人想像起他耗費在這研究上的漫長歲月。

「本大爺的湮滅理論十分完美。但無論燃料有多麼萬能，燃燒燃料的『釜』——也就是支撐這個中樞機構的容器本身卻產生了問題。因為發生的能量過於龐大，無論如何都沒辦法穩定地加以控制！」

你懂吧？戈爾德起勁地尋求同意。

「假如機關失控，將幾萬年份的能量一次解放出來，會怎麼樣？」

「這……令人不敢領教呢。有解決辦法嗎？」

「已經找到了。」

庫法稍微打從心底表現出敬佩戈爾德的樣子。

戈爾德混濁的眼眸看來像是凝聚了幾十年份的苦惱。

「本大爺發現為了控制永動機——需要同樣的『永遠』。」

「永遠？」

「就是永遠不會改變的事物。本大爺在飛行船春天號的動力裡，裝入著名的萬年冰花洛瑪莉莉絲。那是藉由甚至會冰凍的咒力，花費漫長歲月製造而成，絕對不會融化的夜界名花……但是，萬萬沒想到！就連那個洛瑪莉莉絲，每次讓永動機的輸出穩定下來時，花瓣都會一點一點地融化掉。」

戈爾德用苦悶的表情搖了搖頭。

「到頭來那並非『永遠』。那艘飛行船的壽命頂多就幾年吧。」

「這還真是……」

「本大爺放棄了物質性的答案。」

戈爾德用了令人難以捉摸的說法，將兩個結晶遞到庫法手上。

庫法在左右指尖高舉仙饌密酒與涅墨西斯行星，讓它們面對面。

在這神聖的會場中，就宛如新郎與新娘一般——

啊——雖然遲了些，但庫法注視著戈爾德的臉。

「難道你是**為了這個**？」

「正是如此。你一點就通。」

戈爾德看似滿意地肯定庫法忌諱說出口的事實。

「本大爺不斷在追求的永遠——就是男女在神的面前發誓『**永遠相愛**』。作為兩人相愛證明的訂婚戒指！本大爺確信那將會成為永動機的關鍵。」

「永遠相愛……訂婚戒指……」

「好啦，接著來談談我們的生意吧。」

明明沒有任何人會責怪，戈爾德還是將庫法的肩膀拉近自己，壓低音量。

LESSON Ⅱ
~冒牌王子與暴發戶狼~

「結婚典禮當天，本大爺正好會站在這個地方，見證王爵與芙莉希亞的婚姻。本大爺會詢問兩人是否永遠相愛，兩人將會向神發誓，互吻對方吧……就看準這個瞬間，由你來殺掉王爵！」

「…………」

「正因為死亡！愛才會成為永恆……這麼一來，我們就能獲得彼此希望的成果。本大爺會獲得訂婚戒指，你會獲得弒君的十字架！」

庫法感到有些呼吸困難，將戈爾德的肩膀推了回去。

「芙莉希亞小姐對於這項計畫知道多少？」

「沒必要讓她知道。」

戈爾德露出完全是野獸面貌的表情。

「愛會產生動搖！」

「…………」

庫法不經意地用手指擦拭手中的結晶後，遞給戈爾德。

但他卻以輕鬆的態度推回給庫法。

「這是我們友好的證明，收下吧，兄弟！」

「可以嗎？」

「當然，你儘管磨亮一點，當作禮物吧。」

就算他這麼說，自己也不知該怎麼處理這東西吧。

等跟亞美蒂雅重逢時，再交給她保管好了——庫法這麼心想，將結晶收到懷裡。

這時，有新的團體來到了甲板上。是三個種族各自不同的藍坎斯洛普。負責帶路的狂人狼被他們輪流耍著玩，整個人惶恐不已。

「關鍵時刻到啦。」

戈爾德一看到他們的身影，便踏出步伐。他對走在旁邊的庫法低喃：

「無論哪個都是夜界的強豪種族。能否拉攏他們將會成為本大爺生意的岔路——本大爺依序向你介紹吧，首先是那個戴著頭巾的紅色肌膚男人。」

他指著身材最高大，傲慢地將身體後仰，把帶路者的話當作耳邊風的魁梧壯漢。

「他是『沙漠王』的左右手布魯諾。說到沙漠王族，就是身上纏繞著滅亡火焰的流浪一族。他們會將所到的土地變成荒蕪的沙漠，因此命中註定不被允許停留在一個地方……是一群不斷尋求新的領土，沉迷於侵略戰爭，給旁人造成麻煩的傢伙。」

「所以才穿得那麼厚重嗎？為了壓抑滅亡火焰什麼的……」

「你要特別小心那傢伙。」

戈爾德將臉湊近庫法，小心地避免聲音被聽見。

「沙漠王似乎對本大爺的弗蘭德爾和睦相處路線有意見的樣子。說不定是在嫉妒就算永動機完成，他們領土的沙漠也會比較晚進行供給構造（基礎建設）的整修。」

「但他只有一個人。他是會亂來的人物嗎？」

「他肯定有讓手下潛伏進來！怎麼可能一個人大搖大擺地前來啊……！」

彷彿想說就連悄悄話都可能被聽見一般，戈爾德神經質地窺探著周圍。

不過，至少根據庫法的超感覺，並沒有發現可疑的氣息……

庫法催促對方繼續說下去，於是戈爾德尖銳的爪子指向布魯諾旁邊那個體型不均衡的老人。

「——那是弗蘭克斯坦族。沒有藍坎斯洛普像他們那樣**瘋癲**的。你看到了嗎？那幼童般的手腳，有著年輕人的強壯胸膛，腦袋卻搖搖晃晃的！似乎是把別人七零八落的肉體縫合起來，結果才變成那樣子。他們好像把『製造出不老不死的最強生物』當成一族的課題，真不知他們到底在想什麼……」

「他們對你的生意印象如何？」

「那倒是出乎意料地挺感興趣。」

戈爾德若無其事地述說。

「就連自己的身體都不斷反覆改造的他們，就『什麼也不是』這點來說，跟我們狂人狼挺合得來。再加上最近他們的國力似乎衰弱了。有傳聞說可能是身為研究主任的夜界樞機卿不在的關係，天曉得呢……？」

「也就是說他們有充分的動機想指望永動機是嗎。那位代表者的大名是？」

「霍伊爾醫師。叫他霍伊爾醫生吧。」

然後——戈爾德本想介紹最後的第三個人，不知為何一臉苦澀地搖了搖頭。是他們的距離已經近在眼前一事，讓戈爾德噤聲了嗎？

「實在很難說明。她是……」

「昨晚的蝙蝠先生！」

有著紫色肌膚的美女用強勢的音量打斷戈爾德的話，上前擁抱庫法。

這個咒力的特徵是「暗妖精」族。庫法想起自己曾聽說她的名字。

「……妳是叫妮爾菲亞嗎？」

庫法格外意識著身為吸血鬼族的威嚴，同時投以冷淡的一瞥。

「現場的主導者(Host)是他。」

眼見矛頭轉到自己身上的戈爾德露出不知如何反應的態度。

妮爾菲亞則絲毫沒放在心上，用若無其事的語調說道：

「我忠於自己的內心嘛。」

LESSON Ⅱ ～冒牌王子與暴發戶狼～

她這麼說，這次重新面向戈爾德，也對他來了個熱烈的擁抱。

「富豪先生！這艘船真棒呢，謝謝你的邀請。」

兩人的外貌年齡差距大到彷彿親子。戈爾德迷惘著該把手擺哪裡。

庫法回想起與女性首次碰面的情況。看來名叫妮爾菲亞的女性，與其說「看對方是誰」，不如說似乎是「看是男是女」來區分對待方式。

她對戈爾德這些狂人狼族似乎很友善這點算是救贖吧，不過……

「你好……吸血鬼閣下，你好……！」

有人拉了拉庫法的衣襬。一看之下，是體型不均衡的老人頻頻試圖引起庫法的注意。是弗蘭克斯坦族的霍伊爾醫生。

看來他似乎想講悄悄話，因此庫法悄悄地離開現場。

兩人一起靠近甲板邊緣後，霍伊爾立刻滔滔不絕地講了起來。

「我都懷疑自己聽錯了！沒想到連那個最強種族也應狼群的邀請前來！」

「心血來潮罷了。」

「那麼，你已經決定了嗎？你對他們那筆生意的回答是？」

庫法裝模作樣地雙手交叉環胸。他裝出深思熟慮了一番的樣子後……

「還不壞吧。」

「果然沒錯！老夫等人也這麼認為，唔嗯，唔嗯，唔～嗯……！」

他用彷彿要蓋過這邊話尾的氣勢附和著。

假如庫法說了相反的答案，他會作出怎樣的反應呢……

總之先多增加同伴是不會有損失的。庫法接著說道：

「馬德・戈爾德雖然那副德行，但相當理解人類。應該會成為很好的橋梁吧。」

「老夫等人也毫不遜色！」

霍伊爾突然發起脾氣，因此庫法為了保持面無表情而煞費苦心。

他似乎有什麼無法讓步的堅持，只見他捲起白袍袖子，秀出短短的手臂。

——唔——為了隱藏厭惡感，庫法又再次被迫努力維持面無表情。

將別人的肉體連接起來……就如同事先得知的這個情報一般，他的皮膚滿是**縫補痕跡**。從肌膚彈性和色素差異來看，性別和年代範圍應該相當廣泛吧。

究竟是什麼驅使弗蘭克斯坦族做到這種地步呢……

霍伊爾醫生總算將袖子恢復原狀，同時開口說道：

「探究『不老不死』——這就是我們弗蘭克斯坦一族的天命。」

「不老不死。」

庫法用不讓對方察覺到的態度，摻雜著嘆息反芻這句話。

矮個子的霍伊爾醫師似乎沒發現庫法微妙的表情變化。

「為了將老夫等人的研究推上新舞臺，無論如何都需要莫大的能量！唔～嗯，唔～嗯……」

「所以才會指望永動機嗎？」

「吸血鬼族實在太棒了。」

老人露出陶醉的眼神。

「據說你們的身體不會敗給任何疾病，且具備縱然四肢被折斷，也不當一回事的生命力……可說是最接近老夫等人追求的不老不死的一族吧。究竟是怎樣的構造呢……唔嗯，唔～嗯。」

察覺到他的視線在觀察自己的左手臂，庫法不由得脊背發涼。他堅決地發誓絕對不能在這個醫師面前露出破綻。

雖然很想求助，但戈爾德似乎還在忙著應付妮爾菲亞。

霍伊爾醫生似乎也還沒講個夠。他再次拉扯庫法的袖子。

明明與周圍保持這麼遠的距離，卻想要講悄悄話嗎？

「……喂喂？老夫還有一件事情想要請教你。也想請教狂人狼……看來你們似乎比剛到達的老夫更熟悉詳情啊。」

「想問的事情？」

「老夫在找人——在找人類！」

霍伊爾東張西望地環顧船隻周圍。

不過四處都被黑霧覆蓋住，就連路上行人的臉也看不清楚。

庫法不禁壓低音量反問。

「找人類？」

「應當在弗蘭德爾的某處才對……嗯，她那麼說過了！但卻完全聯絡不上……老夫在想是否出了什麼意外，打算要找出她，嗯，才千里迢迢來到這裡……！」

「是怎樣的人物？跟你們的關係是？」

霍伊爾醫生彷彿要說出那名字也十分僭越一般，用畢恭畢敬的語調回答：

「她雖是人類，但也是統率弗蘭克斯坦一族的夜界樞機卿。研究不老不死的最高權威……其名為死之女王，蕾西·拉·摩爾大人！」

庫法感覺像是心臟被一把抓住似的。

然後在內心深刻、深切地感到理解。

「死之女王」蕾西·拉·摩爾——她是亞美蒂雅和繆爾·拉·摩爾三百年前的祖先。

為了讓病死的女兒復活，沉溺於研究**永恆的生命**，啟程到夜界。她在那裡讓藍坎斯洛普

LESSON: Ⅱ ～冒牌王子與暴發戶狼～

屈服，吸收了他們的力量與知識——這不是別人，正是她本人親口陳述的事實。

去年夏天大航海的回憶，在庫法的腦海中復甦——

蕾西確實窮究鍊金術與科學，回到了弗蘭德爾。她在夜界當成據點的地方，原來是弗蘭克斯坦一族。不過，她已經亡故了……與三百年來一直在等她回來的雙胞胎哥哥，還有最愛的女兒靈魂一起。

惡魔的想法閃過庫法的腦海。

他對東張西望，靜不下心的霍伊爾醫生這麼告知：

「我知道她喔。是活了三百年的鍊金術師對吧？」

「什麼！此話當真？」

「我們可是互相握住彼此心臟的關係呢。」

雖然實際上摸索胸口深處的對象，是兩名公爵家千金——

庫法假裝沒有想起那種感觸，咳了兩聲清喉嚨。

霍伊爾醫生已經露出絕對不能漏聽庫法發言的模樣。

「女王現在人在何方？」

「我跟她大約在半年前分別後，就沒見過了——」

庫法將手指貼在下頷，一邊思索一邊說道：

「但她一直在擔憂你們，以及她的故鄉弗蘭德爾的未來。」

「……！」

霍伊爾的眼珠子像要跳出來似的瞠大，迫不及待地等著接下來的話語。

那麼，要怎麼說來操控他的行動呢……正當庫法在內心開始挑選用詞的時候。

傳來了狼的哀號。

「請……請您住手，沙漠之民啊！」

所有人的注意力都集中到聲音傳來的方向——也就是船頭。

然後庫法斥責起自己。實在是太大意了！

畢竟庫法被霍伊爾醫生給抓住。戈爾德被妮爾菲亞纏上。這麼一來，「剩下的那一個人」完全是自由之身。應當是事前被提醒要「特別注意」的「他」——

「有什麼關係呢，讓我在近距離看一下。你們是為了炫耀這玩意兒，所以才找我們來的吧？」

被稱為沙漠王左右手的布魯諾，居然靠近到永動機的中樞機構附近。原本在作業中的狂人狼連忙試圖阻止。

「就憑如此傲慢的釜——」

鏗鏗——布魯諾用拳頭敲打著釜的骨骼。

LESSON: II
～冒牌王子與暴發戶狼～

「真的能全面照顧到廣大的夜界土地嗎？嗯？」
「請……請您住手！不能這麼粗魯對待！」
追趕上他肩膀的狂人狼，不禁老實地說出口。
「要是被沙漠王族赤手碰觸的話……」
就在那瞬間，布魯諾的手一把抓住狂人狼的額頭。
他輕易地扭曲狼頭，狼的頭蓋骨嘎吱一聲地冒出龜裂。
「……就連你們這種暴發戶狼，也想愚弄吾一族嗎！」
「嘎……咿……嘎啊啊啊啊啊啊啊！」
狼的慘叫聲響徹整艘船，這也難怪。
因為布魯諾的手掌帶有劇毒。眼看被碰觸到的皮膚燒傷潰爛，毛皮燒焦著火。狂人狼拚死掙扎，但布魯諾力大無窮。
他盡情地勒緊狂人狼的額頭後，在狂人狼連哀號都發不出來時，拋到一旁。
周圍的狂人狼嚇得直打哆嗦，甚至不敢靠近。布魯諾更往前進。彷彿想說流了好汗一般，鬆開了領口。
然後將手指放到頭巾上。
「對了，這麼辦吧！吾一族是否要被狼群的花言巧語所騙……」

從鬆開的衣服縫隙間，可以略微窺見紅色肌膚。

漆黑的火焰從中噴射出來，無止盡地增強火力。

「就讓我試試這個永動機什麼的是否能承受住我的『滅亡火焰』吧。否則連要坐下來交涉都辦不到吧？」

他朝中樞機構筆直地伸出手臂。

漆黑火焰在他的手掌裡一邊捲起漩渦，一邊被壓縮起來——

戈爾德發出變調的哀號。

「快住手！永動機是很纖細的！」

在那些狂人狼部下衝出去前，庫法先一步迅速地一蹬地板。

黑色旋風在地板上留下燒焦痕跡，飛越了上空。在瞬間超越戈爾德與狂人狼——此刻黑火球正從布魯諾的手掌迸出。庫法在千鈞一髮之際降落到永動機前，在起身的同時抬起手臂。

兩者在手掌前方衝撞。

驚人的火力與冷力，伴隨著彷彿要劃破空間的巨響炸裂四散。原本想飛奔靠近的狂人狼反倒被那股壓力吹飛到後方。強風膨脹起來，在大運河裡讓以船為中心的大浪擴散開來。

LESSON：Ⅱ ～冒牌王子與暴發戶狼～

爆炸聲奔馳過高高的上空，匆匆離去。

若無其事地站在爆炸中心地的只有庫法，以及露出憤怒樣貌的布魯諾吧。

「居然能抵銷我的滅亡火焰啊。」

庫法的指尖還殘留著麻痺感。

在對方發動第二波攻擊前，他立刻大聲說道：

「狂人狼啊，聽好！」

美聲讓空氣緊繃起來。

包括倒地的人，發抖的人，等船上的所有人注意力都集中在自己身上後，庫法繼續說道：

「吸血鬼族已決定先一步與狂人狼族締結協定。就贊同你們以永動機為軸心的計畫吧——」

「哦……哦哦……」

「其他人也儘管當成參考吧！然後記好了，永動機已經不再是個人的東西，倘若有人想危害它，將會與吸血鬼族為敵！」

情勢一變，響起了歡呼聲。

霍伊爾醫師也鑽過舉雙手歡呼的狼群之間，拚命地想上前。

「老夫也一樣！弗蘭克斯坦一族當然也會締結協定！唔嗯，唔嗯！」

「我想想……暗妖精族要怎麼做呢？」

妮爾菲亞露出像在試探般的微笑。說不定是在評估價值。

然後布魯諾則是一言不發地拉起領口，轉過身去。他甚至也不需要嚮導，只見他推開狂熱的狼群，從甲板上離開。

這下他應當就無法隨便亂來了，但還是難說可以放心。畢竟只是為了一時方便撒的謊。庫法當然不可能是吸血鬼族的代表，倘若對方要求庫法進行具體的手續，會被逼入絕境的反倒是庫法……

不曉得明不明白有這種風險，馬德．戈爾德滿面喜色。

「真是太精彩的指揮了！你充分過頭地回應了本大爺的期望……！」

「那真是太好了。」

戈爾德將手貼到庫法的背後，折返回頭。

他背對那群狂人狼部下——與庫法兩人單獨對話。

「這下就掃除了憂慮。之後只管悠哉地等待明天的結婚典禮……咯咯咯！」

「不，還沒完吧。」

他到底有多得意忘形啊？庫法耳提面命地事先提醒他。

「為了迎接結婚典禮，我們還有個必須解決的難題。」

「嗯？……你是指什麼？」

「就是『撕裂魔事件』。你忘了這回事嗎？」

縱然是庫法，也不禁在聲音中摻雜煩躁。

最近，在聖王區發生多起悽慘的事件。狂人狼的被害者一個接一個被撕裂毛皮，慘遭殺害。犯人恐怕是以庫夏娜・席克薩爾為首的席克薩爾分家的人們……

要是沒有抓住她們，塞爾裘是不會從安全圈下來的吧。

明明如此，戈爾德卻彷彿語言不通一般，露出愣住的表情。

「那件事已經沒必要擔心了吧。」

「你說什麼？難道不知不覺間犯人已經被捕了？」

「是啊，你說得沒錯——就是**你們**。」

「……請等一下。」

庫法整個身體重新面向戈爾德。

兩人的對話完全牛頭不對馬嘴。豈止如此，甚至有種不祥的預感急速膨脹起來。

「我跟小姐——也就是預言之子，並不是撕裂魔事件的犯人。」

「不，除了你們還有誰？」

「我們不是在廣播中主張我們是清白的了嗎！」

「我以為那一定是你們隨口胡謅的——」

庫法高舉雙手，打斷戈爾德的發言。

心臟的鼓動以加速度騷動起來。必須盡快確認才行。

「現在……小姐正帶著芙莉希亞小姐到街上逛了對吧？為了避免我們的暗殺計畫被發現……你當然有安排護衛保護她們吧？」

戈爾德像是把魂魄掉在某處似的低喃：

「我還以為你們就是犯人……」

在聽完之前，庫法已經轉身離開。在場的狂人狼的狂熱太煩人了。幾乎都是因為過於喜悅而看不見周遭情況的人。庫法一邊推開毛皮一邊前進時，有人抓著他的褲管，拉住了他。

「吸血鬼閣下，請務必跟在下霍伊爾一同用餐……！」

庫法粗魯地甩開他後，飛奔而出。

如果「撕裂魔事件」的目的是阻止和平，也就是破壞結婚典禮的話，不可能放過這個絕佳的機會。讓婚禮挫敗的方法要多少有多少……例如在新郎新娘當中，即使不對新郎動手，也能透過殺害**新娘**來達成這個目的。

LESSON: Ⅱ ～冒牌王子與暴發戶狼～

已經上街的兩名少女危險了——

「……小姐！」

庫法將歡呼聲拋在背後，從船上飛奔而出。

芙莉希亞

位階：槍手

HP	824	MP	944		
攻擊力	65（1124）	防禦力	88	敏捷力	42
攻擊支援	0～25%	防禦支援	—		
思念壓力	50%				

主要技能／能力

遠見Lv.9／遠距離戰知識Lv.1／鐵匠大師Lv.1／增幅爐Lv.5／明鏡止水Lv.6／修癒士・初級輝方陣「心靈雞湯」／修舞士・初級翻步法「滑行鞋跟」

【來賓名單：II　《在神罰之夜》弗蘭克斯坦族】

追根究柢，他們也是出身令人難以理解的種族。聽說後來穩坐夜界樞機卿寶座的一名人類女性，試圖藉由改造手術來製造出超人一事，是已經逐漸成為他們代名詞的「拼湊」身體的由來。

在無止盡的探求之後，死之女王似乎帶著機密情報消失無蹤了。

然後在她已經離開的現在，被留下的齒輪究竟想前往何處呢……

LESSON：Ⅲ ～搖搖欲墜的蘋果～

希望梅莉達能以伴娘身分，讓新娘享受單身的最後一天——

梅莉達因為這樣的課題而帶芙莉希亞來到街上，但實際上她毫無頭緒，到底該怎麼做，才能讓芙莉希亞感到開心呢？

畢竟兩人雖然認識，卻沒有好好地交談過。

而且就聽來的情報，據說芙莉希亞的年齡比自己大一歲——也就是十五歲。不知是否因為這個緣故，視線也是梅莉達比較低，讓她不禁萎縮起來。

一看之下，禮服裝扮的芙莉希亞穿著鞋跟相當高的高跟鞋。

而且讓她更散發出成熟印象的，應該是戴在左手無名指上的訂婚戒指吧——

身為伴娘，為了避免有失體面，梅莉達也穿著氣質高雅的禮服。

「呃……」

雖然因受不了沉默而開口，但也不知該接著說什麼。

走在前頭的芙莉希亞轉頭盯著梅莉達看。

現在兩人正不經意地朝著市場前進。看要購物或用餐都行，總之必須找個理由，讓芙莉希亞遠離帝國飯店。

芙莉希亞的眼眸眯細。

「……妳真的沒有要危害塞爾袞大人的意思嗎？」

梅莉達內心一驚，僵硬地點了好幾次頭。

雖然梅莉達的確真心這麼認為，但有一半會變成謊言吧。畢竟庫法此刻大概正在跟人討論塞爾袞暗殺計畫的步驟，梅莉達也正在協助他們……無論自己與心上人的真心話是什麼，事實都不會改變。

「既然馬德．戈爾德都那麼說了，我對妳參加典禮一事沒有異議。」

芙莉希亞很明顯地表露出對梅莉達的警戒心。

「但如果妳對塞爾袞大人做出奇怪的舉動……我饒不了妳。」

「芙……芙莉希亞小姐真的很仰慕王爵大人呢！」

梅莉達硬是擠出了笑容。

「這……這麼說來，兩位是在哪裡相遇的呢？追根究柢，為什麼身為人類的妳，會跟狂人狼族有淵源呢……方……方便說來聽聽嗎？」

「……為什麼要問這種事情？」

LESSON Ⅲ

～搖搖欲墜的蘋果～

要說為什麼，是因為梅莉達剛好回想起來。她想起昨晚在借給梅莉達他們使用的帝國飯店雙人房裡，親愛的家庭教師發出了同樣的疑問。

只有這時，梅莉達光明正大，抬頭挺胸地回答：

「要說為什麼，因為我是芙莉希亞小姐的伴娘呀。聽說伴娘其實應該是由新娘最為信賴的友人來擔任的。」

「…………」

她意外地不擅長拒絕人嗎？芙莉希亞沒有作出任何反駁，低下了頭。

過了一會兒後，她將手掌比在自己的影子上。

「大家，出來吧。」

於是，令人驚訝的事情發生了——從她的影子當中，也就是染成黑色的石版路裡，有什麼東西滑溜溜地爬了上來。「呀啊！」梅莉達不禁往後退。

是狼。且體型相當巨大。倘若是芙莉希亞這種嬌小的少女，應該能背著她奔跑吧。記得芙莉希亞身為騎士的位階應當是「槍手」才對，但槍手具備這種能力嗎？狼無庸置疑地是生物的樣子，牠環顧周圍，抖動鼻子嗅著氣味。

梅莉達戰戰兢兢地伸出手掌。

「不……不會咬人吧？」

「我下令『咬人』的話就會咬。」

「噫嗚！」

是覺得梅莉達誇張地嚇了一跳的模樣很滑稽嗎？芙莉希亞的嘴唇浮現微笑。

「請妳放心。平常是很乖巧的好孩子。」

「那……那麼……唔哇，好柔軟喔。」

就如同飼主說的，狼非常習慣人類，十分乖巧。梅莉達撫摸牠的鼻子和頭部，牠便一臉舒服地瞇細眼眸。牠發出「咕嚕嚕」聲響的模樣，甚至讓人覺得可愛。

感覺芙莉希亞也露出微笑，然後她這麼說：

「那孩子名叫帕休芙爾……曾是比我小三歲的女孩子。」

「咦？」

「其他人也來打一下招呼。」

只見好幾隻狼從芙莉希亞的影子中接二連三地湧現出來。

圍住她周遭的一共有……加上帕休芙爾大概七隻吧。果然整體來說體型都十分巨大。狼群勇猛的鼻子大概在梅莉達和芙莉希亞腰部的高度。

即使是在街上，所有狼也不會無謂地亂吠。

牠們目不轉睛地用理智的眼神來回看向芙莉希亞與梅莉達。

LESSON: III

～搖搖欲墜的蘋果～

「庫爾德、德昆、斯穆尼、尼可。格蘭還有利皮斯……大家都是我的兒時玩伴。雖然平常只能在『影子世界』沉睡，但在我需要幫忙時，他們會立刻趕過來，助我一臂之力。」

「什……什麼意思？兒時玩伴……妳說這孩子曾是女孩子？」

這肯定是很需要勇氣的告白。芙莉希亞若無其事地吞了吞口水。

該說幸好現在周圍也沒看到路人的身影嗎——

「雖然上頭鄭重地吩咐我這件事一定要保密——」

芙莉希亞說了這樣的開場白後，高舉指尖。

只見思念之光「啵」一聲地在指尖上亮起。

倘若對象是一般人，應該會判斷那是瑪那吧。

但從那光芒**冰冷地**吹過來的凍氣，讓戰慄貫穿了梅莉達的脊背。

「這是……咒力？」

「妳說得沒錯。我平常稱為『瑪那』在使用的力量，其實是跟騎兵團的戰士不同，恰好相反的力量。是可恨的藍坎斯洛普所使用的，受到詛咒的夜之力量……」

狼群用鼻頭磨蹭著芙莉希亞安慰她。芙莉希亞下定決心，開口說道：

「我是夜界出身的。」

這番話刺入梅莉達的心臟。她震驚地倒抽一口氣。

接著芙莉希亞的語速稍微變快了些，她滔滔不絕地說道：

「被遺留在弗蘭德爾外面的人類，儘管數量絕對不多，但確實存在。馬德．戈爾德看中了他們……為了他所期望的弗蘭德爾的嶄新未來，他將那些夜界的遇難者聚集起來，進行了人體實驗。」

芙莉希亞和曾是她兒時玩伴的七人也是實驗的犧牲者。

「我是在實驗體當中，唯一適應了夜界的環境，且在保持人類模樣的狀態下獲得咒力的『成功例子』……」

然後，適應失敗而藍坎斯洛普化的，就是她的兒時玩伴——

不，雖然七隻狼確實是藍坎斯洛普的樣貌，卻沒有被憎恨與暴力給支配。牠們不是可以理解芙莉希亞的呼喚嗎？即使只有一丁點，牠們也還殘留著曾是人類時的意識……

儘管不曉得這樣是否算得上值得欣慰的事情。

「塞爾裘大人跟我們約定，會解除大家的詛咒，讓他們變回人類。」

芙莉希亞的眼眸與聲音湧現力量。

「所以我要成為他的槍，替他摧毀所有礙事者。」

「兩位是怎麼認識的呢？」

LESSON: III ～搖搖欲墜的蘋果～

「這……說來難為情——」

芙莉希亞吞吞吐吐起來。她的臉頰彷彿情竇初開的少女一般，染成朱紅色。

看來似乎有一段光是回想起來，就會讓她腦袋沸騰的過去……

「我雖然在實驗中成功適應了，卻因為副作用對內心造成嚴重的傷害……有一段時期我甚至無法與人交談，整個人就跟不具備知性的野獸一樣。」

「野生兒」這個片語閃過梅莉達的腦海。

芙莉希亞按住左右兩邊的臉頰。以她來說非常難得地滿臉通紅起來。

「塞……塞爾袞大人就是在那種時候發現我的。他應該是來視察馬德・戈爾德的實驗設施吧……塞爾袞大人看不下去我的遭遇，他耐心地呼喚著我，教導我話語，讓我找回人類的心靈……明……明明如此，當時的我卻連他伸出來的手，都無法理解是什麼意思……——」

芙莉希亞像是再也無法忍受似的按住嘴脣，那動作讓梅莉達察覺到原因。

——她……她咬了塞爾袞嗎？

噗咻——熱氣從芙莉希亞的頭頂冒出。

「經……經過一番波折後，找回人類心靈的我，就順勢服侍起塞爾袞大人，同時也兼任聯絡人……就是這麼……一回事……」

「沒……沒什麼好在意的，芙莉希亞小姐！」

這讓梅莉達不得不拚命地想辦法安慰芙莉希亞。

「我……我也是被仰慕的人看到許多難為情的一面，還被做過很很……很不得了的事情……！但他……他卻裝作什麼事也沒有的樣子！一點也沒有意識到我！」

呼——梅莉達讓呼吸平穩下來後，挺起格外單薄的胸膛。

「而且我也有看到他丟人的一面。算是扯平了。」

「扯平……是嗎？」

芙莉希亞用手指撫摸下頷，「這麼說來——」她忽然開口。

「別看塞爾袞大人那樣，他完全不會整理房間。」

「咦！真意外！」

「他本人是拿工作太忙當理由，但大概不是那樣。因為我或女僕替他整理房間的話，他就會生氣地說：『這樣我會不知道什麼東西放在哪裡！』莎拉夏小姐似乎也對哥哥大人的這種地方非常傻眼……甚至還說『乾脆把他的東西全部掃到庭院算了』這樣的話。」

噗嗤——梅莉達想像著好友莎拉夏氣呼呼地鼓起臉頰的模樣，不禁噴笑出來。

七隻狼也從喉嚨發出咕嚕咕嚕的聲音。

LESSON: III ～搖搖欲墜的蘋果～

明明煙霧飄散在周圍，卻覺得空氣十分甜美——梅莉達自然地露出笑容。

「我聽說這是政治聯姻，覺得很擔心呢。可是，無論是以怎樣的形式，能夠跟喜歡的人共結連理，實在很令人羨慕……恭喜妳，芙莉希亞小姐。」

梅莉達說到這邊，驚覺自己說錯了話，不由得倒抽一口氣。

芙莉希亞跟塞爾裘實際上並不會共結連理。

因為一到明天，就在兩人發誓相愛的結婚典禮上，塞爾裘將會遭到暗殺——

芙莉希亞似乎沒注意到梅莉達不自然地噤聲了，她移開視線。不知何故，她的側臉飄散出憂愁的神色，同時靠近路邊的欄杆。

那是架設在水路上的小橋上。

「我不是很清楚……這到底算不算好事。我只是在服從馬德．戈爾德與塞爾裘大人決定『這麼做』的事情而已。」

「怎麼會……」

「但是——」

這時，芙莉希亞像要覆蓋自己的話語一般，繼續說道。

「我可以不用再回到那個又暗又冷的夜界實驗設施了呢。」

「芙莉希亞小姐——」

「從明天開始，可以被允許一直……隨侍在塞爾袞大人的身旁呢。」

傳來了音樂聲。

轉頭一看，原來是市場傳來的。整條路並列著滿滿的攤販，剛烤好的點心散播著濃郁的香味。還有五顏六色的裝飾。身穿傳統衣裳的聖王區居民，配合樂隊跳著舞蹈。

明明還是白天，卻有一邊喝著葡萄酒一邊在唱歌的團體。

可以看到人們露出許久未見的笑容——

「今天有什麼祭典嗎？」

雖然芙莉希亞驚訝地這麼低喃，但梅莉達可是一目了然。

「這還用說嗎，是在慶祝喔。」

「慶祝？」

「慶祝明天的結婚典禮！他們在祝福王爵大人與芙莉希亞小姐的婚事喲。」

芙莉希亞將臉轉回原位，再一次看向市場的光景。

高舉在四處的旗幟和裝飾，確實是意謂著國家發展，祈求安產，還有家庭永遠幸福美滿的東西……乘著風傳來的歌聲裡，蘊含著女性的戀情，以及男性回應那份心意的純真思念。

芙莉希亞彷彿甚至忘了要眨眼一般，眺望著人們的笑容。

LESSON: III ～搖搖欲墜的蘋果～

她用別人不曉得能否聽見的音量低喃：

「塞爾裘大人的做法十分粗暴。大家雖然沒說出口，但都認為他樹立了許多敵人。都很擔心弗蘭德爾的未來不曉得會變成怎樣，非常不安吧。」

明明如此——芙莉希亞斷斷續續地吐出氣息。

「儘管這樣……大家還是願意……祝福這場婚事呢。」

梅莉達輕快地一蹬石版路，牽起芙莉希亞的手。

「芙莉希亞小姐，我們也來跳舞吧？」

咦？芙莉希亞一臉驚訝，但梅莉達毫不在乎，就那樣奔向市場。狼群也一邊發出哇哇的叫聲，一邊跟了上來。芙莉希亞目瞪口呆，任憑梅莉達擺布。

擠滿人山人海的祭典已經近在眼前。

「梅……梅莉達．安傑爾，妳明白自己的立場嗎？」

「像這樣把臉遮住就沒事了！」

梅莉達這麼說並從口袋裡拿出來，迅速遮住雙眼的東西，是進行「解放運動」時的面具。她為了以防萬一，一直隨身攜帶。

在身穿禮服且戴著面具，衝入音樂的中心之後，便澈底成了祭典的一員。梅莉達拉起芙莉希亞的左右手，跳起舞來。禮服在石版路的中心綻放出兩朵花瓣。

一旁的觀眾吹起口哨。樂隊互相對望，更加熱情地演奏音樂。

芙莉希亞一直被牽著走，她似乎為了避免踩到腳就已經分身乏術的樣子。

「我……我從來沒跳過舞！」

「這樣不行喔。我來教妳吧——嘿！」

「唔哇哇！」

面具緩和了梅莉達的緊張。祭典的氛圍讓心靈雀躍起來。如果愛麗絲、庫法和蘿賽蒂——這些熟面孔也在一起的話，一定會更開心吧。為了排遣感傷，梅莉達踩著舞步。鞋子輕快地發出聲響。

芙莉希亞的**踏步**很笨拙，節奏感也有待加強。她勉強自己穿上高跟鞋也是原因之一吧——為了明天的婚禮，她正在讓雙腳熟悉高跟鞋。即使只有一丁點也好，為了變成能與年長的塞爾袞更相配的女性。

不曉得原因的針，混在音樂中刺向梅莉達的胸口。

沒有任何人在意梅莉達面具底下的表情，還有芙莉希亞笨拙的舞姿。即使狼群興奮地四處蹦蹦跳跳，也沒有人會因此騷動。他們大概以為這是馬戲團的表演還什麼吧。最後，為了梅莉達她們演奏的音樂悠閒地拉長尾音，接著劃上休止符。

梅莉達踮起腳尖，優雅地一鞠躬。芙莉希亞也慢半拍地低頭行了個禮。不知不覺間

LESSON: Ⅲ ～搖搖欲墜的蘋果～

包圍住石版路的周遭觀眾，為兩人送上掌聲與喝采。

「不錯喔，小姑娘！」

「要不要再跳一曲？」

「不用，已經很夠了！」

芙莉希亞以驚人的氣勢搖了搖頭，這次換她反過來拉起梅莉達的手。

從互相交纏的手指，可以感覺到彼此都流了一身舒暢的汗。

新娘一邊快步地遠離舞池，一邊發起牢騷：

「妳太亂來了，梅莉達．安傑爾！」

「可是玩得很開心吧？」

話雖如此，但是否太引人注目了一點呢？

在兩人遠離人群的時候，有個人物很自然地走近，向兩人搭話。是個戴著眼鏡，身穿高級西裝裙，感覺就是個女強人的妙齡女性。

「我找妳好久了，妳是新娘芙莉希亞小姐吧？」

她和善地露出營業用的微笑。梅莉達與芙莉希亞手牽著手，停下了腳步。

「您是哪位？」

「自我介紹晚了。我名叫亞美爾，是婚禮顧問。狂人狼族吩咐我規劃流程，炒熱結婚典禮的氣氛。」

「……咦？」

梅莉達微微歪頭，露出疑惑的表情。

儘管迷惘了一瞬間，但沒察覺到才奇怪。

「亞美蒂雅伯母大人？」

瞬間伸過來的手掌，一把抓住梅莉達的兩頰。

她就那樣被面帶笑容的亞美爾女士給帶走了。梅莉達瞄到芙莉希亞一臉莫名其妙，目瞪口呆的樣子，自己則是被搭著肩膀，帶到牆邊。

小聲斥責梅莉達的，當然是假扮成顧問的亞美蒂雅女公爵。

「別叫出名字，傻瓜！妳明白妾身等人的立場嗎！」

「啊嗚，對不起……！可是伯母大人，妳究竟在這種地方做什麼呢？」

亞美蒂雅搭在梅莉達肩膀上的手，更用力地將她的頭拉近自己。梅莉達的後頸抽痛起來。

「那、是、我、要、說、的、臺詞，蠢貨！因為你們一直沒回來，妾身擔心你們是否出事了，可是一覺也沒睡地到處在找你們……！」

「痛痛痛痛痛！對不起對不起對不起~~！」

LESSON: III ～搖搖欲墜的蘋果～

「……梅莉達・安傑爾？她是妳認識的人嗎？」

在芙莉希亞這麼搭話的時候，亞美蒂雅鬆手解放了梅莉達。

她面帶營業用笑容轉過頭時，已經恢復成「亞美爾」的演技。

「——非常抱歉。因為她對新娘的招待實在太不周了，哦呵呵。話說回來，我才想問妳們只有兩人一起行動，究竟在做什麼呢？」

「那個，擔任伴娘的她，在結婚前的最後一天陪我走走。」

「伴娘……」

不曉得亞美蒂雅酌量到多少內情呢？梅莉達察覺到她聰明的頭腦在低吼著。

過了一會兒後，亞美蒂雅——也就是亞美爾顧問，伴隨著笑容開口說道：

「——既然如此，我有個很棒的點子。」

說到婚禮前夕（Bridal Shower），只找親密的女性朋友一起開家庭派對，是最基本的！

亞美爾這麼強力主張，梅莉達她們來到蓋在高級住宅區威斯普頓地區的席克薩爾家本邸。就算說要開家庭派對，梅莉達並非這鎮上的居民，而且也無法靠近安傑爾家的本邸。雖然芙莉希亞也是同樣的立場……但既然是塞爾袞的傭人，就跟家人沒兩樣吧——兩人說不過亞美爾女士的這番道理。

具備廣大土地的氣派宅邸鴉雀無聲。

一方面也因為威斯普頓地區是王室專用，與鄰宅的距離相當遙遠。既沒有馬車在馬路上奔馳，自然公園也是連一個人影都看不到。

簡直就像只有這一帶從世上被切割開來一般──

「席克薩爾宅邸的人們呢？」

梅莉達這麼詢問，於是芙莉希亞用平板的語調回答：

「聽說目前聚集在王城……好像沒有任何人留在宅邸呢。」

「這樣正好呀！」

亞美爾女士用雀躍的聲音這麼說道。

她雙手拿滿購買的大包小包，還塞了幾個到梅莉達手上。她沿路在鬧區購入了大量物品。梅莉達一問裡面裝了什麼──

「妳這個伴娘真是的！」

不知何故就被說教了。她扮演職業婦女的演技相當爐火純青。

「在婚前派對，要贈送許多禮物給新娘。妳必須好好地替她祝賀一番才行呀！」

「這……這樣啊！說得也是呢……」

「不，那個，請不用費心。」

LESSON III

～搖搖欲墜的蘋果～

亞美爾推著惶恐的芙莉希亞的背，鑽過門扉。

但在三人進入領地後，亞美爾轉過頭去，斬釘截鐵地高舉手掌。

「你們不能進來喔？」

她說的是那七隻狼。理所當然地打算跟在芙莉希亞身後的牠們，一臉為難地在門前徘徊著。亞美爾用堅決的態度露出微笑。

「畢竟這是女子會（Girls Party）嘛。」

她還是一樣不由分說。芙莉希亞隔著門向狼群搭話。

「大家可以先回飯店喔。」

聽到她這麼說，狼群也只好沮喪地垂下尾巴踏上歸途。七隻狼的身影融入煙霧中，亞美爾看似滿足地笑了。「真是群乖孩子！」

梅莉達隱約猜出她——亞美蒂雅的目的了。

「好啦，立刻來享受派對吧！」

亞美蒂雅意氣風發地打開玄關門，踏入無人的宅邸。

宅邸內相當時髦。亞美蒂雅決定將面對中庭的客廳當派對會場，俐落地將禮物搬進來。然後將會場布置完畢後，亞美蒂雅讓梅莉達與芙莉希亞兩人獨處，準備離開客廳。

「我去準備晚餐，請兩位慢慢享受這場只有閨密的派對……」

咦？芙莉希亞本想出聲說些什麼，但她還是閉上了嘴，什麼也沒說。

大概是覺得有不怎麼熟悉的大人在場的話，會如坐針氈吧。

亞美蒂雅有一瞬間向梅莉達使了個眼色，然後砰一聲地關上房門。

她的意圖終於傳達給了梅莉達。也就是要「調查」與「爭取時間」。亞美蒂雅趁這個大好機會澈底調查席克薩爾家本邸，找出塞爾裘的弱點。還有掌握前當家真龍與迪莉塔的線索。

她是要梅莉達在這段期間吸引芙莉希亞的注意力，避免芙莉希亞起疑吧。梅莉達一邊在暗中緊張起來，同時拉起芙莉希亞的手。

「芙莉希亞小姐，立刻來打開禮物看看吧？」

亞美蒂雅究竟買了些什麼呢？看到緞帶包裝會忍不住興奮起來可說是少女的本性。另一方面，芙莉希亞似乎跟送禮這個習慣本身無緣的樣子。她用生澀的手指動作解開緞帶，打開盒子。

她與梅莉達兩人露出充滿期待的眼神，窺探著盒子裡面——

有誰能責怪她們突然僵住了呢？

「這……這是……？」

細心地包裹起來的包裝紙。上面還留著幕後推手（亞美蒂雅）的留言卡。

LESSON Ⅲ
～搖搖欲墜的蘋果～

感覺她一臉得意地寫下的留言內容是——

『說到給新娘的禮物，當然少不了性感內衣嘍！』

就是這麼回事，於是在幾十分鐘後，究竟為什麼會演變成這種情況呢……

總不能開口說還是別送禮物了，梅莉達她們一個個地打開所有的禮物盒，裡面幾乎都是裝著內衣褲，最後只能輪流試穿起那些禮物。中庭有高牆圍住，當然沒有任何人的身影，但兩人還是率先拉上窗簾，在房間裡點起蠟燭，這點自不用提。

兩人脫下來的禮服掛在椅子上。

沙發上堆滿了內衣褲，那設計大膽到讓人懷疑精神是否正常。

「嗚嗚，為什麼連我都這副打扮……？」

梅莉達將幾乎只是細繩的內褲牢牢綁緊，套上吊帶睡裙。但那件吊帶睡裙實在單薄到不能再薄，幾乎沒有達到遮掩肌膚的功用。只有勉強在胸部附近有點厚度，拒絕讓挺立的櫻花色透出。

不過，那又有什麼安慰作用呢？

這種設計根本就像在說「這塊布底下這麼色喔，請看個仔細」嘛！

「這這這……這是妳送的禮物，所以希望妳能負起責任陪我到底！」

芙莉希亞也自暴自棄似的換穿內褲。布料面積跟梅莉達穿的內褲一樣岌岌可危。她挑選的吊帶睡裙雖然沒有透光，但相對地在開衩的高度上挑戰極限。從腋下大方地朝前後擴展開來，從旁邊眺望過去的模樣……倘若沒有注意到內褲的細繩，八成會看錯成裸體吧。

讓人不由得去想像，倘若掀起來會變成什麼樣。

梅莉達不禁回想起前幾天得意忘形地穿「裸體圍裙」向心上人(庫法)發動攻勢時的事。當時腦袋沸騰到根本沒有餘力去顧及其他事……但從庫法眼中看見的自己，正好就是這副模樣。熱氣再次從金髮中冒出。

兩名少女不約而同地靠近桌子，一口氣喝光杯子裡的飲料。

果汁瓶早已經空了一瓶。那是亞美蒂雅選中的少數正常的禮物。這情況大概可以說是不讓腦袋冷靜一下的話，實在撐不下去吧。

梅莉達總算體會到婚前派對限定女生參加的意義了。

「那……那麼芙莉希亞小姐，有哪件內衣妳比較喜歡的嗎？」

「……有幾件。」

從認為是禮物就耿直地收下這點來看，芙莉希亞是個一本正經的人。

LESSON III

～搖搖欲墜的蘋果～

她選了滿滿褶邊的襪帶，捲在左邊大腿上。

然後將自己攜帶的槍套掛在襪套上，把德林加（Derringer）手槍收進裡面。

「這樣的話，即使是禮服裝扮，感覺也安心多了。」

她輕飄飄地搖晃吊帶睡裙的下襬，只見短短的槍身正好收納在可以靠禮服裙子遮蓋住的位置。梅莉達不得不曖昧地點點頭表示：「這……這樣啊……」

從只是追求機能性這點來看，或許可以說很有芙莉希亞的風格吧……

芙莉希亞大口喝光不知是第幾杯的果汁，開口說道：

「我收下這件就足夠了。換回原本的衣服吧。」

「咦咦！」

梅莉達發出變調的哀號。

因為她完全沒有爭取到時間。為了讓亞美蒂雅徹底調查這廣大的宅邸，有多少時間都不夠用吧。倘若現在芙莉希亞離開這間客廳的話，最糟的情況，「亞美爾」是通緝犯這件事會穿幫。

梅莉達必須親自阻止那種情況發生才行。

就算很亂來，也只能設法拖住芙莉希亞。

「等……等……等一下，芙莉希亞小姐！妳還什麼都沒有弄明白呢！」

「什麼？」很快就想換穿內衣褲的芙莉希亞歪頭露出疑惑的表情。

還不夠，還不夠——還必須請她對禮物（內衣）保持興趣才行。梅莉達拚命地思索，同時開口說話。至於要說什麼，等說出口再來思考就行了。

說到感覺能夠吸引芙莉希亞關注的詞彙——？

「妳……妳居然在內衣底下藏武器？實在太不像話了……女……女孩子的內衣褲，內衣褲本身就會成為武器喔！」

「內……內衣褲會成為武器嗎……？」

鐺鐺——！芙莉希亞露出震撼不已的表情，意外地很熱中這個話題。

梅莉達在內心對自己的靈機一動叫好。

不過，她立刻陷入了死胡同。因為芙莉希亞非常積極地深入追究。

「那究竟是怎樣的原理？希望妳能詳細指導！」

「呃，這個嘛～」

梅莉達怨恨起自己走一步算一步的行為。

既然如此，無論有多難為情，都只能向前衝了不是嗎……

梅莉達用指尖把玩著自己身穿的，近乎透明的吊帶睡裙。

「簡單來說，這……這種內衣就是穿給丈夫觀賞的東西吧？所以才會都是這麼大膽

的設計……我……我認為只是穿上還不夠喔。如果不能好好地誘惑喜歡的人——不能擊敗對方的話，就毫無意義嘍！」

「擊敗對方！」

「沒錯，要讓對方神魂顛倒！」

梅莉達像是茅塞頓開一般，突破羞恥心的高牆。

她自暴自棄，滔滔不絕地說了起來。

「老師他明明看到那麼多我難為情的一面，還親手碰觸過……唔唔，卻擺出若……若無其事的樣子。他非常愛逞強！為了擊敗那樣的丈夫，就得靠這種色……色色的打扮炒熱氣氛喲。要將老師迷得神魂顛倒，讓他不管怎麼做都無法忍耐！」

「具體而言是？」

如果她能在這裡回過神來的話，說不定還算有得救。

但芙莉希亞非常認真學習，勤奮到令人吃驚的地步。梅莉達確實也非常清楚憧憬的男性不把自己當對象的焦躁感。倘若能掌握主導權，想必會爽快不已吧。

光是穿上還不行……具體而言，該怎麼做才好呢？

梅莉達在腦內想像心上人（庫法）的身影，一邊意識著他的視線，一邊走向沙發。

她淺淺地坐在沙發上，像在挑逗人似的攤開手腳。

LESSON III

～搖搖欲墜的蘋果～

「像……像這樣？」

房裡沒有鏡子，因此她也不是很清楚自己現在是怎樣的姿勢。

「如……如何呢？」

「原來如此，重點是『架式（姿勢）』呢！」

「例……例如可以掀起來……」

就在梅莉達拉起下襬，露出白皙的大腿與小褲褲時，她注意到自己的錯誤。

「不對，難得這是會透光的設計……」

所以要把「照理說看不見」這一點當成藉口。也就是以慵懶躺平的姿勢將一隻腳放到地板上，並將另一隻腳的膝蓋立起。

芙莉希亞像是忍受不住似的猛然按住鼻子。

……配上那狹隘的布料面積，梅莉達的鼠蹊部現在應該呈現出非常驚人的肉感吧。吊帶睡裙像在吊人胃口似的薄紗應當會替自己的魅力增添色彩。假如真的是要秀給庫法看，說不定胸……胸部也可以裸露出來。要是讓人窺見櫻桃鮮豔的色澤，就幾乎等於是秀出裸……裸體了！

「這……這姿勢太暴力了，梅莉達．安傑爾！」

「是……是嗎？接著輪到芙莉希亞小姐嘍！」

梅莉達心想不能只有自己這麼難為情，將芙莉希亞也拉下水。

該讓她擺出怎樣的姿勢比較好呢？

梅莉達觀察芙莉希亞的裝扮，思索一番後，沒有讓她坐在沙發上。相對地讓她跪在地毯上，像是要倒下一般將上半身靠在沙發上。

於是她變成將臀部大方往外翹的姿勢。

倘若將她的內衣設計也算進去，魅力不僅只於此。

「那……那……那個，梅莉達．安傑爾……吊帶睡裙的前……前面垂落下來……」

「嗯……唔哇，看光光了。」

噫——芙莉希亞的聲音僵住了。

她的吊帶睡裙特徵在於高開衩。一旦變成接近趴著的姿勢，前方就會順從重力垂落下來。於是從無垢的肚臍到小褲褲都變得一覽無遺，再加上還稍微彎腰的話……便能窺見讓人想像起頂級柔軟度的少女隆起，與櫻花色的裝酷表情。

從脊背到臀部的曲線美，與奢侈的膚色樂園形成的對比——

梅莉達害怕起自己的才能。這是為什麼呢？腦袋沸騰得愈來愈厲害，燒得她滿臉通紅，回想起心上人的視線，讓她更想挑戰大膽的姿勢。

又不是那個早熟的好友（繆爾）……

LESSON: III

～搖搖欲墜的蘋果～

芙莉希亞依然趴倒在沙發上，不知何故，她看來連要起身都覺得麻煩的樣子。

「梅……梅莉達．安傑爾，我總覺得……腦袋昏沉沉的……」

「我……我也是……奇怪……？」

梅莉達也不知為何，雙腳使不上力，軟趴趴地坐倒在地。

兩人將手臂繞到對方身上互相扶持，以超近距離從芙莉希亞的嘴唇吐出的溫熱氣息，讓梅莉達猛然抬起臉來。

「酒的味道……！」

雖然遲了些，但梅莉達轉頭看向桌上──堆滿空禮物盒的地方。

兩人為了讓頭腦冷靜下來，已經有兩個瓶子是空的了……

喀嚓──客廳的房門開了。

「時間差不多到了吧？」

「亞美蒂雅伯母大人……！」

亞美蒂雅．拉．摩爾脫下眼鏡，穿著西裝打扮前來。她彷彿想說已經沒必要演戲似的恢復成原本的語調，腰上掛著熟悉的大劍。

芙莉希亞當然沒有餘力去責怪她。

因為她完全喝醉了。從剛才開始，梅莉達就覺得自己跟她好像樣子都不太對勁，原來是因為果汁裡含有酒精。兩人為了排遣害羞的情緒，接連地喝光瓶子裡的飲料，這讓她們更加速失去了正常的判斷力——似乎是這麼一回事。

梅莉達一邊扶持著早已經意識朦朧的芙莉希亞，一邊忍不住出聲詢問：

「伯母大人……妳為什麼要這樣捉弄我們呢……？」

「這是為了引出『撕裂魔事件』的犯人。」

亞美蒂雅毫無愧疚之意，她用指尖撥開窗簾，注視著中庭。

是氣溫下降了嗎——一陣寒風搖晃著樹木，吹過樹林間。

「妳沒發現嗎？這個狀況對撕裂魔而言是最後，且是最大的好機會。縱然無法碰到塞爾裘，只要殺掉新娘（芙莉希亞），就能讓結婚典禮泡湯。這可是千載難逢的，讓他與狂人狼族的和平交涉挫敗的手段。」

「怎麼會……」

「不過，只是在街上閒晃的話，犯人是不會現身的吧？既然如此，只要暴露出更大的破綻給他們看就行。讓護衛遠離目標，卸下裝備，灌醉她讓她失去意識……這下才總算察覺到氣息了——可以這麼說吧。」

「意思是妳把芙莉希亞小姐當誘餌嗎！」

亞美蒂雅從桌上拿起酒瓶，就那樣直接嘴對瓶口，豪邁地大口喝了起來。

LESSON: Ⅲ ～搖搖欲墜的蘋果～

「——原諒妾身。善後工作就由妾身來親手處理吧。」

一陣強烈且刺骨的風在中庭捲起漩渦。

天空因為煙霧而陰暗不已。填滿周圍一帶的霧急速地蠢動起來。簡直就像誤入暴風雨的中心一般……半裸的梅莉達尋求芙莉希亞的體溫。

芙莉希亞像在打瞌睡似的搖晃著頭，彷彿隨時會失去意識。

「伯母大人，這個氣息是……」

「唔……嗯……」

梅莉達的上臂冒出雞皮疙瘩。亞美蒂雅的表情也嚴厲起來。

有令人毛骨悚然的「什麼」混在煙霧中靠近一事，已經顯而易見。亞美蒂雅的企圖正中目標。不過，這股壓迫感究竟是……？

居然讓身經百戰的魔騎士也冒出冷汗，實在非比尋常。

「庫夏娜那傢伙，什麼時候多了如此不祥的瑪那……？」

亞美蒂雅踮起腳尖，用力扯下窗簾。她先將窗簾扔給梅莉達後，自己很快地拔出大劍，瞪著中庭看。

梅莉達用窗簾裹住自己與芙莉希亞半裸的身體。

已經完全被酒醉困住的芙莉希亞，任憑梅莉達緊抱著她。在她進入夢鄉，澈底變成

「毫無防備」的瞬間，想取她性命的撕裂魔將會現身吧。芙莉希亞長長的睫毛搖晃起來，眼皮慢慢地垂下──

呼──她吐出安穩的氣息。沒有任何人採取行動，幾秒間的寂靜。

亞美蒂雅一聲不響地將手掌滑到握柄上。

才心想她連一絲破綻都沒有，一直瞪著中庭看時──

她突然轉過頭來。

「不好！」

在梅莉達開口說了聲「咦？」的時候，猛然飛奔靠近的亞美蒂雅將她與芙莉希亞推向旁邊。她們與窗簾糾纏在一起，在地上翻滾。

就在那一瞬間，客廳的牆壁被貫穿了。

在吹飛房門木片的同時突擊進來的人影，像要橫掃直到剛才芙莉希亞和梅莉達所在的位置一般飛奔而入。當替身待在那裡的女公爵被捲入那波衝刺。

那是宛如野獸般的巨大身影。對方與亞美蒂雅互相糾纏，在地板上翻滾。

「沒想到會這麼規矩地從玄關進來啊……！」

亞美蒂雅一邊咬緊牙關，一邊用腳跟踢向對方的心窩。在翻滾的同時往上踢起。對方順著衝刺的氣勢吹飛出去，被吸入窗框。

LESSON: III

～搖搖欲墜的蘋果～

玻璃碎片伴隨著清脆的碎裂聲響飛舞散落——

亞美蒂雅立刻跳起，然後自己也踢破窗戶跳向中庭。梅莉達也忍不住想見證到最後。她將禮服披到在地板上沉睡的芙莉希亞身上後，自己一邊將窗簾纏在身上，同時飛奔靠近窗邊。

亞美蒂雅保持著幾公尺的距離，在中庭與襲擊者對峙。

該怎麼形容襲擊者的模樣才好呢——他纏繞著影子般的火焰，全身化為黑色的木炭。體格是人類的兩倍。原以為是野獸，但果然還是人類。因為他的右手緊握著具備「矛」形狀的某樣東西。

有什麼……應該說纏繞在他身上的影子本身具備質量嗎？

梅莉達在雙重的意義上陷入混亂。

「亞美蒂雅伯母大人，那是……！」

「唔嗯，不是庫夏娜嗎……！」

「是屑鬼（Loup-garou）！沒能變成藍坎斯洛普的失敗作！」

襲擊者發出彷彿野獸的咆哮。周圍的樹木騷動起來。

為何偏偏會在這個聖王區看見他呢？雖受到夜晚的瘴氣侵蝕，卻無法徹底變成藍坎斯洛普，也喪失人類自我的可憐怪物，屑鬼。老實說，那是梅莉達想忘卻的記憶……剛升上二年級的梅莉達，在地底都市鄉哥爾塔的實驗設施裡看見的光景，不由分說地在腦海中復甦。

屑鬼是沒能變成藍坎斯洛普的失敗作——

既然這樣，構成他「原型」的人物究竟是誰呢？

還無暇思考，襲擊者便強烈地一蹬地面。土塊往上掀起，那猛烈程度甚至讓人懷疑起自己的眼睛。敵人用彷彿爆炸的氣勢突擊過來，亞美蒂雅以拚死的覺悟迎戰。

模擬矛的影子與大劍衝撞。

衝擊波化為強風膨脹起來。梅莉達按住窗簾護著臉部。席克薩爾家圍繞著中庭的所有窗戶，都彷彿要裂開一般顫抖不停。

倘若不是最強騎士之一的亞美蒂雅，手臂和膝蓋早就被折斷了吧。

她絕非游刃有餘。女公爵咬緊牙關，在冒出冷汗的同時，將大劍推回去。

從雙方刀刃交鋒，互不相讓的姿勢中，傳來了一個聲音。

「……亞……亞美蒂雅伯母大人……！」

「是庫夏娜嗎？」

正如她所說，影子稍微從襲擊者身上被揮開，出現了五官深邃的美女容貌。

梅莉達也在去年夏天的大航海中見過她一面。是莎拉夏與塞爾袞的堂姊妹，庫夏娜．席克薩爾。因為暗殺王爵未遂，理應遭到幽禁的她，果然跟庫法猜想的一樣，她肯定是趁革命的混亂逃脫──之後變成「撕裂魔」，夜夜殺害狂人狼族。為了讓他們廢棄和平共處。

為了避免大劍亂動，亞美蒂雅拚命地按住握柄，同時開口呼喚：

「庫夏娜啊，快收起這個凶暴的影子！」

「我才想請亞美蒂雅大人別妨礙我……已經沒有時間了！」

「想阻止革命的話，就配合妾身等人的計畫吧！」

「……已……已經無法控制了……！」

包住庫夏娜的野獸般影子，自行發出了咆哮。影子像是要撕扯自己似的亂動起來，甚至折騰著庫夏娜。換言之，是**不同個體**。並非庫夏娜本身就是屑鬼，而是她被化為屑鬼的某個人給**附身**了。

「……等等。」

亞美蒂雅像在顫抖似的倒退了兩三步。

「妾身對這個力量有印象……是一個月前的王座會議！跟塞爾裘那蠢貨操縱的影子一樣……！這表示──」

「亞美蒂雅伯母大人！」

梅莉達活用自己能自由行動的立場，先發制人。她從成堆的禮物盒中找出「果汁」瓶，將那瓶子從窗戶扔了出去。

瓶子描繪出拋物線，像被吸過去似的飛向屑鬼頭頂上。

亞美蒂雅反射性地動了起來。她輕輕地一揮大劍，砍破瓶子。瓶子裡的液體在空中飛濺，灑向屑鬼的全身。

女公爵另一隻手的手指啪一聲地彈響，射出火花（瑪那）。

火花點燃摻在液體裡的酒精，以讓人驚醒的氣勢燃燒起來，且蔓延到全身。熱浪驅散上空的煙霧。屑鬼發出像是從地獄底層響起似的尖叫，慢慢地從庫夏娜身上被剝開。

「咕……嗚……！」

彷彿脫掉鉛製的衣服一般，庫夏娜健全的身體滾了出來。

將她「砰」一聲地吐出到地面上後，影子野獸更加敏捷地跳了起來。牠踢倒樹幹，將席克薩爾家的屋頂當成踏腳處，高高地飛舞起來後，從雙腳張開不祥的黑色羽翼。

一邊緩慢地在上空靜止，一邊朝右手收緊的東西，是模擬矛形狀的影子——

「果然沒錯……！」

在亞美蒂雅瞠大眼睛的瞬間，上空發出破裂聲響。是屑鬼一蹬空氣之牆。亞美蒂雅在千鈞一髮之際閃向旁邊，避開了那垂直且神速的一擊。

LESSON III
～搖搖欲墜的蘋果～

彷彿想說是誤差一般，刺下來的矛讓地面爆裂開來。

大大小小的土塊伴隨著巨響飛濺四散，衝撞上席克薩爾家四面的牆壁。梅莉達也發出哀號，躲到窗戶底下。依舊倒在地上的庫夏娜拚命地護住頭部。

亞美蒂雅盡全力跳向旁邊，在滑行後停了下來，但她並未展開反擊。

她注視著在飛散的土塊對面，顯露出殺意的怪物。

「這力量是龍騎士的……那把矛……那種戰鬥方式是『她』的……」

女公爵的嘴唇驚恐地顫抖起來。

「迪莉塔・席克薩爾！是妳嗎！」

『咕嚕嚕……！』

「怎麼會變成這副模樣……！」

梅莉達看見她握住大劍的手指，與聲音一同變得無力。

梅莉達從窗框露出臉窺探，但她難以理解亞美蒂雅女公爵所說的話。說到席克薩爾家的迪莉塔，正是莎拉夏與塞爾裘兩人的母親。她與丈夫真龍都是著名的充滿正義感的武人——

應當是會率先阻止兒子（塞爾裘）這種愚蠢革命的人物。

對於即便到這種時候都仍未現身的他們，亞美蒂雅原本預測「大概是遭到監禁了吧」。另一方面，庫法則是直言「也有可能遭到殺害」，梅莉達也一直痛心擔憂著好友雙親的安危……

但萬萬沒想到。

究竟有誰能想像到居然會以這種形式再會呢？

怪物再度壓低重心，亞美蒂雅儘管無意識地將大劍比向對方，仍搖了搖頭。

「別這樣，迪莉塔……這是要妾身殺了妳嗎……」

她宛如新兵一般，指尖不停顫抖，刀鐔發出聲響。

怪物毫不在乎地飛翔起來。

就在同時，有另一個人影從席克薩爾家的屋頂跳了起來。

「……喝！」

燕尾服隨風擺動的青年，對準屑鬼的頭頂，將腳跟往下踢。上升速度與踢擊的威力搭配起來，劃破了空間。屑鬼以令人頭暈目眩的氣勢反彈回地上，從頭部衝撞自己挖出來的隕石坑。

「『鏡刀術……——』」

叮——刀鞘口發出的聲響讓梅莉達抬起臉來，於是看見心上人在空中架著黑刀的身影。

LESSON III
～搖搖欲墜的蘋果～

他間不容髮地拔刀。

「『驟雨烈櫻波』！」

箭頭造型的瑪那傾盆而下。將範圍縮小到極限。以極高密度毫無遺漏地射穿怪物全身，用宛如針插的蒼藍突刺將怪物釘在地面上。

在怪物正想抬起臉的瞬間，最後一記攻擊貫穿牠的上頷，將怪物連同尖叫聲推向地面。

青年輕飄飄地降落在已經一動也不能動的怪物鼻頭上。

梅莉達忍不住從窗框探出身體。

「庫法老師！」

「該說不出所料嗎……在千鈞一髮之際趕上了呢。」

他似乎一直盡全力奔波在尋找梅莉達她們。他的肩膀緩緩地起伏，汗水流過頸項。

之所以解除吸血鬼化，是因為在現身前發現了其他人物的身影吧。

他依序眺望著趴倒在地面的庫夏娜，以及一臉苦澀表情的亞美蒂雅。

「我隱約地聽見了聲音……您剛才稱呼這個怪物為迪莉塔大人嗎？」

亞美蒂雅的肩膀跳了起來。庫法的眼神變得慎重。

「……可以替她介錯嗎？」

「嗯，麻煩你了……變成屑鬼的人再也無法恢復人類的心靈……即使是自己人，也控制不了對吧？」

庫夏娜低下頭，避免明說。亞美蒂雅緩緩地搖了搖頭。

「幫她終結痛苦吧……**白色騎士**啊。」

「那麼——」

庫法重新握住出鞘的黑刀，站在屑鬼的鼻頭上。

縱使自己的肉裂開，怪物依然不停掙扎，試圖逃離拘束。其中存在著身為人類的尊嚴嗎？假如莎拉夏或塞爾袞目睹到這一幕，會作何感想呢？

「病狀進行度A——」

庫法重複以前聽過的臺詞，反手拿著黑刀，往上揮起。

「立刻給予救濟。」

然後揮落。

「母親！這……究竟…………」

塞爾袞·席克薩爾總算到達自家門前時，已經有大量狂人狼族和新聞記者聚集在門扉周圍。從他接到通報後還不到三十分鐘吧。他火速讓飛行船停下來，搭乘馬車飛奔趕來一看——

只見有床單攤開鋪在石版路上，一個女性的遺體躺在那裡。

已經沒有纏繞著詭異且可怕，宛如影子般的火焰。

是正常的母親身影。塞爾袞彷彿在碰觸易碎品一般，撫摸女性的臉頰。

可以清楚看清對方已經失去血色吧。

「騙人……——」

他說不出話來。彷彿想說這也難怪一般，有個人物從狂人狼的集團中走上前來。

是態度就像在演戲的馬德・戈爾德。

「多麼悽慘的悲劇啊！沒想到撕裂魔事件的犯人，居然是王爵的母親……」

他背對著塞爾袞與他母親的遺體，輕快地轉頭看向集團。

「不過各位！請你們記住我的女兒！」

他抱著至今仍在夢鄉中的芙莉希亞。儘管重新幫她穿上了禮服，但居然這樣公開她的睡臉，他到底有沒有神經？

在席克薩爾家的二樓，梅莉達一邊從窗戶偷偷地探頭窺看，一邊感到忿忿不平。

亞美蒂雅和庫夏娜也躲藏在關掉燈光的同一間房裡。窺探著窗外的側臉都散發出嚴肅的氛圍。只有庫法揑造了事件的來龍去脈，將芙莉希亞交給戈爾德後——此刻回到了房裡。他抱著梅莉達的肩膀，站在她身旁。

在兩人一同俯視的前方，馬德．戈爾德正向在場的人們進行演講。

「可怕的撕裂魔已經由這個芙莉希亞！不是別人，正是由新娘本身親手收拾掉了！王爵的悲傷難以估量……不過，正因為如此，也必須等量地去計算喜悅吧！那麼，明天終於就是結婚典禮了……這將會成為烙印在歷史上的一天吧！」

「馬德．戈爾德萬歲！狂人狼族萬歲——！」

狂人狼的歡呼聲響徹周圍。看到記者舉起相機，庫法搶先拉上窗簾。必須慎重地藏匿位於室內的逃犯。

唉——亞美蒂雅吐出了沉重的嘆息。

「……那麼，差不多可以請妳說明一下了嗎？」

她的矛頭當然是指向庫夏娜。庫夏娜也用苦澀的表情蹙起眉頭，望著已經被拉上的窗簾——她肯定在想像著已經看不見的伯母遺體，還有堂兄弟一言不發地碰觸著那肌膚的身影吧。

「我來說明這一切吧。」

庫夏娜用性感的美聲開口說道。

「關於降臨在席克薩爾家的詛咒——為何迪莉塔大人會變成那副模樣，為何我下定決心暗殺堂兄弟，那愚蠢的國王……塞爾袞為何與狂人狼聯手，引發了這種革命……這一切，全部……──」

梅莉達的視野忽然搖晃了起來。

是疲勞超越了極限嗎？還是現在才開始酒醉呢？又或者是對心上人的手掌溫度打從心底感到安心也說不定──梅莉達意識到大人們的談話聲逐漸遠離，腳邊也搖搖晃晃。

她靠向身旁的體溫。就在梅莉達順勢進入夢鄉前，她在半夢半醒間感覺到庫法的手輕輕地抱住了自己──

LESSON：Ⅳ　～在彼岸綻放之花～

梅莉達究竟是在半夜幾點忽然醒來的呢？

她發現自己躺在床上，還蓋著薄薄的被單。雖然是陌生的床頂篷，卻不可思議地覺得相當舒適。梅莉達從枕頭上抬起頭，緩緩地抬起上半身。

才心想感覺有點冷，原來自己還是白天那副只穿著一件性感睡衣的打扮。她就這樣包著被單下床。看到房間的家具，她沒多久便理解了。

這裡還是席克薩爾家的本邸。

從充滿少女風格的內部裝潢來推測，這裡應該是莎拉夏的房間吧——

梅莉達微微拉開被關上的窗簾，慎重地窺探著外面。

外面的路上已經不見狂人狼族和記者的身影，豈止如此，甚至連一個路人也沒看到。從鳥兒都安靜無聲，還有蟲鳴來判斷，現在果然是夜晚。

門扉前方已經沒有遺體，只剩乾掉的血跡擴展開來——

梅莉達拖著被單來到走廊。

LESSON IV ~在彼岸綻放之花~

位於同一層樓，距離沒多遠的客廳門微微敞開，流洩出燈光。

梅莉達將被單從地板往上拉起，躡手躡腳地靠近客廳門。

從客廳流洩出來的，當然是親密人們的談話聲——

「怎麼可能……那麼庫夏娜，那句話就意謂著……」

「您說得沒錯，亞美蒂雅伯母大人。」

梅莉達瞠大她那雙紅色的大眼睛，從門的縫隙間偷窺。

三個大人把桌上的油燈當作微弱的光源，聚集在一起。坐在單人沙發上的，不用說是亞美蒂雅。庫夏娜在右邊的椅子上嚴肅地拿起茶杯。庫法則靠在沒有放入柴火的暖爐上——感覺他剛才瞥了一下門這邊。梅莉達縮起肩膀。

白天躲在宅邸裡等塞爾裘和狂人狼離開之後，他們似乎就順勢潛伏在這裡，直到「燈光」熄滅為止。記得情勢發展是庫夏娜願意毫無保留地坦承一切。在梅莉達睡著的期間，不知他們談到哪裡了呢？

庫夏娜撫摸著名的茶杯，沉重地告知：

「這場『革命』的提案人並非塞爾裘。追根究柢，是真龍伯父大人與迪莉塔伯母大人的想法。塞爾裘不過是繼承他們的理念罷了……」

「迪莉塔他們可是龍騎士的英雄喔！為何會做出這種蠢事……！」

「一切的開端是四年前——」

這實在不是剛睡醒的梅莉達能進去的氛圍。她動也不動地屏住呼吸。

庫夏娜緩緩搖晃著茶杯裡琥珀色的液體。

彷彿要掀起驚濤駭浪一般——

「你們還記得吧？四年前……那場宛如惡夢般的領土防衛戰。被擅長航海術的藍坎斯洛普艦隊發動奇襲，騎兵團召集有限的部隊，被迫進行血雨腥風的消耗戰……我至今仍會夢見那彷彿狂風暴雨肆虐的戰場。」

「那是你們席克薩爾家的人開始被稱為『英雄』的戰鬥啊。」

「英雄。」

庫夏娜發出嗤笑。

那笑法看來非常滑稽，像是在貶低自己的尊嚴一樣。

「說得沒錯。將那場戰鬥導向勝利的我們開始被稱為『英雄』，與此同時，也變成了有一天會給弗蘭德爾帶來滅亡的『定時詛咒』。」

「把一切都說出來吧。」

「追根究柢，伯母大人對那一天進攻弗蘭德爾的藍坎斯洛普知道多少呢？」

亞美蒂雅不可能沒有聽說詳情吧。

LESSON: IV ～在彼岸綻放之花～

因此庫法開口了。簡直就像為了說給理應不在場的學生聽一樣。

「幽靈艦隊『飛行荷蘭人(Flying Dutchman)』——」

室內的兩名美女視線看向了他。庫法用秀麗的聲音繼續說道。

「他們是一群化為異形的海賊，一般認為他們原本應該是古代船員的後裔。所有海洋生物的恐怖象徵……這是因為無論是怎樣的驚濤駭浪，他們都能跨越，相對地遭受到**絕對無法登陸**的詛咒。無論哪個港口都一樣，縱然死亡甚至也無法到達黃泉，永遠擺脫不了的詛咒……」

庫法搖了搖頭。彷彿他本身也有什麼苦澀的回憶一般。

「率領艦隊的是名叫范德戴肯的男人……追根究柢，海賊會遭到永遠的詛咒折磨，據說也是身為艦隊提督的他思慮不周所造成的。但就在某天，范德戴肯注意到了。縱然無法登上夜界的大地，但或許只有弗蘭德爾是詛咒的例外吧？」

「……！」

「然後艦隊為了把弗蘭德爾的土地納為己有，採取了行動，這就是四年前那場戰鬥的開端——但是，飛行荷蘭人受到的『徬徨詛咒』，結果還是背叛了他們。暴風雨的逼近，海洋捲起漩渦，這一切都給弗蘭德爾方帶來優勢的結果，讓人類在千鈞一髮之際成功擊沉了幽靈艦隊……當然，身為提督的范德戴肯戰死，是最大的影響吧。」

「『徬徨詛咒』……！沒錯，那正是我該憎恨的東西！」

庫夏娜聽似憎恨地顫抖著話尾。梅莉達緊張地嚥下口水，在旁觀望。

亞美蒂雅用手指撫摸下頷，看向下方。

「范德戴肯是甚至被冥府拒於門外的不死男……對了，妾身一直覺得奇怪。你們是怎麼殺掉不死身的那傢伙的？」

庫夏娜像是感到無力似的垂下頭，然後緩緩搖了搖頭。

「……我和塞爾裘，當然也包括真龍大人與迪莉塔大人在內的席克薩爾家總戰力與范德戴肯的戰鬥，是我們占上風。於是那個卑鄙的可惡海賊！用**跟自己遭受到詛咒時的相同方法**，對我們施加了詛咒。」

「這話是什麼意思？」

「在旗艦的主桅上，被逼入極限的那傢伙對我們這麼提問——『你們無論如何都打算殺掉不死身的本大爺嗎？』」

只有梅莉達注意到庫法猛然吸了口氣。

庫夏娜用力咬了咬嘴脣，用左手包住握緊的右拳。

「對於他的提問，真龍伯父大人這麼回答了——『就算要戰到最後的審判日，也一定會殺掉你！』」

LESSON: IV

～在彼岸綻放之花～

至於這樣的回答是否正確，庫夏娜垂下來的睫毛述說著苦澀。

「……藉由這個宣誓，我們突破『徬徨詛咒』，得以殺掉范德戴肯。但就在同時，『殺掉理應不死的存在』這個矛盾，給席克薩爾家帶來永遠擺脫不了的詛咒……」

「那是怎樣的詛咒？」

「跟一直折磨著飛行荷蘭人的『徬徨詛咒』一樣……我們席克薩爾家的人光是活著就會慢慢地遭到黑暗侵蝕，遲早會跟迪莉塔伯母大人一樣化為沒有心的屑鬼。然後就算墮落成那種非人的怪物，也不被允許死亡……**必須永遠徬徨在這世上**的詛咒。」

雖然甚至無法想像，但梅莉達毫無防備的脊背毛骨悚然地起了雞皮疙瘩。

她握著被單的手不自覺地用力起來，同時側耳傾聽庫夏娜接下來的話語。

「伯父大人與伯母大人非常苦惱。正因為他們對自己身為龍騎士的力量擁有絕大的自信，更擔心萬一席克薩爾家因為詛咒而全滅的話！剩下的弗蘭德爾的人們會變成什麼樣呢……！夜界還有許多足以匹敵飛行荷蘭人的勢力在猖獗。萬一他們再次侵略？只靠安傑爾家與拉・摩爾家，就憑三大騎士公爵家的根據地已經瓦解的騎兵團，能夠擊退他們嗎…………」

真龍・席克薩爾與迪莉塔・席克薩爾作出了這樣的結論。

辦不到——

「因此他們與還算穩健派的狂人狼族進行交易——」

亞美蒂雅表情凝重地雙手交叉環胸，試著勉強理解那樣的主張。

「也就是他們打算在**和平的狀態**下，將弗蘭德爾拱手讓人啊。即使人類世界會消失，都市會遭到破壞，總比有許多人會喪命好嗎？」

「我跟塞爾袞表示反對。」

庫夏娜在話尾蘊含彷彿要迸出的感情，這麼主張。

「縱然是場絕望的戰鬥，即使自身會變成怪物……！直到最後一刻！都應該為了守護人類的尊嚴不斷戰鬥下去！塞爾袞一開始也跟我是同樣的立場。我們互相發誓，要一起說服伯父大人與伯母大人。」

「唔嗯！」

「但是，卻不是這樣………」

轉眼間霸氣便從庫夏娜的肩膀消散。

她用彷彿要消失一般，至今不曾聽過的聲音繼續說道：

「塞爾袞跟我不同，一直冷靜地在查明『哪邊是比較好的道路』。塞爾袞在真龍伯父大人的介紹下跟那個叫馬德．戈爾德的男人碰面，目睹到他的實驗成果時，塞爾袞的想法似乎就改變了。他認為『還不壞』……」

LESSON IV ～在彼岸綻放之花～

「真愚蠢……！」

「無論如何，為了尋找協力者而一直待在夜界的伯父大人與伯母大人，要保持人類的模樣已經是極限了。他們很快地將家督讓給塞爾袞，悄悄地變成屑鬼……原本是靠我跟塞爾袞勉強抑制住他們，避免他們失控。」

庫夏娜俯視自己的手掌。感覺指尖微微地在顫抖。

「但無論是我或塞爾袞，還有席克薩爾分家的隨從騎士──吉普森他們也已經來日不多。遲早會被徬徨詛咒完全侵蝕，跟伯母大人他們一樣變成屑鬼──」

咕──她發出呻吟，忽然按住心臟一帶。

她的呼吸稍微急促了起來。大概是出現接近**發作**的症狀了吧。

「……在那之前，必須阻止那個蠢貨才行。」

「雖然不敬，但有一點我無論如何都想請教。」

庫法斬釘截鐵地插嘴。

這不把沉重氣氛當一回事的態度，讓梅莉達感到敬佩。那樣的他瞄了一下門這邊，用較為慎重的聲音繼續說道：

「席克薩爾家的人遭到詛咒──這表示莎拉夏小姐也？」

梅莉達差點「啊」一聲地叫出來。

不過，不知能否說是幸好，庫夏娜輕輕地左右搖了搖頭。

「不，在席克薩爾家的戰士當中，只有莎拉夏是唯一沒有參加四年前那場戰鬥的人。因為那時她還小……所以只有那孩子並未遭受『徬徨詛咒』。對於瀕臨滅亡的席克薩爾家而言，她無疑是『神之子』啊。」

是因為想起了希望嗎？庫夏娜挺直了背，眼眸亮起光芒。

「透過排除塞爾袞，我本身也從檯面上退出的行動，將席克薩爾家的全權託付給莎拉夏是我的劇本。但是，在那孩子復興席克薩爾家的漫長期間裡，弗蘭德爾的戰力還是會驟減。莎拉夏的重擔會超乎想像吧。塞爾袞似乎無論如何都對此感到不安……無論我們討論過幾次，都無法互相理解。」

「原來如此。」

儘管庫法這樣就收手了，但接著出聲的是亞美蒂雅。

才心想她雙手交叉環胸頻頻點頭，此刻卻蹙起眉頭，說了聲「哎呀？」。

「且慢，這很奇怪啊。剛才妳不是說『因為徬徨詛咒，連死都辦不到』嗎？但是，迪莉塔她呢？她不僅能夠安穩地上路，甚至在臨終時從屑鬼變回了人類的模樣！」

梅莉達也隔著門猛然瞠大了眼。

聽她這麼一說，在梅莉達進入夢鄉前。塞爾袞也在母親的遺體前這麼低喃了不是

LESSON IV ～在彼岸綻放之花～

嗎？

『騙人……──』

那並非在說母親作為撕裂魔事件的犯人被發現這件事，而是對理應化為屑鬼的她恢復成人類模樣一事感到驚訝吧？

梅莉達更加認真地豎起耳朵聆聽門對面的對話……

「那是多虧了『他』。」

可以聽見庫夏娜有些自傲的聲音。亞美蒂雅繼續提出充滿疑惑的提問。

「多虧了誰？」

「幽靈船長，布拉德．拉．摩爾──」

梅莉達又再次大吃一驚，都不曉得是第幾回了。

那是去年夏天，遠征提爾納弗爾大海溝的回憶──非常不可思議的金倫加顛倒城；被囚禁起來的堂姊妹愛麗絲與莎拉夏；為了用鍊金術讓最愛的女兒復甦，活了長達三百年時光的「死之女王」蕾西。

不惜淪落成亡靈，也一直等候著那孤獨女王的，是她的雙胞胎哥哥，也就是幽靈船長布拉德．拉．摩爾。

「我暫時將身體交給那傢伙時，跟他進行了某筆『交易』。」

當時的光景伴隨著庫夏娜的聲音，也在梅莉達的腦海中鮮明地復甦。

對了，在謁見女王時，布拉德曾這麼對庫夏娜搭話不是嗎？

『小姐，就只有妳了。來交易吧。』

那筆交易的內容，此刻正準備由庫夏娜親口講述出來。

「正因是身為『幽靈船長』的他才能辦到的任務……席克薩爾家的人化為屑鬼的命運無法改變。只不過靈魂在死後能夠到達彼岸，無須『徬徨』……不是別人，正是在布拉德船長的帶領之下。」

「什麼……！」

「看到迪莉塔伯母大人能像那樣安穩地迎接死亡——」

呵——感覺庫夏娜的嘴脣綻放出微笑。

「船長似乎有確實地達成約定啊。這麼一來，我已經無所憂慮……我要殺掉塞爾裘，然後我也一起，將遍及到死亡世界的詛咒給擄走。」

她從椅子上起身的聲響傳來，因此梅莉達連忙從房門前跳開。

她退避到走廊的轉角，在花瓶背面蹲了下來。

客廳的門打開了。

「等等，庫夏娜，妳打算上哪兒去？」

LESSON: IV
～在彼岸綻放之花～

庫夏娜率先走出來，亞美蒂雅的聲音挽留著她。

「我不打算借助其他人的力量。我要親手洗刷汙名。」

「妳別一個人衝動行事。吉普森他們這些隨從騎士上哪去了？」

「他們在席克薩爾分家的祕密基地——不用擔心。」

那我告辭——庫夏娜留下這句話，不由分說地邁步走向玄關。

追在她後面出來的亞美蒂雅和庫法面面相覷。

亞美蒂雅非常疲憊似的搖了搖頭。

「……妾身去通知菲爾古斯事情的大概經過吧。得商量一下明天的計畫才行。」

她留下這番話，走向與庫夏娜相反的方向，也就是宅邸深處。

剩下庫法一個人被留在原地。

他看了看走廊右邊，又看了看左邊，然後走向其中一邊。

他走向玄關那邊——

梅莉達也追逐家庭教師的背影，在陰影間移動，她緊跟在後，以免追不上。

走路快且腳長的庫法，在從玄關來到前院時便追上了庫夏娜。梅莉達從一直敞開的大門陰影處窺探著兩人的交流。

「庫夏娜大人，妳真的打算殺掉塞爾袞大人嗎？」

庫夏娜以修剪得十分整齊的樹籬為背景，轉過頭來。

「我當然是這個打算啊？」

「不可能的。妳沒辦法殺掉他。」

「哦。」

庫夏娜整個人轉了過來。

梅莉達感覺到有靜電劈哩一聲地竄過空氣。

「那你就殺得掉？」

「我會殺給妳看，不帶一絲慈悲。」

「…………」

他們的對話就只有這樣。

庫夏娜沒有再反駁什麼，折返回頭。她用熟練的動作打開沒有任何人在的門扉，一邊避開地面的血跡——同時消失在煙霧的另一頭。

呼——庫法用背影嘆了口氣，他也折返回來。

梅莉達在入口處迎接關上玄關門的他。

「老師……」

「小姐。」

LESSON: IV

～在彼岸綻放之花～

兩人沒來由地在走廊的長椅上坐了下來。

該說什麼才好呢……

梅莉達還沒時間迷惘，庫法便整個人轉向這邊。

「小姐。從白天讓妳睡到床舖上時，我就一直很在意——」

「什麼？——呀啊！」

被單前面被啪一聲地掀起了。

梅莉達依然一身絕對不是十四歲的小淑女應該穿的，大膽過頭的睡衣裝扮。家庭教師彷彿想說令人感嘆一般，從上到下仔細觀賞著。

「這不成體統的打扮是怎麼回事？」

「啊嗚！這這這這是那個，好像是婚前派對的傳統……！」

「真是的……真拿小姐沒辦法呢。」

庫法這麼低喃，順勢抱住了梅莉達。

「老……老師？」

雖說是抱住——總之就是將體重壓到梅莉達身上。庫法將頭靠在梅莉達纖細的肩膀上，彷彿要折斷似的用力攬住少女的腰。他撫摸少女大腿的手掌並未給人放蕩的印象，感覺只是在讓滑嫩的肌膚療癒他。

他用愛睏的聲音說道：

「小姐很溫暖呢。」

梅莉達將敞開的被單拉近手邊，將自己連同庫法的背後再次包裹起來。她抱住一動也不動的青年背後，撫摸著他的後髮。

能不能講點什麼貼心的話呢？能不能用行動來安慰他呢——

梅莉達從未像此時這般怨恨自己身為小不點學生的立場。

舉例來說，如果是跟庫法對等的搭檔蘿賽蒂．普利凱特，會怎麼做呢？或者如果是具備大膽行動力的堂姊妹愛麗絲，是否能讓他打起精神呢？

梅莉達能想到的，就只有在他堅硬凍結的內心融化之前，靜靜地陪伴在旁，不斷撫摸他的頭而已……

† † †

結婚典禮前夕。

對準備一戰的人們而言，也是決戰前夕。在聖王區「隔壁」的賽勒斯特泰雷斯凱門區，緊迫感正即將達到顛峰。回應召集且成功到達要塞的戰士大約兩千人——可以說勉

LESSON IV

～在彼岸綻放之花～

強湊齊了能夠對付與狂人狼族的全面衝突的人數吧。

特別是這幾天的「預言之子」的廣播帶來的成果相當大——

得知她的奮鬥，有五百名援軍在最後關頭報名參加時，甚至掀起了讓構成凱門區的鍛鐵藝術顫抖不停的熱烈歡呼聲！

——明明如此，自己真是沒用。

那個比自己年幼的女孩那麼努力，我卻……

蘿賽蒂．普利凱特的思考，總會像這樣陷入悲觀的方向。

這裡是女性軍官用的宿舍。目前在一樓的大廳，隔著聯絡用通道，與男性軍官用的宿舍連接起來。無論待在房間或上街，或是與同伴見面，感覺都坐立難安。

都是這衣服不好——她抱怨著穿不慣的隊服。

那是穿過的次數屈指可數，聖都親衛隊的純白騎士服。

是隸屬於騎兵團的所有戰士憧憬的象徵……

首次接過這件隊服時，胸口明明充滿著希望，但為什麼呢？現在只覺得這個「純白」沉重無比。感覺緊身過頭，脊背有點僵硬。大概是還不習慣吧，肩膀很難抬起，手臂也很難轉動。

就憑這個樣子，明天能夠好好地戰鬥嗎？

身為聖都親衛隊，能夠表現出無愧於周圍戰士的戰鬥嗎……

「蘿賽老師。」

蘿賽蒂反射性地猛然抬起頭。

是因為一直沒有回房間的關係嗎？她的學生從女方宿舍來迎接她了。然後蘿賽蒂被嚇了一跳。因為愛麗絲·安傑爾穿著聖弗立戴斯威德女子學院的演武裝束，腰上還掛著聖騎士的長劍。

這根本是戰鬥裝備了吧？蘿賽蒂不禁從沙發上站起身。

「怎……怎麼了？愛麗絲小姐。妳這副打扮……！」

「在宿舍遇到的騎兵團的人，要我『請先做好戰鬥的準備』。」

「愛麗絲小姐不用做這種事啦！」

蘿賽蒂抓住學生纖細的肩膀，窺探那伶俐的雙眸。

蘿賽蒂看見彷彿冰雪結晶的眼眸深處，有感情搖擺不定地在搖晃著。

「……可是，無論是莉塔，還有庫法老師……莎拉和小繆一定也在戰鬥。」

「包在我身上！無論是狂人狼還什麼，都由我來把這些壞蛋全部打飛。身為老師，我會讓妳見識到我帥氣的一面！」

吁——響起了口哨聲。

LESSON: IV ～在彼岸綻放之花～

兩人轉頭一看，只見有一群人從男方宿舍的通道出現。

跟蘿賽蒂同樣穿著純白騎士服。

「聽到了嗎，各位？看來『一代侯爵』是個有模有樣的家庭教師啊。」

「比起聖都親衛隊，她更適合當家庭教師吧？」

一個人歪嘴這麼說道，其他人也立刻跟進。

「畢竟是一對一的話，就不會搞錯而攻擊人啦！」

「葛蕾娜也真是可憐——」

「你們別說了。」

個子最矮且最年輕的青年勸誡著同伴。

他的勸說讓其他人噤聲了。年輕的青年在聖都親衛隊裡似乎也是首屈一指的高手，是被許多人另眼相看，擁有強大發言力的人物。

他目不轉睛地瞪著蘿賽蒂看。

「復職只是暫時性的。」

愛麗絲敏感地察覺到蘿賽蒂的肩膀在顫抖，抬頭仰望她。

那是她絕對不想讓愛麗絲看見的吧，只見家庭教師露出百感交集的表情。

年輕的青年，也就是蘿賽蒂在聖都親衛隊中的前輩冷淡地繼續說道：

「這將會是一場殘酷的戰鬥吧。我們不需要只會成為絆腳石的同伴。」

「是……」

「妳要隨時服從我的指示。沒有命令的時候就在部隊後方待命。」

一個人像在嘲弄似的笑了。

「哎呀，應該請她待在前面比較好吧？就這邊的立場來說也是——」

「閉嘴。走嘍。」

啪——青年用食指敲了敲男人的胸膛後，再度邁出步伐。

騎士投以像在賣弄似的冷笑，從旁邊擦身而過——

最後一個大塊頭的男人，咚一聲地拍了拍蘿賽蒂的肩膀。

是一同護衛愛麗絲到凱門區的騎士蓋雷歐。

「哎，別這麼緊繃啦。」

他用慵懶的態度輕輕揮了揮手。

「沒有人對妳抱持太大的期待啦。」

他還是一樣用彷彿沒有惡意的態度，吐出惡毒的話語——

然後就那樣與同伴一同離開了。在離開大廳的時候，響起談笑的聲音。

「蘿賽老師……」

LESSON IV
～在彼岸綻放之花～

聽到學生的聲音，蘿賽蒂依舊咬著下脣，無法回答任何話。

她試圖設法思考藉口，但還是覺得無法挽救。

真不甘心啊……

倘若是庫法，絕對不會讓學生感到不安吧。也不會讓學生看見像這樣丟人的模樣。

或者如果是蘿賽蒂尊敬的「那位學姊」，縱然混在本領高強的男性騎士裡，肯定也會毅然地行動。

但她無法到達這裡……

專程到卡帝納爾茲學教區來迎接，包括蓋雷歐在內的三名騎士中，艾汀身負重傷，剩餘的一人為了送大家出去，擋在狼群面前——

自己此刻明明是代替她穿上這套白色隊服。

卻害怕被其他人認為「如果不是妳，而是她在這裡就好了」，害怕得不得了。

「葛蕾娜學姊……——」

不小心吐露出來的聲音，當然不可能傳入她本人耳中吧。

但偏偏傳遞給不希望被聽見的對象。

只有愛麗絲聽著家庭教師含淚的聲音。

† † †

微微沾黏在臉頰上的這個，是淚痕嗎——

塞爾袞．席克薩爾靜靜地從「棺材」抽起手。那莊嚴的箱子不留縫隙地鋪滿了花，一名女性遺體用彷彿在沉睡的模樣躺在裡面。

是母親迪莉塔．席克薩爾。

她被當成撕裂魔事件的犯人一事，如今也不過是瑣碎的小事。

更令人驚訝的，是老早以前就完全化為屑鬼的她，像這樣以健全的模樣被發現一事。塞爾袞一直以為已經只能在照片中看見母親依舊美麗時的身影——原本想再一次碰觸那臉頰，但塞爾袞作罷了。

他搖了搖頭。

「看來只能接受了呢。」

聲音冰冷地迴盪著。

這裡是聖王區的地標鐘樓的一個房間。塞爾袞堅持領回母親的遺體，藏匿在這裡。

不知能否找個時機，將她祭祀在適當的場所呢？

LESSON IV ～在彼岸綻放之花～

在那之前，只要一次就好，是否能安排讓莎拉夏向母親道別的時間呢？

她會有多麼悲傷呢……

「明天終於就是結婚典禮了嗎？」

他闔上眼皮，然後緩緩睜開。

他將臉面向遠方。

「能跟你們談談真是太好了。」

鐘樓內部是博物館，在館內的並非只有塞爾袞。

穿著長袍，將兜帽壓低遮住臉部的人物有一個、兩個……

不，又出現了一個人。從黑暗的另一頭，有個腳步聲感覺戰戰兢兢地逐漸靠近。那個人物既不是長袍打扮，也沒有遮住臉龐。

他穿著有些退流行的西裝，是個平凡的男性——

是布洛薩姆．普利凱特「前」侯爵，三人份的視線刺向他身上。他當作沒看見戴著兜帽的兩人，重新面向表情柔和的塞爾袞。

「塞……塞爾袞．席克薩爾公…………」

「嗨。好久不見了，布洛薩姆先生。暌違數個月的外界空氣如何？」

他是個罪人。雖身為「一代侯爵」蘿賽蒂．普利凱特的義父，卻與藍坎斯洛普聯手，擅自將一座城鎮改造成實驗都市。究竟有多少人變成犧牲品呢……去年春天，他的陰謀終於被揭露，在討伐藍坎斯洛普時，布洛薩姆也被逮捕——並送入監獄。

是漫長的幽禁生活造成的嗎？布洛薩姆的臉頰稍微削瘦了點。

「即……即使待在監獄，也能聽見您的傳聞……因為太浮誇啦！居然跟藍坎斯洛普締結同盟，您怎麼會有如此破天荒的想法呢……」

「呵呵，有很多原因啊。」

「那……那麼，為何我被釋放了呢？」

布洛薩姆的刑期長達數十年。

因為他是受到藍坎斯洛普煽動，據說被減刑輕判很多，但布洛薩姆作夢也沒想到，居然還不到一年，就能再度看見外界的光景。

塞爾袞彷彿想說那種事無關緊要一般，爽朗地笑了。

「我突然需要多一個協力者。而且是『壞人』的協力者。」

「壞……壞人？」

「沒錯。能夠若無其事地殺掉眾多無關者的人——」

布洛薩姆感覺像是被人用話語的利刃狠狠地切開心臟。

你是最適合的人選吧？塞爾袞露出天真無邪的笑容。

LESSON IV ~在彼岸綻放之花~

「布洛薩姆先生，你欺騙了我很長一段時間吧？我明明拜託你幫忙找出**有沒有將屑鬼恢復成人類的方法**，或是解除這類詛咒的方法……但你跟那個叫作納克亞的藍坎斯洛普只是從我這邊搜刮研究費用，埋頭於為了自己等人的實驗……」

「這……這個……」

「別緊張，事到如今我不會計較這些。」

塞爾袞露出通情達理的和善笑容。

倘若跟他有一定的交情，便會明白那笑容意味著什麼——

布洛薩姆一邊察言觀色，一邊拚命擠出聲音。

「你……你想讓我做什麼呢……？」

「不是什麼困難的事情喔。也不會直接弄髒你的手。」

他若無其事地擺弄手指，同時繼續說道：

「我想請你明天在我指定的時間到虹油供給工房中央局，將減壓閥開放到最大值。就只是這樣的任務而已。」

「那……那麼做的話，會有什麼結果呢……？」

「會發生嚴重的意外——」

塞爾袞像是揭露惡作劇的小孩一般，咧嘴嗤笑。

「因為燈火騎兵團的反彈超出想像呢。所以我想安排一點小驚喜。」

他稍微移動視線，看向反方向的牆邊。

有兩個彷彿融入黑暗的長袍身影佇立在那邊，此刻其中一邊動了一下身體。塞爾裘將視線拉回布洛薩姆身上，在聲音中蘊含感情。

「你應該不會拒絕吧？」

「這……這個……」

「是個騙子且是殺人犯的你。」

話語的鞭子似乎打垮了他。中年男子蜷縮起背。

最後，他維持著垂頭喪氣的姿勢回答：

「我……我答應…………」

「啊，我就知道你會這麼說！——**妳聽見了吧，菲絲？**」

布洛薩姆嚇得跳了起來。不知不覺間，「第五人」在背後現身了。

正是明天要跟塞爾裘．席克薩爾舉行結婚典禮的芙莉希亞小姐。她並非禮服裝扮，而是穿著熟悉的寒冷地區用戰鬥服。

她似乎已經完全酒醒，眼神十分銳利——

她將手高舉在自己的影子上，於是有狼從中接連湧現出來。長袍裝扮的兩人若無其

LESSON IV ~在彼岸綻放之花~

事，但每增加一隻狼，布洛薩姆就發出哀號，跳來跳去。

因為那些狼圍住布洛薩姆，凶猛地露出獠牙。

白天展現給梅莉達看的可愛態度不知上哪去了。

芙莉希亞的兒時玩伴，七隻都總動員起來，堵住布洛薩姆的退路。

塞爾裘沒有表露絲毫惡意地說道：

「這是護衛。因為明天會騷動起來呢……有這些孩子跟著的話，應該很安全吧。」

「這還真是……可靠……到了極點啊……！」

實際上是「監視」吧。

假如明天布洛薩姆在關鍵時刻想放棄實行計畫，這些狼會代替不在現場的塞爾裘懲罰他。用等於凶器本身的利爪與獠牙……

總之，讓布洛薩姆服從一事，似乎讓塞爾裘的心理準備變得萬全了。

他心情愉快地唱起歌。

「在綠龍加冕之年——」

布洛薩姆蹙起眉頭。

那是他即便身處監獄，仍無數次從外界流洩進來的詩歌。

「高貴的狩獵民族造訪燈火之都。都市之王向他們宣誓友好，狩獵一族將替都市帶來豐碩的成果吧。軍隊的憤怒之後將因美酒獲得安撫。燈火之都將重生為月之都市，人們會歡欣地歌詠重生之歌吧——」

據說是記載了未來事件的預言詩。

但接下來的後半的內容，對塞爾袞而言，應當不是什麼有趣的內容……

明明如此，但是為什麼呢？

塞爾袞十分輕快地編織下去——

「只不過那首歌不會聽到最後。因為光芒將伴隨著新的一天現身。光芒會率領白衣戰士在月之都市四處點亮篝火。受酒醉所困的軍隊也將找回劍。之後火焰的氣勢將會燒光寶座，在都市頂點誕生的太陽將讓愚者清醒吧……被折斷羽翼的綠龍臥倒在地！」

他誇大地張開手臂。

長袍裝扮的兩人果然還是一動也不動。

布洛薩姆逐漸注意到對塞爾袞感受到的異樣感真面目為何。

他看來非常滿足。

他在笑——

「擁有人類外型的光芒。伴隨拂曉造訪的金色光輝。那位神之子名叫——」

這時，他緩緩地闔上眼皮，結束只有一個人的音樂會。

但在布洛薩姆的眼中，他那時的表情看起來是打從心底感到平穩。

——彷彿在說時候已到。

LESSON: V ~四姊妹的故事~

LESSON：V ～四姊妹的故事～

弗蘭德爾三月第三週第三天——

這一天，在都市的絕大部分街區，都能看見相同的光景。所有居民都停班停課，但也並非窩在家裡，而是聚集在道路上。

正確來說，是聚集在散布四處的路燈周圍。

聚集最多人群的地方，果然是小鎮重點的中央（王國）廣場。學生小團體、攜家帶眷的人們、商人工會……所有人的視線注目的焦點，是燈光被熄滅的老舊路燈。被牽著手的幼童天真無邪地抬頭仰望母親。

「等下有什麼活動嗎？」

母親詼諧地告訴孩子：

「要久違地點亮路燈嘍！」

「自從施行減光政策之後，鎮上就完全沒了活力啊。」

周圍的居民也加入對話，並沒有特定的交談對象。

「因為是王爵大人的結婚典禮，只有今天比較特別。」

「要是每天都是某人的結婚典禮就好了！」

「哈哈哈，畢竟那群狼人今天也全部跑到『上面』去了嘛！」

「——唔哦，主角登場了。各位！讓條路出來！」

聽見聲音的所有人都轉過頭去，然後人牆分成左右兩邊。

高舉點火道具的壯年男性，看似害羞地站在廣場入口。是「守燈人」。他的工作就是每天早上在固定時間替路燈點火，在傍晚時到處熄火，他應該是頭一次像這樣受到眾人期待的眼神注目吧。

他穿著沒有一絲汙垢的全新工作服——

有人吹起口哨，發出歡呼聲。守燈人漲紅了臉，抬頭仰望廣場的時鐘。

距離路燈的點火時間——也就是結婚典禮的開幕，剩下不到五分鐘了。

† † †

「毒殺……嗎……？」

一股逼真的恐懼感滲入梅莉達的內心。「對。」庫法點頭肯定。

LESSON: V
～四姊妹的故事～

這裡是聖王區的巨大飛空城「格蘭特洛瓦」內部的休息室。

梅莉達穿著以白色為基調的伴娘禮服。然後庫法則是淺繡球花色的西裝打扮。他也獲得作為塞爾裘伴郎的立場。

他用髮油整理身為吸血鬼證明的白髮，可以說已經作好萬全的心理準備。

之後——就只剩確認在最佳時機動手的暗殺步驟。

從「撕裂魔事件」戲劇性解決後過了一晚，隔天的白天——

許多人引頸期盼，另一方面也感到畏懼的瞬間，終於來臨了。象徵人類方與狂人狼族和睦相處的塞爾裘王爵與芙莉希亞的結婚典禮。

作為婚禮會場的格蘭特洛瓦甲板上，已經聚集了大量的來賓。包括弗蘭德爾的有權勢者和來自夜界的使者，狂人狼族甚至不只是幹部級，幾乎所有同胞都齊聚一堂了吧。

休息室的天花板響起大批的腳步聲。

在這當中，庫法肅穆地致力於「進行準備」。

他將沾滿毒藥的布料，來回抹在作為國王證明的聖劍刀刃上。

庫法用視線勸阻本想將身體探向前的梅莉達。

「小姐，請別再靠近這邊了。這可是劇毒。」

「你……你究竟打算拿那個做什麼呢？老師……」

梅莉達用顫抖的聲音詢問，庫法說了聲「真令人懷念呢」來岔開話題。用四色寶石裝飾的這把聖劍，是大約一年前……與塞爾裘．席克薩爾的王爵加冕同時製作出來的東西。如今也能鮮明地回想起帶著梅莉達和愛麗絲、莎拉夏與繆爾同行的列車之旅；還有與下達命令的塞爾裘本人的危險邂逅……

沒想到這把聖劍到了最後，居然會用來奪走國王的性命。

庫法作好覺悟，開口說道：

「已經請對方變更典禮的流程了。在新娘卸下訂婚戒指後，新郎會用這把聖劍劃破自己的指尖。然後在結婚證書上按下血印……當兩人交換誓約之吻時，從手指傷口進入的毒將在體內循環，置他於死地吧。」

「……！」

「倘若事情按照計畫進行，犧牲者只要塞爾裘大人一人就能了事。之後暫且結束典禮，改天再與馬德．戈爾德一同發表共同聲明即可。聲明和平交涉已經回歸白紙，將不屈不撓地與人類方的新代表進行調整……這麼說就行了。」

實際上則是在那時達成協議。狂人狼族再也不會出現在弗蘭德爾。他們只要永動機能完成就心滿意足了吧。

庫法不會直接動手。暗殺犯的身分將永遠成謎。可說是個周到的計畫。

LESSON: V
～四姊妹的故事～

明明如此，但為什麼呢……

手十分沉重。光是讓布料滑過刀身，就需要耗費超乎常理的勞力。追根究柢，根本沒必要這麼仔細地塗抹吧。這種稀有的劇毒，只要一滴就能致命。

但庫法卻從剛才開始就一直重複同樣的行為。

簡直就像只要這麼做，就會有種時間永遠不會前進的錯覺——

「老師……」

梅莉達看似焦躁地撥弄著裙子下襬，然後猛然踏步向前。

「老師！我還是不希望老師殺掉王爵大人！」

「小姐……」

「因為這樣芙莉希亞小姐實在太可憐了…………」

倘若剛接過吻的心上人在眼前死去，那個純真的少女會有多麼受傷呢？

她又得從充滿光明的弗蘭德爾，被帶回夜界的黑暗之中……

這時，地板搖晃起來。

不只是地板。牆壁和天花板也一樣——房間本身整個搖晃起來。從彼方傳來厚重的震動。是整艘船在鳴動。庫法從那股規模感中察覺到了。

他慎重地放下聖劍與毒布之後，同樣謹慎地脫掉手套，站起身並靠近窗戶。

梅莉達也遲了些地並列在他身旁。

同時倒抽一口氣。

「船浮起來了……！」

巨大飛空城格蘭特洛瓦，名符其實地從河面稍微往上浮起。應該是針對來賓的驚喜演出吧，從甲板上響起歡呼與驚嘆聲。

「看來他們啟動永動機了呢。」

這麼看來，馬德·戈爾德似乎已經不打算回頭了。

既然已經讓永動機啟動，就必須獲得作為控制裝置的「永恆之愛」吧。否則無法讓龐大的能量穩定下來，要不了多久就會失控的。

結婚典禮的開幕終於逼近眼前了。

「小姐，已經沒時間了——這是最後機會。」

庫法重新面向梅莉達，從近距離窺探那雙紅色的大眼睛。

梅莉達也用緊張的表情回看著庫法。

「請看，停泊在雙霧橋上空的飛行船（春天號）。」

那裡是昨天塞爾裘選來當作緊急停泊處的場所。從格蘭特洛瓦也能仰望到那流麗的形狀……連接兩座塔的是空中迴廊，看來飛行船似乎是把艦橋搭在迴廊中間，繫泊在那

LESSON: V ～四姊妹的故事～

裡的樣子。

庫法說話速度有些倉促起來，同時在語尾蘊含了感情。

「時間限制到新郎與新娘發誓永遠相愛為止！在那之前，請小姐潛入飛行船，救出應當被囚禁在裡面的莎拉夏小姐。現在的話，警備應該也只有最低限度的人力吧。」

他在這邊暫且停頓了一下，舔了舔嘴脣。

即使是他，也不禁用有些猶豫的聲音說道……

「請小姐將她帶來這裡，讓她說服她的兄長大人。假如有不殺塞爾袞大人就能解決問題的方法，這是唯一的希望了。」

梅莉達將身體探向前，緊握住庫法的胸口。

「我明白了，老師。我試試看！」

然後，她像是想說「我想要勇氣」似的遞出嘴脣。

庫法一邊吻向少女的額頭，一邊讓少女的手掌握住「餞別禮」。

比起讓她手無寸鐵地出門，多少能幫上一點忙吧……

最後他推了禮服裝扮的背影一把。

「好了，結婚典禮這邊就交給我！」

這時，休息室的門打開了，馬德．戈爾德意氣風發地走了進來。

「在這美好的日子——」

梅莉達飛奔穿過他的身旁，衝向走廊上。戈爾德驚訝得瞪大眼睛。

「預言之子要上哪去？」

「我吩咐她去買點東西。」

「這還真是……要是她錯過世紀性的瞬間，本大爺也不管喔！」

無論如何，既然已經被塞爾裘知道長相，也不能帶她參加典禮。

如果是吸血鬼化狀態的庫法，應該沒問題吧。他將塗了毒藥的聖劍收入刀鞘，與穿著聖職者衣服的戈爾德一同前往甲板。

果然已經有眾多來賓就坐在裝飾華麗的會場裡了。跟船的寬度一樣大的長椅一字排開，在場的成員紛紛坐到椅子上。

一個月前，在王座會議齊聚一堂，就那樣被囚禁在飯店的參加者，似乎全員都受到邀請。在聚集成一塊的人類集團中，混有熟悉的面孔。對這場活動顯露出最強烈不快感的，是著名的「劍聖」老德文特吧。

大致來說，右邊的座位都是人類——弗蘭德爾的有權勢者。

然後左邊則是藍坎斯洛普的夜界代表，似乎是這樣的配置。幾乎都是狂人狼，但其中也能看見霍伊爾醫生和沙漠王族布魯諾的背影。

LESSON V ～四姊妹的故事～

總計數百名的來賓，全員都面向前方——也就是船頭的方向。

巨大飛空城格蘭特洛瓦的心臟部位——永動機聳立在那裡。尺寸非常巨大，形狀像是給巨人演奏的銅管樂器。好幾個小型活塞來回移動並吐出細微的蒸氣，這果然是因為已經是啟動狀態的關係吧。

中樞機構激烈的發光，肯定是因為在重複進行湮滅反應。

在沒有控制裝置的狀態下啟動機器，就表示目前處於非常危險的平衡中。對戈爾德來說，已經等於獲得「永恆之愛」了嗎……

總覺得外圍似乎變得比昨天厚了點。

是將刻印著狂人狼族真名的十字架全部收納且封印了吧。

一名青年站在像這樣更接近完成的永動機旁邊。

是穿著純白晚禮服的新郎。

即將在這個大好日子喪命的塞爾裘．席克薩爾……

他注意到出現在會場的庫法。

他和善地對理應一次也沒見過的伴郎露出微笑——

梅莉達在遠方觀望著終於要開始的結婚典禮。在福爾摩斯河的沿岸道路上，有許多路人蜂擁而至，想要盡可能拉近距離，將這歷史性的瞬間烙印在眼底。從格蘭特洛瓦飛奔而出的禮服裝扮美少女雖然暫時吸引住眾人的目光，但梅莉達看也不看旁邊，筆直地奔向雙霧橋。

她一邊奔跑，一邊從人牆的縫隙間瞄了一下會場。

新郎塞爾裘已經在祭壇前等候，伴郎庫法站在他的後方。穿著聖職者裝扮的馬德．戈爾德使了個眼色後，樂隊便開始演奏聖歌。

然後穿著結婚禮服的新娘在長椅最後方現身了。

她在列席者的守護下踏上紅毯。

「芙莉希亞小姐……！」

梅莉達無法看見她的臉。因為好幾層面紗遮住了表情。面紗大概會在交換誓約之吻時被掀起吧……然後，她的身高果然比平常還要高。肯定是在長裙底下穿著事先讓雙腳習慣的高跟鞋。

加上嘴角也有化妝，給人相當成熟的印象。

少女的成長似乎也讓把少女稱為「女兒」的馬德．戈爾德瞠目結舌。

只有迎娶少女為妻的塞爾裘，依然用從容的態度等候著。

身為伴郎的庫法畢恭畢敬地率先走到塞爾裘身旁。

LESSON V
～四姊妹的故事～

原本收納在刀鞘裡的聖劍被遞出去——

塞爾袞接過聖劍，佩帶在腰部的帶子上時，變得更厚的人牆擋住了梅莉達的視野。她搖了搖頭甩開迷惘，加快奔跑的速度。

眨眼間那一大群觀眾已經被梅莉達拋在後方，她到達了雙霧橋。這座橋是活動橋，搭在兩座塔之間的空中迴廊，是橋梁升起時的通道。梅莉達立刻踏入塔裡，奔上無人的階梯。

這深不見底的體力，是家庭教師平日課程訓練的成果吧——

不過，總算到達空中迴廊的時候，梅莉達也不禁稍微喘起氣來。儘管如此，也沒有空坐下來休息。只見整備用的門敞開著，艦橋就架設在那裡。好幾條繫泊繩將巨大的鯨魚拴在空中。

飛行船春天號——

這是第幾次踏入這艘船了？俯瞰地面上的光景，人們的身影早已變得比豆粒還小。一走出空中迴廊，強風便吹亂金髮。梅莉達深呼吸，讓肺部吸入新鮮空氣之後，一口氣衝過艦橋。

從敞開在胴體上的升降口，奔入飛天鯨魚的體內——

進入船內後沒多久，風聲便遠離了。周圍一片鴉雀無聲。

雖然聽說警備應該會變薄弱，但難道連一個人也不在嗎……？

而且裡面沒有點燈，十分陰暗。能依靠的只有從窗戶照射進來的微光。

「莎拉被抓到哪裡去了呢？」

梅莉達目前在二樓。莎拉夏會是在離甲板較近的一樓嗎？還是船底附近的三樓呢？

梅莉達漫無目標地想邁出步伐，但她忽然一驚，在窗戶前停下腳步。

感覺在微光之中，好像有什麼……有什麼在反射。她定睛細看。

——是鋼絲！通道途中設置了鋼絲。設在倘若沒注意到，就會絆到腳的位置。之前搭乘這艘船時，並沒有這種圈套。

……假如踩到了，會有什麼下場呢？

梅莉達試著脫掉一邊的鞋子，從稍微有點距離的地方扔出去看看。

她精準地命中目標，腳跟的部分鉤住鋼絲。

叮——空氣顫抖起來。

有什麼東西從右到左高速地橫跨過梅莉達的視野。她不禁將身體後仰，同時看向牆壁。

只見在塗漆的牆上，有放射狀的龜裂擴展開來。有什麼東西刺在龜裂的中心處——是箭！在鋼絲的反方向……在陰暗且不醒目的位置，設置了十字弓。

LESSON: V ～四姊妹的故事～

看到箭飛過的位置，梅莉達的背後起了雞皮疙瘩。

這並非「射穿腳阻止行動」這麼簡單的陷阱。十字弓瞄準了從成人的胸部往上的位置，那是萬一中了圈套，免不了立即死亡的射擊路徑。

梅莉達伸手撿起鞋子，重新穿上之後，讓呼吸穩定下來。

「是用來驅除入侵者？但究竟是誰……？」

是塞爾裘嗎？梅莉達忽然覺得可以理解為何別說是警備，甚至看不到任何一個船員的身影。他們不可能逗留在這麼危險的船上吧。

明明如此，卻從陰暗處的某個角落響起了聲音。

『哎呀哎呀哎呀……好像又有一隻煩人的蝴蝶跑進來了呢。』

「是……是誰！」

梅莉達這麼詢問，不過她對這個感覺很黏人的女性聲音有印象。

雖然只見過一次，但梅莉達不可能忘記。是以前在鐘樓與狂人狼族一起將梅莉達他們逼入絕境的暗妖精族美女。梅莉達難以理解看到男人就不停賣弄風騷的她。

梅莉達想起她曾對庫法像在耳語似的報上名字。

不知妮爾菲亞究竟是從哪裡用什麼方法，只聞其聲，不見其人。

『好不容易把**小狗**跟人類統統都從這艘船上趕出去了，這樣計畫可會延遲的呀？得趁早搗碎才行──』

「妳在哪裡……？現出身影吧！」

梅莉達謹慎地避開鋼絲之後，用手摸索著通道前進。

她依靠直覺，彎過通道轉角一看，只見那裡一片漆黑──

暗成這樣的話，根本沒戲唱！梅莉達發現裝設在牆上的油燈，伸手想點亮。

她摸索到點燈用的拉線，正準備扭到最亮時，風在周圍吹動起來。

「不行喔，莉塔！」

有人從正面飛撲過來，梅莉達被推倒在地板上。

不過這一**推**讓指尖順勢彈開了拉線。

天花板噴出火焰。

火焰噴射器這一噴，將通道連同掛在牆上的油燈像是要熔解似的燒掉。天花板的角落開了個洞，從洞口突出的管子一邊潑灑燃料，一邊噴出火焰。

梅莉達與推倒梅莉達的某人，開口交談前先在地板上翻滾。兩人迅速地逃到火焰噴射器噴不到的地方，一蹬地板。一邊像特技表演似的跳起身，同時更進一步拉開距離，兩人背對著背，警戒著通道的左右兩邊。

然後梅莉達才總算轉頭看向背後。

LESSON: V
～四姊妹的故事～

「小繆！妳怎麼會在這裡？」

「莉塔妳才是……！妳總是會讓我大吃一驚呢！」

是擁有妖精般的美貌與黑水晶秀髮，梅莉達憧憬的友人——繆爾．拉．摩爾。兩人迅速地握住彼此的手掌，互相磨蹭臉頰，確認親愛之情。

想說的話堆積如山。畢竟繆爾從一個月前的王座會議後，甚至沒有告知母親亞美蒂雅自己的行蹤就銷聲匿跡了。

不過，看來應該等之後有空才質問她——梅莉達和繆爾再次互相掩護彼此的死角，瞪著通道的左右兩邊看。

妮爾菲亞的聲音響起，果然還是讓人掌握不到距離感和方向。

『哎呀，原來妳們是朋友呀。那我就一起吃掉好了，讓妳們兩人作伴吧？』

「妳不用出席結婚典禮嗎？我從老師那裡聽說妳們的內情嘍。」

梅莉達一邊仔細地留意黑暗的另一頭，同時這麼反駁。

「妳們是看上永動機，想來**分一杯羹**的吧？要是這樣放他們鴿子，惹狂人狼族不開心的話，不會很傷腦筋嗎？」

『那群小狗開不開心，根本無關緊要啦。』

她像在嘲笑的聲音當中，摻雜著惡意的色彩。

梅莉達和繆爾都蹙起眉頭，試著設法理解情況。

『想靠永動機提供夜界所有的能量？實在讓人笑掉大牙。仔細想想看嘛，把基礎建設委託給敵人有多麼可怕。只要那群小狗心血來潮地關上閥門，對方就會被斷絕資源，無法生活喔？一旦開始依存永動機，最後就得永遠看狂人狼族的臉色，不斷答應他們的要求才行……那個**暴發戶**試圖打造出來的，就是那樣的世界喲。』

我絕對敬謝不敏——來自黑暗的聲音這麼唾棄。

梅莉達詢問不知身在何方的對手：

「……既然這樣，妳為什麼前來弗蘭德爾呢？別理他們就好了呀！」

感覺黑暗本身狡詐地發出了嗤笑。

『這趟來得有價值呀。因為**這裡也有**永動機不是嗎！』

「咦？」

『飛行船春天號！我們的目標打從一開始就是這個！這美麗的空中鯨魚才配得上暗妖精族……不管是和平、結婚典禮，還是小狗的生意，都隨他們高興去做吧。我決定收下這艘船和永動機，回到夜界的領土。』

「還真是個厚臉皮的強盜小姐呢。」

就連繆爾都感到傻眼似的發出嘆息。

LESSON V ～四姊妹的故事～

妮爾菲亞在黑暗的另一頭從鼻子「哼」了一聲。

『那群船員我統統從船上踢下去了。小狗一隻不剩地跑去結婚典禮關注新娘……至於被囚禁的公主殿下，留到最後慢慢地勒死她就行了。』

正因為如此——黑暗本身吐出氣息。

『只有妳們兩人特別礙事。』

管子從通道的四面八方連串地冒了出來。

梅莉達與繆爾在思考前先一蹬地板。

慢了一瞬間後，火焰噴射器一同吐出了火焰。在梅莉達和繆爾全速飛奔通過後沒多久，火焰的氣息掠過禮服下襬。她們根本沒有餘力停下腳步。梅莉達和繆爾一邊意識著從後方斷斷續續地響起的發射聲，總之先拚命奔向通道的深處。

「轉角！」

梅莉達搶先發現了那轉角。繆爾瞬間回想起船內地圖。

「左邊！那裡有很多重要機關，應該不能用火才對！」

剛說完沒多久便到達十字路口，梅莉達立刻往左邊急轉彎。繆爾勉強追趕上她的速度。更晚一些之後，火焰噴射的波浪順勢沿著通道筆直前進。就如同繆爾所說，通道左側並未設置攻擊性的陷阱——

相對地有非殺傷系的陷阱在等候著。

「哇呀！」

梅莉達的一隻腳猛然停了下來。鞋底黏在地板上——還沒空去思考這些，繆爾便追撞上背後。兩人就那樣糾纏成一團，一起倒落。

從肩膀撞上地板的瞬間，有股令人不快的黏稠感觸蔓延開來。這次是上下顛倒。也就是繆爾在下方，梅莉達像是要壓扁繆爾似的倒落。

儘管梅莉達立刻試圖跳起身，卻遲遲無法如願。

之所以如此，是因為在倒落的瞬間，黏稠地蔓延開來的感觸將兩人黏在地板上。特別悲慘的是被當成墊子的繆爾。

還算能自由活動的梅莉達，看到從地板牽絲到手臂的那個，蹙起了眉頭。

「這什麼呀？橡膠……？糨糊？」

「這應該是……叫做黏鳥膠的東西吧……咕！」

繆爾穿著派對禮服的裝扮，但前面沾黏到那個黏鳥膠什麼的，甚至無法自由地抬起上半身。

是黏著力很強的性質嗎？黏住布料的力量似乎特別強大……

倘若現在被妮爾菲亞攻擊，應該不堪一擊吧。

LESSON V

～四姊妹的故事～

明明如此，敵人卻沒有現身，也沒聽見聲音。

「為……為什麼她不來給我們致命一擊呢？」

「她是不能來。」

即使被束縛在地板上，繆爾依然冷靜地讓頭腦運轉著。

梅莉達慢慢地將身體從地板上拉開，同時側耳傾聽好友的聲音。

「所謂的暗妖精族，其實沒什麼戰鬥能力。充滿自信的美女模樣根本是假象喲！我們好歹也是瑪那能力者，而且是二對一，她害怕會遭到重大的反擊。」

「她有沒有類似弱點的地方？」

「暗妖精族就跟名字一樣，是從黑暗中誕生，只能在黑暗中生存的精靈——」

繆爾闔上眼皮，一邊摸索著記憶書櫃，一邊抖動著嘴脣。

她猛然睜開雙眼，這麼告知：

「——是太陽之血。她們的肌膚很怕太陽光，比其他藍坎斯洛普更怕！狂人狼族在聖王區散播的夜之煙霧，追根究柢，也是為了迎接暗妖精族吧？」

「太陽之血的光芒……可是現在因為滅光政策的緣故，又沒什麼燈光……」

梅莉達一邊將黏鳥膠從裙子上剝掉，同時拚命地思索著方法。

這時她忽然靈光一閃。

「小繆，聽我說！」

梅莉達摀住臉部，小聲地將作戰傳達給繆爾。

好友立刻明白了她的意圖，點頭表示同意。

「那樣的話，得前往廚房——說不定派對房也行！」

「既然這麼決定了，小繆，妳能不能想辦法站起來？」

在這個時候，梅莉達總算幾乎恢復自由。

只不過變成墊子的繆爾果然沒那麼簡單能逃脫。光是要從禮服的一角將黏鳥膠剝掉……感覺就讓人要昏過去了！妮爾菲亞也不會悠哉到在兩人剝掉黏鳥膠的期間，一直袖手旁觀吧。

繆爾咬了咬嘴脣，白皙的臉頰染上朱紅色。

「現……現在船上肯定沒有其他人在吧？」

「畢竟升降口也被燒掉了，應該也沒有人會在之後進來吧……」

豈止如此，在這樣的黑暗當中，就連妮爾菲亞是否能看見，應該也很難說。

「優雅地……現在不是說這種話的時候了呢。」

劈哩！繆爾親手撕破自己的禮服。

梅莉達也伸手幫忙。靠繆爾的一隻手與這邊的一隻手，朝反方向施加力量。一邊在

LESSON V
～四姊妹的故事～

內心向拉．摩爾家的名譽請示。

「我會盡可能小心地撕破！」

「拜託妳嘍！」

就這樣兩人一起喊著「「預備～」」，試著同時施加力量後——

劈哩劈哩劈哩～～！布料以出乎意料的氣勢剝落了……

「啊——啊……啊～……」

接著把時間倒流讓禮服恢復原狀——當然是不可能的事情。

既然已經裂開，就沒得補救，只能順勢將裂縫擴張到裙子下襬而已。劈哩——布料發出清脆的聲響掉落。

繆爾將一半的禮服連同黏鳥膠留在地板上，才總算能夠站起來。

她將勉強剩下來的布料拉近身邊，作著無謂的努力，想遮住內褲。

她那件派對風格且散發成熟魅力的小褲褲，是意識到年長的某人挑選的嗎……但難得的禮服變得破爛不堪，實在糟蹋了那裝扮。

但比起這個，梅莉達反倒更想對好友罕見的反應大吃一驚。

繆爾滿臉通紅。

「庫法老師也好，莉塔也好……要請你們怎麼補償我呢？」

空氣被劃破開來。

兩人反射性地彎下身體。有什麼東西擦過頭頂上，打向牆壁。是類似鞭子的炸裂聲響與一直線地烙印下來的斬線。還有在梅莉達敏銳的視野如波浪起伏，彷彿絲線一般的光芒——

「又是鋼絲呀！」

而且這次在前端加上重物，將鋼絲本身當成武器揮舞過來。

梅莉達與繆爾跳過黏鳥膠，飛奔而出。在這邊設法重整態勢的期間，妮爾菲亞也思考了下一個辦法，並完成了準備。叮——像是彈簧彈起的聲響，從前進方向的上下左右接連不斷地響起。

鋼絲從四面八方襲擊過來。

梅莉達用前滾翻躲開像要絆倒腳的一閃，流暢地接著側翻，後空翻，不斷地在空中舞動。才心想她悠閒地伸展手腳，只見她隨即抱住膝蓋並蜷縮身體，以完美的時機鑽過宛如翻花繩一般的鋼絲縫隙間。

繆爾用宛如神一般的視覺，掌握每一條鋼絲應當無法預測的軌道，然後一一避開。她用淑女的動作踩踏。在腳跟貼近的瞬間，鋼絲打向地板。她像是接受跳舞邀請似的抬起手臂，用宛如芭蕾舞伶的柔軟度將一隻腳往上頂，只見閃光不偏不倚地掠過她像這樣製造出來的四肢縫隙間。

有時激烈，有時又忽然一變，緩慢地舞動著——

繆爾的腳尖踢開一條鋼絲，擊落從死角飛來的第二條。梅莉達在跳過的同時捕捉住像這樣在空中彎曲的鋼絲。她握住前端的重物，順從著地的氣勢使勁揮動手臂。

射出裝置從牆壁內側被拉扯出來。

鋼絲攻勢一口氣變弱了。梅莉達扔掉重物，同時一蹬地板。

「要怎麼做才能這麼精準地操控鋼絲？」

「那是暗妖精族的異能喔。」

繆爾也趁現在加快奔跑的速度。

「與其說是操控機械，不如說像是對機械惡作劇的感覺呢。到目前為止的圈套，一定也是只有先設下機關，然後從遠處讓機械誤啟動吧。」

梅莉達想起前幾天在鐘樓遭遇到的，對思念增幅器的干涉攻擊。

「也就是她非常不想打近身戰呢！」

兩人在奔馳的同時撞開一扇門，衝進室內。

那裡是派對房。在服務生進出的窗簾前……有了！兩人發現吧臺上並列著她們要找的東西，一起飛奔靠近。

是裝滿飲料的小瓶子。在梅莉達拔出軟木塞的期間，繆爾準備了玻璃杯過來。在黑暗當中，儘管有些濺到地板上，仍將飲料倒滿杯子。

然後繆爾彷彿想說「乾杯」似的高舉玻璃杯。

她轉頭看向一直敞開的門扉。

「噯，妳知道嗎？莉塔。我剛才說『暗妖精族的模樣是假象』的意思。」

「不，我不曉得。」

梅莉達也像在賣弄似的大聲回答。

黑暗變得更濃密，感覺門框似乎也嘎吱作響──

「暗妖精族的真面目呀，其實是小蜥蜴或蛇，還有老鼠之類的喔。也就是說她們只是用幻術讓人看到美麗的身影呢。戰鬥能力低落也是因為這樣。」

「這麼說來，我看過那個人的眼睛！」

「很像爬蟲類對吧？對她們而言，自己無法澈底掩藏的本性讓她們感到自卑。因為也有力量弱小的自覺，暗妖精族會透過巴結許多種族來不勞而獲喲。要是大家知道自己被騙，不曉得會變怎樣呢？」

「給我閉嘴！」

妮爾菲亞本人突破黑暗，直接襲擊過來。

LESSON V ～四姊妹的故事～

她的手背浮現鱗片，指尖宛如樹根一般尖銳。美女的容貌早已經崩壞。她的嘴鮮紅地裂開，黑色眼眸往外突出——這就是她的真面目嗎？？

繆爾避開瞄準了臉部的一擊。梅莉達也跳到反方向，保持距離。

妮爾菲亞讓雙手的指尖變得更銳利，從嘴脣突出分岔的舌頭。

「這兩個囂張的臭小鬼……！我要把妳們全身撕得稀巴爛！」

「哎呀，真是低俗。臉上的妝都垮掉嘍！」

「嘶嘶——！」

不出所料，妮爾菲亞瞄準了繆爾攻擊。繆爾接連閃過對方卯足全力的金臂勾，還有一邊甩亂禮服一邊使出的連續踢。被指尖捏著的玻璃杯亂動起來。

在所有水從裡面灑落出來之前，梅莉達轉動身體，讓裙子隨之搖擺。

顯露出來的耀眼大腿上捲著襪帶——

她從掛在襪帶上的槍套裡，讓裡面的東西滑落到手掌。是庫法當作「餞別禮」讓給她的仙饌密酒結晶。她看準時機，將結晶從指尖俐落地拋出。

「小繆！」

少女看也沒看，便將玻璃杯口朝這邊遞出。

她用一隻手接住妮爾菲亞打擊的同時，結晶被吸入玻璃杯裡。

波紋啪噠一聲地擴散開來——

隨後，得到水的結晶散發出激烈的光芒。這是仙饌密酒特有的現象。派對房的黑暗一口氣被驅逐，純白閃光擠爆室內。

「噫！」

妮爾菲亞的表情因恐懼而扭曲。浮現在臉上的鱗片嘎吱一聲地裂開。

彷彿當成手電筒一般，繆爾將玻璃杯口比向妮爾菲亞——

「妳好，永別了。黑暗的精靈小姐？」

「噫——噫啊啊啊啊啊啊啊！」

妮爾菲亞拚死地逃跑。在前往出口門扉的途中，她的手腳劈哩！一聲地化為石頭。她身體向前傾並跌倒，但她仍用爬的向前進。石化從手腳末端逐漸蔓延開來，在她一把抓住門框時，另一邊的手臂崩落了。

她靠剩餘的一隻手爬到走廊上，然後抓住窗框，用盡全力抬起身體。

她早已經喪失幾乎大部分的下半身，石化從心臟蔓延到脖子——

她撞破窗戶。

然後順勢滾落到船外。風吹打著她剩餘的上半身。被吹亂的髮梢化為石頭，之後從額頭到鼻子中心，所有皮膚都被吞沒後，她維持著宛如惡魔一般尖叫的表情變成雕像

LESSON V
～四姊妹的故事～

——衝撞上河面。

竄起高高的水柱。

這時，是否有路人目睹到她摔得粉碎的末路呢……

在福爾摩斯河的中心拓展開來的波紋，沒多久被更大的波浪吞沒，消失無蹤。

梅莉達從飛行船的窗戶見證下方的光景後，折返回頭。

是因為掌管黑暗的精靈不在了嗎？或者單純是眼睛已經習慣了呢？感覺視野變得比剛才更鮮明。在派對房的中心，繆爾正調整著急促的呼吸。她看似害羞地按住破掉的禮服胸口，爬起身來。

「真是的，這麼不檢點的打扮……又會被老師覺得傻眼了呢。得去更衣室借一套替換的衣服才行。記得在這層樓的某處應該有……」

梅莉達重新從正面抱住正在發牢騷的好友。

「小繆，我真的真的很擔心妳喔！」

繆爾也將左右手繞到梅莉達纖細的背後，緊抱住她。

「莉塔才是呢，聽說妳被拱成什麼預言之子，我可是擔心得不得了喲？」

「妳至今究竟都待在哪裡？居然也沒有通知伯母大人妳的行蹤！」

「我一直都在這艘船上喲？塞爾裘哥哥大人將我窩藏在這。」

梅莉達覺得腦袋好像要爆炸了一樣。繆爾拉起她的手。

「詳情之後再解釋！首先得讓莎拉重獲自由才行！」

「對……對喔。說得沒錯！」

追根究柢，梅莉達是為此才趕來春天號這邊的。

根據繆爾所言，監禁莎拉夏的場所據說在一樓。兩人毫不客氣地在當真完全不見人影的船內全力奔馳，到達關鍵的門扉前。

門應該有上鎖吧？

但繆爾理所當然似的拿出鑰匙，打開了門。

梅莉達無暇插嘴提出疑問，兩人一起撞開門扉。

「莎拉！我們來救妳了！」

儘管兩人氣勢洶洶地踏進房裡——但豪華的室內卻不見少女的身影。

才心想不知何故吹著強風，只見通往陽臺的窗戶整個敞開著。

窗簾只有左側豪邁地飄盪著——

右側從軌道上被扯下，纏在扶手上。梅莉達與繆爾的臉色在此時變得蒼白。她們急忙衝到陽臺，從扶手探出身體，該說跟最糟糕的預測一樣嗎？她們看見了被強風吹亂的櫻花色秀髮。

LESSON V
～四姊妹的故事～

「莎拉！妳在做什麼呀！」

靠著一條綁在扶手上的窗簾布從陽臺懸掛在半空中的少女，似乎也已經無法隨心所欲地回到房間。她原本是想說不定能到達下層樓的窗戶那邊吧。但前進不到一半，救生索的長度似乎就邁向了極限。

從地上看的話，只能看到花朵種子大的影子吧。沒有人注意到少女陷入絕境。隔壁房間的陽臺也——十分遙遠。莎拉夏的手掌早已經變得蒼白不已。

「因……因為船上沒人在了……我想說現在或許能逃出去……！」

「啊，真是的，妳在那等著！我現在就把妳拉上來！」

繆爾與梅莉達握住救生索的根部，喊了聲「「預備～」」，一起將體重往後靠。

禮服裝扮的莎拉夏緩緩地被往上拉起。

櫻花色彩沿著船的外牆慢慢地靠近陽臺。

就這樣在剩餘距離總算逼近一兩公尺時——

隨後吹起一陣猛烈的強風。

柔軟的禮服被吹亂，雙腳飄浮起來。一邊的鞋子飛走了。莎拉夏情急下想伸手抓住鞋子，結果剩下的另一隻手從救生索上滑落。

梅莉達和繆爾看見好友張嘴「啊」了一聲的表情在瞬間遠離。

「莎拉！」、「莎拉！」

光芒一閃。

從正旁邊橫跨過梅莉達視野的某樣東西，貫穿差點掉落的莎拉夏。

不——正確來說，是貫穿莎拉夏的禮服。一枝箭射穿禮服的泡泡袖，將她釘在船的外板上。雖然禮服因為承受體重而從肩膀劈哩一聲地破掉，但莎拉夏趁那一瞬間的緩衝時間抓住窗簾的角落。

呼……！三人都不禁鬆了一口氣。

「剛……剛才那是……？」

梅莉達看向右邊房間的陽臺。

她隱約地捕捉到攜帶著十字弓的纖細人影回到室內的光景——

總之，現在最優先的是好友的安全。莎拉夏放棄了禮服。順著被往上拉的氣勢，禮服從被箭釘住的肩膀處順勢裂開，被拋在後頭……她用敞開著胸口與露出內褲的打扮緊抓著窗簾不放。

梅莉達與繆爾慎重無比地握著窗簾往後退。

終於出現的莎拉夏手掌，牢牢地抓住陽臺扶手。

她順勢抬起身體，翻滾到陽臺。梅莉達和繆爾扔下窗簾奔上前去。將莎拉夏拉進室

LESSON V

～四姊妹的故事～

內後，三人緊緊地互相擁抱。

「莎拉妳真是的！妳到底要多亂來才甘心呀！」

「啊嗚，對……對不起……不……不過，剛才救了我的是……？」

背後響起了腳步聲。

梅莉達迅速地轉過頭，然後在房門前發現預料中的人物。

儘管如此，她還是難免懷疑起自己的雙眼。

「芙莉希亞小姐……！」

攜帶十字弓站在那裡的，果然是這幾天突然變親近的狙擊手少女。她穿著熟悉的寒冷地區用戰鬥服。據說是她兒時玩伴的狼群，一隻也不在嗎——不，這可不是那種程度的問題。

梅莉達驚慌失措地站了起來。

「妳在這種地方做什麼？妳不是出席了結婚典禮嗎……！」

梅莉達親眼確認到新娘踏上紅毯的身影。

那麼，那個人——並不是芙莉希亞？

芙莉希亞本人扔掉了十字弓。她是拿妮爾菲亞設下的機關來用吧。

她確實手無寸鐵地單膝跪地，深深垂下了頭。梅莉達不知所措。

「我知道這樣非常厚臉皮！但有件事想拜託各位……！」

「咦？什……什……什麼事？」

「請妳們拯救塞爾袞大人！他真正的目的才不是什麼與藍坎斯洛普和睦相處！照這樣下去——……」

響起了哀號。

是從陽臺外面，遙遠的地上傳來的。就連停泊在超過兩百公尺高度的飛行船都能聽見的騷動，實在非比尋常。梅莉達慌忙地從窗戶飛奔而出。

她從扶手將身體大幅度探向前方，俯視福爾摩斯河。

——她看見格蘭特洛瓦正激烈地燃燒著。

† † †

這是稍早之前發生的事情。

在馬德·戈爾德琅琅地朗讀聖經時，發生了異常情況。新娘毫無預兆地搖晃起上半身，看似痛苦地蹲了下來。

不，倘若有人眼尖地觀察著她，應該早就注意到了吧。

LESSON V
～四姊妹的故事～

自從進場之後，新娘就一直看來呼吸困難的樣子。列席者開始騷動起來。馬德．戈爾德的臉頰冒出冷汗，他小聲地斥責。

「……芙莉希亞！妳在做什麼，快站起來！」

另一方面，新郎塞爾袞則是絲毫沒有動搖。

豈止如此，他甚至發出苦笑。

「束腹很難受嗎？畢竟綁得挺緊的嘛。」

「……的確不好受。」

從頭紗底下響起的那聲音，讓戈爾德到現在才發現不對勁。

那聲音跟女兒完全不像，是蘊含著堅決意志，巾幗英雄般的聲音。

他緩緩地睜大雙眼。

「妳不是……芙莉希亞？」

——那是一瞬間發生的事情。

塞爾袞流暢地將手繞到腰部，拔劍。斬擊聲穿破空中。

會場幾乎沒有人能看清他神速的動作吧。

每個人都目瞪口呆，說不出話來。

鮮血伴隨著透明的毒液，從聖劍的尖端滴落下來。

「啊……？」

馬德．戈爾德的衣服從胸口的位置一直線地被切裂開來。轉眼間有個色彩從下半部分滲出——是剛噴出來的鮮血。

他雙腿一軟，從膝蓋倒落到地板上。這一倒讓某個東西從他懷裡滾落出來。是德林加手槍。塞爾袞依然右手拎著聖劍，他用左手撿起那手槍。

「你居然藏著這種玩意嗎？」

他醜陋地揚起嘴角。

「光是抹了毒的劍還嫌不夠？——那麼毒劍啊。」

他再一次揮起反手拿著的聖劍。

「完成你的任務吧！」

毫不留情的第二擊深入戈爾德的肩膀。這時列席者終於忍不住發出哀號。女性尖銳的叫聲讓塞爾袞轉過頭來。

「啊，**母親大人**！請看，我像這樣替您報仇了……！」

「王……王……王爵大人！您究竟在做什麼？」

「是父親大人啊。請別這麼氣憤——好，我立刻那麼做。」

「塞爾袞大人！您究竟在跟誰說話啊！」

LESSON: V ～四姊妹的故事～

列席者紛紛露出看見恐怖事物的眼神。

特別是也被邀請參加王座會議的弗蘭德爾有權勢者。穿著沾滿鮮血的西裝，對空無一人的地方搭話的王爵身影，除了異常沒有其他形容詞。

塞爾袞露出他反倒才覺得不可思議似的眼神。

「跟誰說話？各位看不見嗎？我的父親與母親就在這裡啊！」

「不……不，我們什麼也看不見！塞爾袞大人，令堂已經過世了！」

「你說什麼！那這就是亡靈。有亡靈企圖迷惑我啊！」

塞爾袞胡亂猜想，將手槍比向前方。槍口正好面對長椅那邊，因此列席者發出哀號，跌落在地。

「在哪裡……在那邊！不，是那邊！啊哈哈！」

塞爾袞胡亂揮動槍口，讓位於射擊路徑上的人們顫抖起來。這實在太瘋狂了。「劍聖」老德文特從右側座位露出如烈火般憤怒的樣貌，站起身來。

「果然沒錯……從王座會議那天開始，老夫就一直覺得不對勁！」

他用枴杖前端好幾次用力戳著地板。

「王爵已經喪失理智了！與夜界和睦相處這種事，根本不是什麼正常的想法！」

儘管塞爾袞聽見了他的聲音，仍假裝沒聽見。倘若是具備洞察力的人，還是會注意到吧。注意到塞爾裘的眼眸確確實實地還保持著理智。

換言之，他是故意的。

無論是假裝瘋狂而砍了戈爾德。

還是追逐根本不存在的亡靈，將槍口對準永動機——

「可惡的亡靈，在那裡嗎！」

他扣下扳機。

只有一發的子彈被吸向中樞機構，炸裂出金屬聲響。

發出「啊！」一聲的人，究竟是狂人狼族的誰呢……

緊接著。

區隔著仙饌密酒結晶與涅墨西斯行星的玻璃箱，冒出毀滅性的龜裂。原本還保持著平衡的湮滅反應，在這之後發展出戲劇性的變化。

爆炎迸出。

火焰龍吹飛外殼，升起到上空。金屬片炸裂散落，列席者抱著頭跌落到地板上。已經不分人類和狂人狼族。

原本就在沒有控制裝置的狀態下被迫運轉的永動機，憑一發小口徑的子彈就瓦解了系統。龜裂更進一步擴展開來，火焰龍從裂開的縫隙間被吐出。

LESSON V
～四姊妹的故事～

彷彿要劈開大地般的咆哮——

那下頷看來像是要將列席者吞進去。所有人都嚇得瞪大了眼，發出哀號。

一陣冰之風插了進來。

用宛如強風的速度滑入的人影抬起左手。從那指尖炸裂的凍氣（咒力）正面迎戰火焰龍。雙方激烈衝撞，讓冰風與熱浪宛如龍捲風一般膨脹起來。

福爾摩斯河的河面激烈地掀起波浪。

庫法竭盡全力推開火焰龍，緊接著將右手伸向前方。

他將收縮成荊棘般的咒力，從五指前端彷彿子彈一樣射出。

理應將王爵轟成蜂窩的那記攻擊，在王爵面前被吹散了。

——不，應該說「被燒掉了」比較正確。

跟保護列席者的這邊一樣，也有某人擋在塞爾裘前面。他用不祥的黑色火焰製造出牆壁後，單手一揮便把庫法的咒力也一起驅散了。

是沙漠王族的布魯諾。

他鬆開厚重的衣服，露出紅色肌膚。

「在鐘樓聽說這件事時，我還半信半疑——」

他這麼說，隔著肩膀轉過頭去，對塞爾裘揚起嘴角。

「沒想到你真的辦到了！瘋狂的國王啊，現在你的企圖為何已經無關緊要。如果你是要破壞弗蘭德爾，本大爺也來助你一臂之力吧……！」

「哎呀，這真是太可靠了。布魯諾先生。」

另一方面，新娘用偷藏的小刀割掉了束腹。

她扯下頭紗爬起身，只見出現的是庫夏娜·席克薩爾的美貌。

吸血鬼狀態的庫法悄悄地咬緊牙關，以免被人發現自己的立場。

「庫夏娜大人……！」

雖然不曉得理由，但她決定站在塞爾裘那邊！庫法並不知道兩人之間進行了怎樣的交流。不過他們的目的是破壞結婚典禮嗎？

而且還有個出乎意料的狀況，就是他們似乎把沙漠王族的布魯諾也拉攏成同伴了。

布魯諾一直對和睦相處面有難色，他們大概是在這一點利害一致吧。

甚至不用刻意拜託，布魯諾便意氣風發地走上前。

他手指碰向頭巾，氣勢洶洶地脫了下來。

「來吧，高貴的火之眷屬『伏爾甘』啊！」

那是從他本身散播的滅亡黑焰殘渣誕生出來的。

微弱的火花一膨脹起來，就變成美麗的女性形狀。但終究只是「形狀」而已。他們

LESSON: V
～四姊妹的故事～

一邊炫耀宛如熔岩一般旺盛燃燒的肌膚，同時緊握仿照劍形狀的火焰。

他們接二連三地誕生，飛舞到半空中。布魯諾的眷屬……那數量看來不只數十個。布魯諾命令也可說是自己分身的「伏爾甘」。

「到弗蘭德爾各地散播滅亡火焰！將人類世界燃燒殆盡吧！」

幽靈般的戰吼聲在周圍迴盪。倘若不摀住耳朵，靈魂彷彿會凍結一般。

當永動機再一次高聲咆哮的同時，所有伏爾甘也飛向上空。

朝著連接下層街區的唯一出入口——也就是車站前進。

亞美蒂雅砍倒最後一個負責監視的狂人狼時，聽見了那聲音。

那是彷彿從冥界響起般感覺有些詭異的鳴叫聲——是從福爾摩斯河那邊傳來的。

「怎麼回事……？該不會暗殺失敗了吧？」

無論如何，她最優先的還是完成自己的工作。

她氣勢洶洶地揮舞大劍，將鮮血甩向地板上。

她一邊避開狂人狼的屍體，一邊奔跑著。那是留在車站的少數監視者。她在沒有任何人妨礙的狀況下握住開關拉桿，將體重壓上去，一口氣推倒拉桿。

車站門動了起來，空氣急遽捲起漩渦，吹亂亞美蒂雅的頭髮。

感覺可以聽見列車勇猛的汽笛聲從彼方傳來——

正好就在這時，載滿騎兵團戰士的列車從賽勒斯特泰雷斯凱門區發車了。在前頭車廂帶頭喊話的是團長菲爾古斯‧安傑爾公爵。

「此刻正是記載在預言中的反擊之時——」

他拔出聖騎士的長劍，高高刺向頭頂上。

「各位戰士！找回你的劍吧！」

「「「哦哦哦——————！」」」

彷彿將戰士的吼叫當成爆發力一般，列車奮勇前進。

現在還沒有任何人知曉這場戰鬥的意義——

† † †

在飛行船春天號上，芙莉希亞領悟到為時已晚。

她在停頓時咬了咬嘴脣，接著向梅莉達等三人吐露出苦澀的思念。

「……塞爾裘大人並非只是單純地繼承上一代的遺志。他並不是以與狂人狼的革命為前提！而是始終擔憂著弗蘭德爾的未來，為了應付各種狀況的變化，他準備了好幾個計畫……！」

「王……王爵大人究竟打算做什麼呢……？」

「他從庫夏娜大人口中得知有逃離『徬徨詛咒』的方法，而作出了決定——就是選擇**不把弗蘭德爾拱手讓人**的道路。」

她用力地握緊拳頭。

「也就是自己作為『瘋狂的國王』被討伐，藉此終結這場革命的劇本！」

從地上響起了爆炸聲。梅莉達等人倒抽一口氣，芙莉希亞繼續說道：

「……為此，他試圖達成**自己創作出來的預言**。梅莉達．安傑爾，讓人留下身為『無能才女』的妳討伐了王爵的印象——」

「咦！」

「人們就會覺得騎士公爵家微不足道。他打算改造人們的意識。」

「等……等……等一下！等一下！」

這話可不能聽過就算了。梅莉達將左右手掌伸向前方，阻止芙莉希亞。

「**自己創作的？**」

她一字一句地慎重反問著。

「那麼，就表示他是自己寫了『自己會被討伐』的預言？還把我捏造成『預言之子』……究竟是為了什麼？」

「因為對哥哥大人而言，莉塔是不可多得的卓越人才呀。」

這麼插嘴的是繆爾。

據說是被塞爾裘本人窩藏起來的她，究竟掌握多少內情呢？所有人的視線都集中在黑水晶妖精身上。

「雖生在安傑爾家卻不具備聖騎士瑪那，但力量又跟我和莎拉等人並駕齊驅的『無能才女』——」

她緩緩地闔上眼皮，彷彿神諭一般宣告。

「如果席克薩爾家在不久的將來會因詛咒而滅亡，他想確立出能夠取代席克薩爾家的力量。儘管身為武士位階，卻也能與上級位階抗衡的莉塔，正適合用來在席克薩爾家滅亡後的世界，向人們展示嶄新的希望。」

「怎麼會……我該怎麼做才好呢……」

「噯，我說一下塞爾裘哥哥大人要我轉達的另一個留言喲？」

繆爾轉換聲音，再次讓所有人視線都集中到她身上。

她稍微垂下眼皮，細長的睫毛散發著哀愁。

LESSON V
～四姊妹的故事～

「依照哥哥大人的預測，原本愛麗應該也會在這裡才對……」

「什麼意思？」

繆爾搖了搖頭，繼續說道：

「這是哥哥大人的另一個策略。他這麼吩咐我——等結婚典禮開始就現身，帶著莎拉和愛麗……還有莉塔，跟我們愛戀的某人，搭乘飛行船逃離弗蘭德爾。」

「咦……？」

「如此一來，即使革命的結果是弗蘭德爾會滅亡，也能在未來留下人類的血脈。然後他希望我們有一天能夠復興人類世界……真是的，他真的淨會說些任性的話呢。」

少女們的內心，至少梅莉達的思考混亂到了極點。

在地上的戰鬥早已經開始了。站在塞爾裘那邊的庫夏娜與布魯諾。對上菲爾古斯與亞美蒂雅率領的燈火騎兵團的一大決戰。

還是學生身分的自己等人硬擠進去，又能辦到什麼呢？

自己只不過是被創作出來的存在，虛假的「預言之子」——

這樣的自己能夠回應芙莉希亞的願望，拯救塞爾裘嗎？

能夠支持庫法，支持那個自己深愛的青年嗎……？

沒有任何人能做出行動，這時繆爾拋出問題。

「我有學到飛行船的操縱方法。可以靠我跟大家讓飛行船動起來。」

莎拉夏露出沉痛的表情，看向地面。

「要聽從哥哥大人的吩咐逃走嗎？要去哪裡都不成問題喔。」

梅莉達看似焦躁地顫抖著嘴脣。

「還是要去迎接愛麗和庫法老師？」

芙莉希亞用求助般的眼神瞪著繆爾看。

繆爾沒有再多說什麼。她刻意不說出第三個選項。

吹起了一陣強風。

一直敞開著的門扉與通往陽臺的窗戶，看起來就彷彿命運的岔路一般，對著少女們招手。

塞爾裘・席克薩爾

位階：龍騎士

HP	????	MP	????		
攻擊力	???（???）	防禦力	???	敏捷力	???
攻擊支援	??%	防禦支援	—		
思念壓力	??%				

主要技能／能力

飛翔Lv.9／空氣刃Lv.9／空氣殼Lv.9／剎鬼覺醒Lv.X／無畏渴望／瑪拉克西亞之刺／扼殺亡靈／空中突襲「暴龍」

【來賓名單：III　《熱砂之旋律》沙漠王族】

聽說就連他們本身都無法控制滅亡火焰，是因為那正是隱藏在體內的「心臟」。沒有生物能夠隨心所欲地控制心臟的跳動吧……

然後他們當成眷屬的「伏爾甘」，據說是從滅亡火焰中誕生出來的生命。一出生便與主人一心同體，具備比火焰還猛烈的忠誠心也是理所當然！跟藉由吸血或契約構成的主從關係有明顯不同。

沙漠王等人會成為戰鬥民族是必然的吧。

LESSON：VI ～愛之淚～

LESSON：VI ～愛之淚～

庫法用咒力一個橫掃，吹散盤據在升降坡梯（Slope）的火焰。

他一邊扛著嚇到腿軟的兩人，一邊飛奔爬下格蘭特洛瓦，將兩人扔到石版路上。結婚典禮的列席者目瞪口呆地呆站在河川沿岸不動。旁觀的路人發出哀號，東跑西竄。至少這麼一來，就沒有人類被留在船上了吧。

在勉強讓他們逃脫的幾分鐘期間，巨大飛空城格蘭特洛瓦從船頭到船尾都被火焰給包圍。被灰塵弄髒臉頰的列席者茫然地仰望著那景象。有幾個人露出疑惑的神情，不曉得為何吸血鬼會拯救自己等人。

庫法無視看向自己的視線，瞪著船頭的方向。

雖然優先讓人們逃脫的判斷並沒有錯——

但塞爾裘跟加入他那邊的庫夏娜和布魯諾，當然也趁機消失無蹤。既然如此，要說服他已經是不可能的吧……現在反倒希望抱持苦澀心情送出門的學生（梅莉達）別下來聖王區，這樣肯定比較安全。

庫法脫下西裝的外套並扔掉。

他丟下列席者，折返回頭。

於是有個人物緊抓住庫法的長褲不放。

「吸……吸……吸血鬼閣下。到底為什麼會變成這種狀況！」

是弗蘭克斯坦族的霍伊爾醫生。

他的白衣沾滿灰塵，似乎完全跟不上局勢。

「那……那些狼……老夫等人的永動機……！」

他仰望燃燒起來的船，那熱浪讓他不禁別過臉去。

「老……老……老夫究竟該怎麼做…………」

「你不能加入戰局。現在立刻逃離弗蘭德爾吧。」

庫法抓住他的衣領，蘊含認真的感情瞪著他看。

「將這裡發生的事情一五一十地通知夜界的同胞！告訴他們這塊土地受到詛咒……不該與弗蘭德爾有所接觸！」

「不……不該與弗蘭德爾有所接觸。不該與弗蘭德爾有所接觸……哦哦！」

庫法放開他的衣領後，霍伊爾醫生連滾帶爬似的飛奔而出。

庫法沒有目送他的背影離開，自己也走向反方向。既然演變成這種局面，狂人狼族

LESSON: VI ～愛之淚～

夢想的生意已經泡湯了吧。不僅與人類方的和平以最糟糕的形式決裂，就連關鍵的永動機也……

庫法側目看著燃燒起來的船，不知不覺地加快腳步。

心急如焚的是自己。庫法也一樣想找個人問是怎麼回事。

究竟為什麼會演變成這種局面……？

格蘭特洛瓦還有眾多逗留在那裡的人影。是狂人狼族。他們一族都總動員起來，從福爾摩斯河汲水，拚命在進行滅火作業。

從甲板延燒開來的火焰吞噬結婚典禮的裝飾，火勢變得更加猛烈後，開始侵蝕底下的階層。火焰燒焦船室，熔解風管後，從骨架開始瓦解。應該是水淹入了船底吧，船慢慢地傾斜，緩緩沉入水中。

儘管知道這情況，狂人狼仍一個勁地朝火焰牆潑水。

感覺那是困難到讓人要昏倒的作業——

畢竟此刻仍噴出猛烈火焰的災禍根源，坐鎮在船頭最重要的位置。永動機已經是無法處理的狀態了。已經沒有任何人能靠近不斷重複著湮滅反應的中樞機構吧。

縱然是夜界樞機卿，也會被幾萬年規模的能量波給消滅——

婚禮會場毀壞得慘不忍睹。

長椅被推倒在地，列席者已經一個也不剩。

只有馬德．戈爾德儘管衣服沾滿鮮血，仍舊佇立在祭壇前面。

他一聲不響地抬頭仰望著作為他長年願望的永動機發出聲響逐漸崩壞的光景。

他的狂人狼部下跑了進來。應該是注意到要處理這波火勢，光在末端跑來跑去也沒完沒了吧。他們求助自己的首領。

「馬德．戈爾德，請下指示！我們該如何是好？」

「——」

戈爾德總算將視線從永動機上面移開。

話雖如此，但他也沒有與部下面對面，而是像夢囈似的低喃：

「……火。」

他的聲音有些沙啞。

「快滅火。」

「遵……遵命！」

狂人狼憨直地重複。

「快滅火——！」

LESSON VI
~愛之淚~

有更多狂人狼聚集到甲板上，試圖挑戰撲滅永動機的火焰。戈爾德跟那群毛皮洪流逆向，折返回頭。「首領？你要上哪去？」對於某人這樣的呼喚聲他也沒有回應，就那樣走下樓梯，從會場消失無蹤。

從胸部傷口進入的毒藥，早已經讓手腳的前端也麻痺了。

「毒嗎……真不想因為中毒而死啊……」

他的聲音非常空虛。

「……讓人回想起往事。」

倘若沒有身為藍坎斯洛普的生命力，他早就斷氣了吧。

就連他本身都不確定自己朝著哪裡前進吧。他踩著踉踉蹌蹌的步伐，有時甚至直接穿過火焰牆，他燒焦毛皮到達的地方……是救生艇的停泊處。接近船底的那裡早已經淹水了。

他卸下一條繩索，踢了一下船的邊緣，小船便被水流推著，順勢動了起來。

戈爾德像要倒下似的搭上動起來的一艘小船。

他一邊吐出大口鮮血，一邊用遲緩的動作坐到座位上。

呼啊──他吐了口氣。

小船遲早會順著水流脫離格蘭特洛瓦，到達福爾摩斯河吧。不過，之後該前往哪裡呢？飯店？車站？戈爾德又回想起往事。

回想起還是人類時的事情。

回想起受到渾身是血的重傷，背對同伴逃離戰場那天的事情——

「這麼說來——」

他發出聲音這麼喃喃自語。人類時代的記憶給了他路標。

他記得曾經聽部隊裡十分優秀的同伴說過。

在聖王區的地下深處，有通往巨大迷宮圖書館（畢布利亞哥德）的「緊急出口」。

† † †

在列車裡——

從賽勒斯特泰雷斯凱門區出發的裝甲列車，一邊吐出驚人的黑煙，一邊沿著鐵軌猛進。像在賣弄似的前照燈劃破黑暗。從車體細微的振動，可以察覺到鍋爐因超越極限的速度火紅地燃燒著。

在充滿長相凶狠的騎士的車廂內，蘿賽蒂拚命地克制住膝蓋的顫抖。

一旁並未看到學生（愛麗絲）的身影。

LESSON: Ⅵ ~愛之淚~

她再次認為沒有帶學生來是對的。因為就連自己都彷彿要被壓力給擊潰。要是被拱成「預言之子的單翼」，最怕引人注目的那名少女肯定吃不消吧。

她只要在賽勒斯特泰雷斯凱門區等待自己平安歸來就好。

等大家能夠重逢時，世界一定全部都朝好的方向改變了才對……

蘿賽蒂這麼說服自己，用力地咬了一下嘴脣，握住袖子。

跟周圍不同的白色隊服，此刻令人感到可恨。

身為聖都親衛隊，符合「一代侯爵」之名的舉止，究竟是怎樣的東西呢？

就在她認真地想像著這種無濟於事的事情時。

她聽見了雜音。

似乎不是只有自己聽見。周圍的騎士也抬起頭來說著：「怎麼回事？」

宛如雜訊一般慢慢變大聲的雜音——是車內廣播。是菲爾古斯的演說嗎？但響起來的是跟他完全不相似，口齒不清的男性聲音。

『能……能聽見……嗎？沙沙——能聽見我的聲音嗎……？』

「這廣播是怎麼回事？」

「菲爾古斯公？不對……」

『如果有傳遞到某處的話……希……希望能聽一下我說的話……』

騎士開始騷動起來。從前方車廂響起怒吼聲。

「這不是通訊員！是哪裡傳來的無線電？」

幾乎所有人都蹙起眉頭。

不過，只有一個人——只有蘿賽蒂目瞪口呆地張大了嘴，仰望著通訊機（Speaker）。

因為她想到了聲音的主人是誰。

「爸爸……？」

布洛薩姆．普利凱特至今仍停留在鐘樓。他從空中的巨響察覺到結婚典禮發生了非比尋常的狀況。但他甚至無法逃離這裡。

他忐忑不安地在樓梯平臺上走來走去，抱持著一絲希望，窺探樓下的情況。

——他用動作表現出絕望感，將臉縮了回來。

芙莉希亞的狼群此刻也毫不鬆懈地監視著鐘樓。全部出動的七隻狼堵住所有出口，根本無從逃離。身為一般人的他，根本不可能採用從外牆跳下去這種手段。

雖然被尊稱為「侯爵」，但那是從養女那裡得到的稱號。

也沒有身為賢者的智慧！無論以前或現在，都只是按照別人說的行動，像傀儡一樣被操縱而已。

LESSON: VI ～愛之淚～

結果布洛薩姆就這樣在狼群的威脅下，服從塞爾袞的指示行動。他潛入虹油工房的中央局，將減壓閥開到最大。

他並不曉得那樣的行動有什麼意義。不過塞爾袞這麼說過。

會發生嚴重的意外──

既然他這麼說，那意思就跟**字面上**一樣吧。會有許多人死掉！布洛薩姆的行動成了謀略的齒輪，到了最後又會奪走某個陌生人的性命──

「那樣不行。」

他搖了搖頭。

「不過該怎麼做才好……！」

他無法走下鐘樓。所以他漫無目標地爬上樓梯。

他來到展望迴廊。

他一邊沿著露天的外圍快步走著，同時拚命地絞盡腦汁。有沒有什麼方法能從這裡下去呢？就算不可能下去，至少……

能不能設法通知別人情況危急呢──

然後他找到了。

以前「預言之子」與她的隨從留在這裡的空間波廣播用天線。

在騎兵團的裝甲列車裡，布洛薩姆的廣域隨機通訊持續播放著。

巧合的是騎兵團為了收聽預言之子的地下電臺，一直維持著原本的頻率，讓這種情況變成了可能。在通訊員千辛萬苦地想特定訊號來源的期間，聲音響起了。

『我……我無法透露自……自己是什麼人。要是說出來，會失去信用！但是，拜託了，希望你們可以仔細聽我接下來所說的話。聽好了——』

他的聲音哽咽了好幾次，但摻雜著雜音的通訊斬釘截鐵地告知：

『賽勒斯特泰雷斯凱門區的虹油供給工房第二分局！倘若跟我推理的一樣，有打壞主意的人正前往那裡。要是置之不理，會發生不得了的意外！』

列車裡的騎士面面相覷。騷動與困惑蔓延開來。

蘿賽蒂眼前彷彿浮現父親緊張得額頭冒汗的模樣。

『拜……拜……拜託你們快點行動！立刻去通知騎兵團的人們吧！』

身穿白色隊服的聖都親衛隊員站了起來。他朝忐忑不安的同伴揮了揮手。

「別聽他的話！肯定是王爵在求饒！」

幾乎所有人都點頭同意，認為一定是這樣。

「他的目的是分散戰力嗎？真是卑鄙的行為……！」

LESSON VI ~愛之涙~

「快找出訊號來源！讓我一劍砍死他！」

「不能透露真實身分？這種人說的話怎能當真啊！」

無辜的通訊機受到眾人咒罵。

聲音仍然從中響起。

『……我……我以前曾經犯下過錯。是絕對不會被原諒的罪過！事到如今，無法做出任何補償吧……已……已經沒有任何人願意站在我這邊了吧……』

「你倒是有自知之明嘛。喂，快切斷這個通訊！」

『就算這樣，拜託了，有一個人就好。只要再一次就好——』

只有蘿賽蒂在如雷的咒罵聲中側耳傾聽到最後。

摻雜其中的雜音，聽起來像是哭聲。

『相信我吧。』

「……！」

她站了起來。

她讓紅髮隨風搖曳，轉身離開。聖都親衛隊的同伴注意到這點。

「等等，蘿賽蒂！妳打算擅自跑去哪裡！」

她沒有回答，飛奔而出。朝著最後面的車廂盡全速奔馳。

她響亮地一踢鐵板地板，無視驚訝的騎士，不斷奔跑著。到達最後面的車廂後，她從車門使勁地轉動握把，飛奔到維修通道。

配合速度發出低吼的強風迎接蘿賽蒂的到來。

放眼環顧，能看見映照出弗蘭德爾全貌，充滿魄力的光景——

可以看見鐵軌以猛烈的氣勢流逝到後方。

蘿賽蒂一邊被強風激烈地吹亂紅髮，同時將腳踩在扶手上。

她一躍而出——

她一邊吹散瑪那，一邊在枕木上著地。裝甲列車散播著黑煙，拋下她離開了。但蘿賽蒂並沒有目送列車離去。

她面向前方。

「賽勒斯特泰雷斯凱門區……虹油工房的第二分局……」

她一邊反芻以免忘記，同時在眼眸中亮起銳利的光芒。

「愛麗絲小姐……！」

她踢開枕木。

高貴的緋紅火焰一邊散落火花，一邊沿著鐵軌開始逆行。

LESSON: VI ~愛之淚~

† † †

載著騎兵團的列車似乎終於要到達聖王區了。沙漠王族的布魯諾率先指揮起來，看來準備與眷屬(伏爾甘)迎戰騎兵團。

從空中的彼方響起爆炸聲，聖王區的街上開始陷入混亂。

從王城外面傳來人們零星的哀號與宛如暴風雨般捲起漩渦的風聲。

劍戟聲摻雜其中，也只是時間的問題吧——

塞爾袞·席克薩爾返回已經接近無人的王城。擔任近身侍衛的騎士不用說，狂人狼族也是，甚至看不見任何一個大臣或傭人的身影。

只剩國王走向沒有任何侍者的寶座之間。

他早已經脫掉新郎的晚禮服，換上王爵的裝扮。他披上充滿威嚴的披風。然後沉重地坐到空著的寶座上。

他交叉十指，遮住嘴邊。

「…………」

他靜靜地側耳傾聽從遠方響起的戰鬥預兆。

只有一名女性沿著過於寬敞的地毯正中央走了過來。

是堂姊妹庫夏娜．席克薩爾。她也已經停止扮演新娘，穿上將功能性擺第一的戰鬥服。腰部配備著飛行鎧，手掌握著機械矛。

「吉普森他們也做好戰鬥準備了。」

豐腴的嘴唇發出總是口齒清晰的聲音。

那堅定不移的態度讓塞爾袞感到羨慕不已。

「得盡可能演出一場激烈的戰鬥……不能被察覺到這是在演戲。我們席克薩爾家因為瘋狂而反叛弗蘭德爾，在正義之名下被討伐。註定會消失的我們很適合扮演『惡人』……對吧？」

「──────」

「塞爾袞？」

塞爾袞本人暫時沒有回應。

他一動也不動。

之後他依然隱藏著表情說道：

「妳知道嗎？庫夏娜。騎兵團的戰力聽說超過兩千人。」

用沙啞的聲音。

「大家都是來殺我的。但我不能獲勝並活下來。因為我做了罪該萬死的事情。已經

LESSON VI ～愛之淚～

無法回到一個月前那樣和平的時光了。也無法跟朋友一起歡笑。也無法再見到莎拉夏了

……沒錯吧？」

他的肩膀顫抖著。

「因為我會死啊。」

不知不覺間湊近到眼前的庫夏娜，抱住塞爾袞的頭。

她用柔軟的女性手掌，緩緩撫摸塞爾袞的頭髮。

「……你還是一樣膽小呢。」

她本身像要作夢似的闔上眼皮，嘴脣吻上塞爾袞的頭。

「無論到哪我都會陪你一起去……所以你別哭了。」

——實際上，這肯定是一段非常短暫的時光。

不知是第幾次的爆炸聲在彩繪玻璃對面迴盪時，塞爾袞猛然從寶座上站了起來。

他的聲音已經沒有在顫抖。眼神沒有絲毫動搖。

「走吧。」

他讓披風隨風搖擺，邁出步伐。

在寶座之間前，穿著像是「黑色蝙蝠」飛行鎧的戰士齊聚一堂。他們手上拿的機械

武器也使用了仙饌密酒結晶。這是席克薩爾家的王牌，不僅藉由猛烈的蒸氣壓力賦予武器高機動力，還能發揮出足以匹敵瑪那的神聖力量。

他們是發誓效忠塞爾袞與庫夏娜的席克薩爾家隨從騎士。

也有許多人被「徬徨詛咒」侵蝕。大家都是自願共赴黃泉的同志。

與庫夏娜一同走出門外的塞爾袞，依序眺望著在場的戰士容貌。

他百感交集，肅穆地宣告：

「我們必須顛覆眾人認為騎士公爵家是絕對力量的價值觀。」

叮——美聲讓空氣振動起來。

「正因如此，即使我們不在了，弗蘭德爾也能屹立不搖。我的騎士啊，拿起武器吧。向騎兵團烙印席克薩爾家最後的尊嚴！這將會成為他們的驕傲吧！我們親自化為風，讓他們體認到人類甚至能討伐龍的強大！」

前頭的隨從騎士，也是最忠心耿耿的吉普森．巴雷高舉起劍。

「塞爾袞．席克薩爾王爵閣下，萬歲！」

周圍的人們也接連呼應。

「願真正的榮光歸席克薩爾家！」

「謹遵吩咐，我唯一無二的君主！」

LESSON VI ～愛之淚～

「請儘管下令！」
見證到所有人都高舉武器後，塞爾袞也用力高舉拳頭。
「一切都是為了弗蘭德爾！」
「「一切都是為了弗蘭德爾！願弗蘭德爾永遠繁榮！」」
塞爾袞氣勢猛烈地轉身，王爵的披風隨之擺動，他將手臂往下揮。
「此刻正是達成預言之時！」
彷彿要燃燒起來般的戰吼，在空蕩蕩的王城裡迴盪著——

† † †

「預言，預言……」
那個男人像在重複購物清單似的喃喃自語著。
實在感覺不到所謂的緊張感。
「只不過那首歌……不會聽到最後……伴隨著新的一天………」
男人穿著軍服。是在騎兵團當中也只有少數人被允許穿著的「白」色。他穿著破舊的靴子，看似慵懶地踩在用鉚釘固定住的鐵板地板上。

周圍沒有任何人的身影。

這裡是平常頂多只有作業員會進入的工業區。

賽勒斯特泰雷斯凱門區——

周圍不斷噴出的蒸氣，掩蓋了男人的身影。

「伴隨著新的一天——有什麼會現身來著啊？」

他沒有被任何人盤問，進入到設施的更深處。

在他的身影混入蒸氣的對面前，有其他人物碰巧經過附近。

「……？」

是愛麗絲．安傑爾。

她微微歪頭，一臉疑惑地停下腳步。她至今仍穿著聖弗立戴斯威德女子學院的演武裝束，腰部佩帶著聖騎士的長劍。包括師父蘿賽蒂在內，騎兵團的人剛剛才勇猛地出擊而已。

結果她還是被拋下了。但她也沒心情乖乖待在宿舍，因此漫無目標地在鍛鐵藝術的街道上四處閒晃著。

她單薄的胸口內側騷動起來。

鎮上原本那麼多的騎兵團戰士幾乎都不在了。瞬間覺得寂寞起來。被留在鎮上的居民看來也非常擔憂革命的去向。

愛麗絲像是被緊繃的空氣給逼走一般，前往城鎮的郊外，然後在完全渺無人煙的工業地區，出乎意料地發現了——

照理說不在這裡的人物背影。

且穿著聖都親衛隊的純白軍服——

「蓋雷歐……先生？」

那是專程來到卡帝納爾茲學教區護衛自己等人的三名騎士之一。說是這麼說，但也只是隔著蘿賽蒂聽過一兩次聲音的關係。

聖都親衛隊是騎兵團的最強戰力。

而且聖都親衛隊現在還有兩名隊員缺席。逃離卡帝納爾茲學教區時，因為車站長背叛而身受重傷的艾汀，以及為了送愛麗絲等人出去，隻身留在成群狂人狼裡擋住他們的葛蕾娜……

應該沒有餘力讓其他親衛隊員游手好閒。

蓋雷歐為何還留在凱門區呢？騎兵團的裝甲列車早已經出發了……難道他沒搭上車嗎？還是點名時被遺漏了呢……

愛麗絲決定追在他後面一探究竟。

因為蒸氣的緣故，視野陰沉無比，所幸蓋雷歐前往的地方，聳立著不可能看丟的巨大建築。他的目的地恐怕就是那裡吧。

虹油供給工房第二分局——

愛麗絲想起去年因為鋼鐵宮博覽會，與學院的大家造訪這城鎮時的事情。在參觀城鎮時，布拉曼傑學院長向大家說明過。在虹油精製區「歐哈拉」製造出來的太陽之血，據說首先會最優先地運送到聖王區，接著運送到這些弗蘭德爾第二層的城鎮。之後再往下分配給第三層到五層的街區（坎貝爾）。

這裡肯定是弗蘭德爾最重要的設施之一。

雖然不覺得這地方跟聖都親衛隊有關連……

愛麗絲噠噠地小跑步起來，同時尋找著親衛隊員寬廣的背影。

局內是看來就像作業場，充斥鋼鐵與蒸氣的乏味空間。布滿四面八方的管子，因為在內側奔馳的水壓不停振動。有時會看到蒸氣猛烈地噴出，說不定是在釋放壓力，避免配管破裂。

複雜怪異地突出的拉桿，不要亂碰比較好吧。

儀表監視著看來相當脆弱的眾多閥門——

找到了。在設施相當深處的場所。鋼鐵球體整齊地並排在一起，管子宛如血管一般

LESSON: VI ～愛之淚～

布滿周圍。被鐵柵欄圍住的底座有疑似操作盤的某樣東西。

蓋雷歐正專注地操作那個操作盤。

在穿著軍服，作好戰鬥準備的狀態下——

「你在做什麼？」

他像是被嚇到一般，肩膀猛然跳起。

他戰戰兢兢地轉過頭來，然後一看到愛麗絲的臉，看來像是鬆了一口氣。是因為並非不認識的人而感到安心嗎？

但不知何故，愛麗絲覺得他好像在說自己不足為懼一樣。

「哎呀。」

蓋雷歐看似害臊地搔了搔頭。

「被發現啦。這麼說來，妳還留在這裡呢。」

「列車已經……開走嘍？」

「我是故意沒搭上車的。應該不是被痛罵一頓就能了事的吧……算了，已經無所謂了嗎？因為某位人物的命令，我有事情必須在這裡處理。」

他再次背對愛麗絲，敲打起操作盤。

愛麗絲再一次開口詢問。

「你在……做什麼？」

「好奇心會害死妳喔，小姑娘。」

愛麗絲反射性地差點往後退。

但她握住拳頭忍耐，努力站穩在原地。

蓋雷歐似乎隔著背後察覺到那樣的氣息。

「……妳知道嗎？因為今天是塞爾裘大人的結婚典禮，所以暫時解除了減光政策。現在下層的城鎮那邊，市民應該一窩蜂地聚集在路燈旁吧。」

鐺——他高聲彈響金屬製的按鍵。

「運送到弗蘭德爾各地的太陽之血，是在聖王區與這個第二層進行管理和分配。那個供給量啊，因為目前在中央局搞了小把戲的『壞人先生』，被調整到最大值了。也就是在市民不知情的時候，太陽之血充斥了整個鎮上。」

愛麗絲緩緩搖了搖頭。

「……那不可能，應該聞到氣味就會發現。」

「沒那麼簡單，所謂的氣體本來是無臭的喔。明明如此卻會散發獨特的香氣，是因為人們刻意添加了氣味。為了在瓦斯外洩時能夠立刻注意到。把那道工程像這樣……鐺鐺鐺——！給省略的話……」

他用像在胡鬧的手勢，輕率地按下按鍵。

「那群傻瓜就什麼也不會注意到。在炸彈的包圍下還呵呵傻笑著。」

「……！」

「而且在這條供給線上，混入工業用的可燃性氣體的話？守燈人一點燃火種，周圍一帶就會……轟——————！」

那甚至令人產生耳鳴的音量，讓愛麗絲纖細的肩膀跳了起來。

蓋雷歐一邊敲打操作盤，一邊咯咯笑了。

「弗蘭德爾眨眼間就會慘叫連連。我們規定守燈人一定要穿上全新的『白色』工作服。這樣預言裡面『率領白衣戰士在月之都市四處點亮篝火』……的內容就等於實現了。」

雖然有點牽強附會啦——蓋雷歐發出冷笑。

愛麗絲完全沒笑。

她立刻拔出長劍，儘管劍尖顫抖著，仍對準蓋雷歐。

「那麼做的話……會有很多人死掉。」

蓋雷歐停下手指的動作。愛麗絲顫抖著語尾，繼續說道：

「蘿賽老師曾經說過，『親衛隊裡面可能有叛徒』。但是，她說她不願意那麼想。

那一天，在車站把狂人狼找來的是——」

「真沒辦法。」

蓋雷歐敞開軍服的前面，將手探入上衣背面。

他從背後拔出來的是戰鎚（鎚矛）。

他用右手拎著使用已久的那武器，轉頭看向這邊。

「既然被看見了，果然還是得收拾掉才行啊。別恨我啊，小姑娘。」

轟！愛麗絲噴出瑪那火焰。

相對地蓋雷歐則是彷彿香煙的煙飄起一般，緩緩解放出瑪那。

——有勝算嗎？

要說優勢的話，就是彼此的位階。鎚矛是鬥士位階使用的武器……那個位階雖然具備優秀的防禦性能，但敏捷性偏低。相對之下，愛麗絲的聖騎士位階兼具超越鬥士的防禦性能，還有甚至能跟上武士位階的敏捷力。

不過，論基本的身體能力，是對方大幅領先吧。

既然如此，要獲勝就只有一個辦法——

邊防守邊撤退！只有這個辦法吧。雖然只有最低限度的人數，但還有騎兵團的人留在凱門區。應該與他們會合，通知他們這個絕境，請他們一同阻止蓋雷歐。

LESSON VI ～愛之淚～

究竟是哪邊先得到這個結論的呢？

愛麗絲慢慢退下右腳，幾乎就在同時，蓋雷歐猛然一蹬地板。果然是無愧聖都親衛隊之名的速度！不過事先預料到攻擊軌道的愛麗絲，一邊挑起長劍一邊將上半身往後仰，同時跳了起來。

響起微弱的金屬聲響。

愛麗絲甚至利用對方的打擊力，敏銳地滑向後方。她讓鞋底滑行的同時避免跌倒，然後流暢地折返回頭，飛奔而出。

演武裝束的下襬隨風搖曳，那俐落的逃跑姿勢讓蓋雷歐佩服不已。

「吁——有一套嘛。」

他吹起口哨，同時一蹬地板。

愛麗絲在全速奔跑的同時確認背後，判斷自己能夠逃掉。籠罩周圍的蒸氣也會成為助力吧。只要搶先衝入複雜的通道，對方就會很容易跟丟自己，情勢將更加有利。

——她這麼心想，但隨後一陣劇痛貫穿了右膝。

來自正後方的衝擊讓腳跟往上跳起，她難看地跌倒。雖然從肩膀倒落，但氣勢停不下來，又滾了兩圈、三圈。她在地板上翻滾，身體好幾次撞上鐵板，然後衝撞上柵欄。

嘎……呼！堆積在體內的空氣從肺部被擠出來。

空氣是力量。原本振奮四肢的肌力一口氣脫落了。

應該沒有被追趕上才對！那不是鎚矛能搆到的距離。

右腳從背後遭受到攻擊。他究竟是怎麼做的……？

「果然是小鬼頭呢。戰鬥思考力太膚淺啦。」

蓋雷歐揮開單薄的蒸氣，清楚地現出身影。

他左手果然是拎著鬥士位階的鎚矛。

但右手卻握著槍手位階的左輪手槍。他用熟練的動作轉動著硝煙從槍口裊裊升起的那把手槍。

愛麗絲勉強抬起上半身，看似不甘心地咬了咬嘴唇。

「小丑位階……！」

「就是這樣。是擅長『模仿』其他位階的小丑寶貝喔。」

蓋雷歐用完全是在嬉鬧的態度這麼說，並拉開軍服秀出內側。

可以看到他在外套底下加裝皮套，收納著五花八門的武器。

「畢竟所謂的小丑，面對敵人最大的優勢就是『不曉得學習了怎樣的技能』嘛。只要平常先到處賣弄鎚矛，周圍的人就會覺得『哦，那傢伙是鬥士啊』，對吧？會無意識地從腦袋中排除出現其他攻擊的可能性……那對我而言就是絕佳的『破綻』啦。」

LESSON VI ～愛之淚～

「……！」

「不過，不愧是聖騎士！真叫我吃驚呢。我原本是打算射斷腳的。」

喀嚓——他瞄準愛麗絲，拉起槍機。

「不知道腦袋有多堅固呢？」

槍聲。

愛麗絲在千鈞一髮之際宛如彈簧一般往上跳起。她讓慢慢累積起來的肌力一口氣爆發出來，用手腳推開地板。銀色短髮翻動起來，槍彈以像要掠過銀髮的軌道穿破地板。兩三抹火花炸裂開來。

她順勢在空中轉圈前翻，然後著地——隨後右腳便猛然垮下。

遭到槍擊的地方傷勢相當嚴重……！

愛麗絲緊咬嘴唇，硬是飛奔而出。自己的長劍滾落在途中。響起三次槍聲，愛麗絲撲向長劍握柄後，在翻滾的同時往上砍。

她將子彈反彈回去，但甚至足以威脅聖騎士瑪那的威力讓她被推向後方。她一邊看著大量綻放的火花，同時又再次難看地倒落。

「真拚命呢。」

蓋雷歐甩了一下彈巢。

子彈應該還有剩吧，但他卻打算重新裝填，給愛麗絲時間。身為戰士，這荒謬的侮辱讓愛麗絲咬牙切齒，儘管如此，她仍拚命忍住，站起身來。

她一邊掩護疼痛的右腳，一邊奔跑著。

響起空彈殼散落到地板上的聲音——

然後蓋雷歐將子彈一發一發裝填進去的聲響，從背後蒸氣的對面追趕上來。

「安傑爾妹妹啊，我記得妳是聖弗立戴斯威德女子學院的學生沒錯吧？」

愛麗絲沒有回答。明明自認盡可能地消除掉腳步聲，蓋雷歐卻正確地選對轉角，像是要讓受傷的自己感到焦急一般，逐漸縮短距離。

縱然沒有答覆，蓋雷歐仍在蒸氣對面繼續講個不停。

「既然這樣，妳知道嗎——不，妳知道的吧？正好在一年前，在妳的堂姊妹梅莉達・安傑爾周遭發生的沉痛事件……突然出現在學院的面具男，自稱是她的親生父親，在弗蘭德爾各地掀起了混亂！」

「……唔！」

「雖然結果是捏造的就是了，但妳記得那犯人的名字嗎？」

不小心走入盡頭了。

像剛才那樣的球狀氣瓶一字排開，雖然配備著操作盤，但可悲的是愛麗絲甚至不曉得那一個個金屬按鍵分別有什麼功能。

可以確定的只有自己已經無路可逃一事。

愛麗絲伴隨著悲壯的決心，舉起長劍轉過頭去。

一邊在腦海中想起以前看過的報紙報導——

「面具犯人的名字是……聖都親衛隊的畢裘．尼茲。」

露出凶狠表情的蓋雷歐，從單薄的蒸氣對面現身了。

「真虧妳還記得啊。老實說啊，我一直想聽妳們『公爵家四姊妹』說一下。畢裘是怎麼犯罪的？那傢伙說了些什麼？還有在陰謀被拆穿之後，那傢伙的下落……？」

「你究竟是……」

「我的全名是蓋雷歐．尼茲。」

他用前所未見的認真態度這麼告知。

但又猛然一變，像在開玩笑似的聳了聳肩。

「——我是他差勁的大哥啦。這樣妳能稍微理解我的遭遇了嗎？」

愛麗絲慎重地握住長劍握柄，讓腳尖滑動。

……右腳十分沉重，無法順利地估算距離。

「你是那個騙子的……你想替他報仇嗎？所以才打算殺掉那麼多人？」

蓋雷歐忽然別過臉去。

看起來絲毫不像有戰意。他用迂迴的聲音喃喃自語了起來。

「……畢裘那傢伙總之就是很優秀。從騎士學校畢業後，立刻被分配到第一線的部隊，然後平步青雲地晉昇到聖都親衛隊。所以才會那樣嗎……因為至今完全沒有碰壁過的關係，當他很快地爬上騎兵團最高峰時，聽說他在那裡感覺到了『天花板』。」

「……」

「在那之後，那傢伙動輒就在說『騎兵團有一種封閉感』，還是『弗蘭德爾的社會應該朝更美好的方向前進』，實在超級死腦筋啊……！因為他對同僚也老是講這種話，又愛吹毛求疵，結果被周遭的人避而遠之，那傢伙也只覺得『那群廢物什麼也不懂』，變得瞧不起別人……身為大哥的我應該要好好地制止他的。」

蓋雷歐打從心底感到疲憊似的大大搖了搖頭。

「但他根本不會聽差勁的我說的話啊……」

「…………」

「後來他被塞爾裘大人教唆，開始參加革新派什麼的聚會時，我也覺得『很不妙』。我阻止過他……但那傢伙完全不聽我說，豈止如此，甚至變得不惜把聖都親衛隊當空氣，也要緊跟在塞爾裘大人旁邊。」

LESSON VI ~愛之涙~

他一派輕鬆地豎起食指。

「然後就發生那個事件。」

他將手扠在腰上，深深垂下頭。

「父親大人大發雷霆，要我『想辦法挽回尼茲家的名譽！』我可是拚死拚活地進入了聖都親衛隊喔。可是啊，我無論如何都沒辦法接受……畢裘為什麼會引發那種事件？而且偏偏是塞爾裘大人揭穿了這件事的結局也是。」

「既然這樣，那開口問就行了。」

「不，因為我是個笨蛋啊。」

遠比愛麗絲年長的他，用輕薄無比的態度發出嘲笑。

嘲笑自己本身——

「我姑且試著問過了，但我是個笨蛋，聽到對方講了一堆好像很複雜的話，就只會覺得『是這樣子嗎』。要是聽到對方說『你遲早也會明白畢裘真正的意圖吧』，我就只能乖乖聽話了吧？所以啊……」

他一邊說道，一邊緩緩抬起頭來。

——他的眼窩空洞地凹陷下去。

「就算妳問我『為什麼要做這種事』，我也沒辦法回答啊。只是因為有人叫我做，我就照辦而已。我並不曉得那位人物在想什麼。」

所以啊——他的右手彷彿被線釣起來似的往上抬。

槍口滑過微弱的光芒。

「妳就閉上嘴去死吧。」

發出轟隆巨響。

那是從他們所在處的遙遠後方響起的。蓋雷歐瞬間將手指從扳機上放開，在轉過頭的同時用全力一蹬地板。隊服的白色下襬變模糊並消失。

隨後，猛烈的火焰漩渦橫掃愛麗絲的眼前。

像在守護她一般剷除前方的，是迸出瑪那的圓刃（圓月輪）。

「啊……！」

感情的熱度在愛麗絲的面無表情上復甦。

從地板上跳起的蓋雷歐更進一步一蹬柵欄，一邊勉強揮開緊追不放的圓月輪，同時在巨大氣瓶上著地。

然後被拉回空中的圓月輪，彷彿被用線繫住似的，納入平滑的手掌。

跟蓋雷歐一樣的聖都親衛隊的白色隊服，因餘波而搖曳著。

蘿賽蒂讓紅髮在自身的火焰（瑪那）中飄動，擋在學生的前方。

LESSON VI
～愛之淚～

「蘿賽老師……！」

愛麗絲緊抓住她的背後。蘿賽蒂隔著肩膀稍微轉過頭來。

「小姐，妳趁現在回鎮上找救兵來。」

「可是──」

「拜託妳！老實說，就憑我不知能否打倒那個人……」

雖然這對話很小聲，但意思似乎大致傳遞給了對方。

蓋雷歐從氣瓶上的高處緩緩爬起身。

「哎呀，特別是不能讓愛麗絲小姑娘逃走呢。抱歉啊？」

「蓋雷歐先生！你在部隊明明也被刮目相看，大家認為你跟畢裘不一樣的啊……」

鎚矛的握柄在他左邊手掌裡嘎吱作響。

相對地他讓右邊手掌鬆弛下來，一邊收起手槍，一邊翻找著懷裡。

「……我跟那傢伙都是一丘之貉啦。」

「請重新想清楚……！」

「已經太慢了，很多事情都是。」

他右手新拿出來的東西，是一本書。

但那特殊的裝訂讓愛麗絲的眼眸猛然睜大。

在愛麗絲告知答案之前，蓋雷歐先一步用最大的音量吶喊。

「Once！Upon……a……Time——————！」

多達數百張的內頁，同時從根部飛散開來。

宛如飄浮在暴風雨中的樹葉一般飛舞起來，試圖關住兩名少女與蓋雷歐本人。讓人毛骨悚然的紙張摩擦聲的大合唱。蘿賽蒂立刻護住學生。

「魔法書……！」

愛麗絲從家庭教師的手臂縫隙間，得知自己等人正被捲入紙張的龍捲風裡。周圍已經被不留絲毫縫隙，不斷舞動的書頁給填滿。猛烈的風宛如鐮鼬一般搬運著書頁，飛過身旁的書頁彷彿要劃破肌膚。

蘿賽蒂一邊用單手護住愛麗絲，同時用另一隻手橫掃周圍。

她讓毫不留情的緋紅火焰從圓月輪的軌跡迸出。

雖然這樣便輕易地吹散了瘋狂肆虐的紙堆——

但變清晰的紙堆另一頭的光景，讓師徒倆都驚愕地睜大了眼睛。

「場所改變了……？」

只要使用身為祕寶的魔法書，無論發生什麼神奇的現象都不奇怪。

儘管如此，那離奇的效果還是讓人不由得大吃一驚。愛麗絲她們站立的地方，已經

LESSON: VI ~愛之淚~

不是蒸氣籠罩著的虹油工房。而是「遠海的孤島」。寬廣度頂多就跟學院的操場差不多，還意思意思地長著一些熱帶植物。

然後邊緣是懸崖。說到這裡距離海面的高度，應該稱之為「空中的浮島」才比較沒問題吧。總之是脫離現實的高度。

海上稀疏地浮著風景變化豐富的島嶼。

但是，不知何故，俯瞰到的景色讓愛麗絲覺得不對勁。

隨著逐漸靠近水平線，島嶼急遽變少了起來，無法看透的前方讓人想像到沒有盡頭的海洋……

「歡迎來到『時間牢獄(Neverland)』。」

師徒倆猛然轉過頭去。

蓋雷歐踏著泥土地面，從幾十公尺前方緩慢地拉近距離。

蘿賽蒂必須同時警戒著他與周圍的景色。

「時間牢獄……？」

「沒錯，在這個牢獄裡頭會永遠地重複相同的時間，時鐘的指針永遠不會往前進。小孩不會變成大人，也不會受傷死掉。」

愛麗絲注意到充斥在這空間裡面，讓人起雞皮疙瘩的異樣感真面目了。

大海的波浪不會動。彷彿圖畫還是人造物一般僵在那裡。

簡直就像自己被關進童話故事的世界裡一樣……

不，那正是魔法書共通的效果吧。

蓋雷歐將空下來的右手探入懷裡，再次摸索起什麼東西。

「要請妳們在『篝火』點燃前待在這裡嘍。不巧的是在這裡無法殺人，但等出去的瞬間，就請妳們受死了。」

「……嗚！」

「這裡無路可逃喔？因為書本放在『外面』了……啊，找到了找到了。」

才心想他不知在摸索什麼，只見他拿出了玻璃小瓶。

他彈開軟木塞，一飲而盡。

才心想他即使從嘴邊溢出，仍喝光了飲料——

只見他額頭劈哩劈哩地竄出青筋。

蘿賽蒂立刻後退半步，壓低重心。

「那瓶藥是……？」

蓋雷歐丟掉喝完的空瓶，從懷裡拿出另一罐。

他抬起頭將裡面的液體灌入嘴中，於是他的肌肉果然眨眼間就變肥大。鎚矛的握柄

LESSON VI ~愛之淚~

彷彿會被緊握住的左手握力給捏碎。青筋將根更深更廣地伸展出去。

噗哈——蓋雷歐將第二罐空瓶也丟掉，吐出彷彿野獸般的呼氣。

「噗嚕嚕……咻……！其實啊，妳剛才雖然謙虛地說不曉得能否打贏我，但我根本沒妳想得那麼厲害……呼咻嚕嚕。」

「咦……咦……？」

「我能通過聖都親衛隊的入隊考試……不是因為我努力過了。其實我要是不靠這種藥提高身體能力，根本遠遠不及你們……！」

蘿賽蒂察覺到那番話的含意，反射性地後退半步。

他常備在懷裡的，是能暫時讓力量加倍，代價是會縮短壽命，且依存性相當強烈，被指定為毒藥的禁忌藥品。

這表示他每次出任務都會飲用那種藥，一直在扮演親衛隊員嗎……？

「因為我的體質不會被藥物檢驗給查出來……只有這點是我唯一的才能呢。」

看到他的手指居然拿出了第三罐，蘿賽蒂不禁發出哀號。

「快住手，蓋雷歐先生！一次喝那麼多量的話，會死掉的！」

「是啊，沒錯……！我每次出任務時都會喝一罐。實在很難達成任務時喝兩罐……然後每次都會受到身體彷彿要四分五裂似的反動折磨。要不是這裡是『時間牢獄』，我可沒辦法像這樣……一口氣喝下這麼多毒藥，是吧！」

蘿賽蒂伸出的手毫無作用，蓋雷歐果斷地一飲而盡。

當蓋雷歐的喉嚨咕嚕地動起來時，他的全身已經膨脹起來，巨大到怎樣都不可能看走眼。手腳的肌肉讓軍服彷彿要破裂似的隆起。不知體重增加了幾倍，他腳邊的地面難以承受重量，朝四面八方蔓延出龜裂。

「呼咻……嚕嚕嚕嚕……！」

蓋雷歐光靠握力便壓碎了變空的第三罐瓶子。

他的雙眼充血且變得空洞，彷彿網眼一般的青筋覆蓋住臉的上半部。

蘿賽蒂雙手握住圓月輪，擺出備戰態勢。

但她的指尖顫抖不停，眼眸映照出恐懼的色彩，蓋雷歐嘲笑那樣的她。

「要是妳輸了，接著就換妳的學生死掉嘍。」

「……！」

「妳就儘管加油吧，『一代侯爵』老師？」

龐大的瑪那被解放出來。

彷彿強風一般從蓋雷歐身上爆發出來的那力量，讓蘿賽蒂護住臉部。在狹窄的島嶼中，樹木發出哀號。光靠單純的壓力居然就能折斷樹幹，實在非比尋常。

LESSON: VI ～愛之淚～

假如蘿賽蒂這邊有萬分之一的勝算——

閃耀著銀色光輝的希望，上前到蘿賽蒂身旁。

並肩在家庭教師身旁的愛麗絲，選擇了更向前三步的站立位置。

蘿賽蒂茫然地注視學生的背影。

「愛麗絲小姐……」

愛麗絲用聖騎士流的架式，將長劍筆直地對準蓋雷歐的眼睛。

她的右腳穩穩地踏著地面。已經不會痛了……這歸功於她身為聖騎士位階的恢復能力。萬能的攻擊性能與鐵壁般的防禦力，再加上俐落的敏捷力，靠無窮無盡的生命力成為戰鬥的守護神，正是聖騎士的本意。

處於劣勢更能閃耀發光。

就像她深愛的金髮堂姊妹一樣——

「蘿賽老師是個有時有點脫線的老師。」

愛麗絲拋了個看來有一點淘氣的視線。

「這種時候就由我來幫忙輔助。」

哈哈——蘿賽蒂也在絕境中笑了。

「真是囂張。」

龜裂從蓋雷歐腳邊一口氣深深地擴展開來。

簡直是野獸本身。他左手拿著鎚矛，右手拔出另一把鎚矛，擺好架式。

他蜷縮起背後，壓低重心。

「妳們就沉醉在師徒愛中，去死吧！」

地面爆炸了。少女兩人卯足全力解放瑪那。

蓋雷歐用類似閃電的鋸齒形軌道飛撲過來。愛麗絲能勉強跟上他的速度作出反應，是因為跟速度更快，偷偷抱持著好感的那個「殘暴教師」對戰過好幾次的成果嗎？對於來自右邊，摻雜著假動作的打擊，愛麗絲在攻擊命中前挑起劍。

雙方在千鈞一髮的時機衝撞。

火花在刀刃的交錯點散落，映照出蓋雷歐醜陋的樣貌。

他順勢使勁一揮，應該是以為能夠打飛愛麗絲吧。

但鎚矛稍微被反彈回來，愛麗絲儘管一度姿勢嚴重失衡，卻也立刻將左腳滑向後方，重新站穩。

她甚至能承受住上學期襲擊鋼鐵宮博覽會，名叫威廉·金的怪物的攻擊。只要配合敵人的攻擊動員所有瑪那，就能勉強撐過去……！

圓月輪看準這一瞬間攻防的空隙，飛了過來。蓋雷歐只退後一步，隨性地揮動右邊

的鎚矛。光靠迸出的瑪那壓力，便彈開了圓月輪。

「當心點啊，蘿賽蒂！」

蓋雷歐雙眼充血，發出嘲笑。

「不然會狠狠刺中妳寶貝的小姑娘的背後喔？就像妳弄傷葛蕾娜那時一樣！」

「──嗚！」

在蘿賽蒂的手僵住的瞬間，蓋雷歐展開反擊。

他集中精神全力一擊。左右兩邊的鎚矛高高揮起到頭頂上，交叉之後往下揮落。

「看招！」

鎚矛頭擊中地面，順勢貫穿並粉碎了地面。過剩的破壞力鑽入地底深處，喪失退路的能量終於炸裂開來。

大小不一的土塊伴隨著衝擊波飛舞起來──

在千鈞一髮之際逃開的愛麗絲，一蹬土塊飛舞到高處，將劍連同身體轉了一圈，使勁揮動之後，瞄準蓋雷歐的頭頂猛摔。

左右兩邊的鎚矛都依然埋在地面裡。

因此蓋雷頭抬起手肘，用上臂的肌肉接住。刀刃嘎吱地砍入上臂。

倘若捲起袖子，不知是否至少形成了瘀血呢？蓋雷歐壞心眼地笑了。

LESSON VI ~愛之淚~

「模擬劍嗎？果然還是小孩子啊……吶！」

他伴隨著語尾踏向前，卯足全力使勁揮動手臂。愛麗絲雖然吹飛到空中，仍靈活地張開手腳重整姿勢，像在滑行似的著地。

她立刻再次進行挑戰。蓋雷歐並未小看這波攻勢。因為愛麗絲明知道自己的攻擊不管用，她仍懂得自己的職責。

也就是佯攻(Fake)。

蓋雷歐並未試圖迎戰愛麗絲，而是往後退。不出所料，在巧妙的時機投擲過來的圓月輪剷除眼前然後飛離。

假如蓋雷歐試圖擊潰愛麗絲，頭部早已中招了。

「嘎哈哈！真可惜啊！」

這時蘿賽蒂正好從土塊陰影處衝出來。她打算與愛麗絲展開夾擊——領悟到這點的蓋雷歐果然沒有硬是進攻，他後退又後退——他不斷調整位置，讓愛麗絲總是處於自己與蘿賽蒂之間。

因為這麼一來，蘿賽蒂就無法全力攻擊。

否則會在眼前看到學生痛苦的模樣……！

「哼唔！哼啊！」

蓋雷歐這次猛然踏向前方，同時揮動左右兩邊的武器。

為了驅散他的一擊，愛麗絲必須聚集全身的瑪那。但對方是二刀流——倘若為了擊落第一擊而暴露出破綻，第二擊會立刻刺過來！

蓋雷歐將右邊的鎚矛從頭頂上高高摔落，擋住這一擊的愛麗絲的膝蓋不禁塌下。側腹出現了破綻。

「就是這裡！」

不過，愛麗絲在千鈞一髮之際滾向地面，蓋雷歐左手的鎚矛揮空了。

既然如此，就用全身體重踩扁她好了——就在蓋雷歐這麼心想時，蘿賽蒂在更前方爆發性地噴射出瑪那。壓力集中在左右兩邊的圓月輪上，直到極限。

——是攻擊技能嗎？

蓋雷歐瞬間警戒起來，但他歪起嘴脣。

——不，她不能發動吧！

然而蘿賽蒂卻踏出最後一步，伴隨著宣告拋出圓月輪。

「『波爾卡民族舞』！」

圓月輪在空中分裂成無數個，紛紛湧向蓋雷歐。

與此同時，愛麗絲往上跳起，突擊過來。

LESSON Ⅵ ～愛之淚～

愛麗絲將大量的圓月輪彷彿天使羽翼一般背負著突擊過來的身影，讓蓋雷歐驚訝地瞪大了眼，判斷慢了一瞬間。這攻擊毫無疑問地將少女本身捲入。不，在這之前，該從哪個攻擊開始著手，又該如何去處理呢──

在蓋雷歐尚未整理好思緒時，先發的圓月輪已經逼近眼前，他在咂嘴的同時將上半身往後仰。難看的迴避。他用左右兩邊的鎚矛憨直地擋住緊接而來的第二擊、第三擊。

愛麗絲在這個時候踏向前方。

是打算報剛才的仇嗎？她像在推壓似的，用劍尖刺向露出破綻的心窩。

那出乎意料的威力逼得蓋雷歐踉蹌踏了幾步。少女渾身的瑪那都加壓在長劍的劍尖。愛麗絲幾乎沒有用瑪那在保護身體！

圓月輪用彷彿線穿針的精準度，飛過少女左右兩邊的腋下。

「咕哦……！」

蓋雷歐的雙肩被狠狠割破，他只能一邊讓鮮血四濺，一邊更往後退。薩賽蒂的攻擊力是來真的──甚至不給他思考的時間。

敵人退下幾步，愛麗絲便向前幾步，她用自身的瑪那讓長劍激烈地閃耀起來。

「……『神聖閃光』。」

蓋雷歐慢了些才察覺到少女悄聲低喃的那句話是在宣告技能。

威力又再次出乎意料的劍擊，以甚至無法清楚目視到的速度在側腹挖了個洞。少女流暢地往回砍，橫掃另一邊的側腹，最後使勁地收緊長劍——

在被刺入之前，蓋雷歐發出吼叫。

「別小看我……」

從死角響起斬擊聲。

是鑽過愛麗絲雙腳之間的圓月輪刺中了蓋雷歐的小腿。他不禁迸出無聲的尖叫，緊接著愛麗絲的最後一閃貫穿他的胸口。

瑪那的餘波甚至穿透到背後。毫不間斷的連續攻擊。

甚至不被允許站穩腳步的猛攻……！

「這些傢伙……」

蓋雷歐一邊從嘴裡吐出鮮血，同時不得不感到驚嘆。

——她們完全互相理解彼此攻擊技能的舉動！

噠噠——響起輕盈的腳步聲。蘿賽蒂一口氣拉近距離後，在愛麗絲的背後用力一蹬地面，飛舞起來。被拉回去的圓月輪在空中納入她的左右手掌。

「『艾爾阿德拉——……』」

填滿上空的狂暴緋紅火焰。

LESSON VI ～愛之淚～

在蓋雷歐被那火焰奪走目光後沒多久，從眼前較低的位置也響起聲音。

「『伊斯獵人──…………』」

宛如波浪一般在地面擴展開來的純粹火焰，將蓋雷歐的視野灼燒成一片純白。

在火焰中心收緊長劍的愛麗絲──

師徒倆同時從空中與地上解放出技能。

「『雪崩』！」「『旋風』！」

宛如老鷹一般俯衝而下的圓月輪。緊貼著地面被放出，好似猛虎獠牙的長劍。

圓刃纏繞著火焰灼燒砍下身體的肉，凜然橫掃過來的刀身也精準無比地讓獵物的靈魂凍結。天與地，毫無破綻也無處可逃的猛烈連續攻擊命中蓋雷歐。他在暴風雨中尖叫。

愛麗絲的長劍與兩個圓月輪纏著他不放，被一閃橫掃後，三次斬擊襲向蓋雷歐。

火焰與冰雪，精神上完全相反的變化，讓他的意識飛向遠方。

這時更進一步混合起來的雙色火焰，在胸膛的中央爆裂──

蓋雷歐一邊揮灑著剩餘的火焰，一邊華麗地飛到後方。鎚矛離開了他的左右手。他沒採取護身倒法，身體撞向地面好幾次，最後從後腦杓著地。

砰！他以大字形倒落在地。

他宛如野獸一般張開大嘴，就這樣口吐鮮血，一動也不動。

打倒他了……嗎？

一這麼心想，愛麗絲的膝蓋便猛然沒了力氣。蘿賽蒂驚慌不已，她一降落到地面，立刻飛奔趕到愛麗絲身旁。

「愛麗絲小姐！」

蘿賽蒂從正面抱緊愛麗絲，於是學生也堅強地伸手回抱。

「……不愧是我的老師。」

哼哼——她看似自豪地臉頰泛紅。蘿賽蒂忍不住笑了。

不過，她們還不能鬆懈下來。剛才聽說的「時間牢獄」……她們很快就會得知「時間永遠不會前進」是什麼意思。

應當是重傷沒錯，儘管如此，蓋雷歐還是微弱地發出呻吟，甦醒過來了。

他咳出鮮血，讓少女們警戒起來後，用顫抖的手掌摸索懷裡。

他居然又拿出另一罐毒藥，維持著仰臥的姿勢，將毒藥灑入嘴中。

鮮血與劇毒混合起來，從嘴邊灑落到地面——

「嘎啊……咕……哦哦……！」

心臟怦咚一跳，物理性地變肥大，將胸膛往上推。

蓋雷歐丟掉第四罐小瓶。連休息時間都沒有，就拿出第五罐。

LESSON VI ～愛之淚～

蘿賽蒂儘管一邊護著愛麗絲，但也忍不住發出悲痛的聲音。

「別再喝了，蓋雷歐先生！你會死的！」

「用不著……咕嘟嘟！擔……擔那種心……！」

原本萎縮的肌肉詭異地脈動起來，勉強連接起已經斷裂的筋。

彷彿連從胃裡攝取都嫌麻煩一般，蓋雷歐又拿出第六罐毒藥，直接灑向胸部的傷口。響起了像是怪聲的蒸發聲響，蓋雷歐也不禁將背往後仰。

「咕哦哦哦…………！」

蘿賽蒂雖然架起左右手的圓月輪，但她臉上沒了血色。

脫離常軌的行動——他遲早會爬起來吧。

他打算在永遠的牢獄之中，以不死之身不斷戰鬥下去嗎……

「妳們無路可逃喔……！」

他的手掌砰一聲地戳向地面。

儘管從嘴裡跟胸口灑出大量的鮮血，他這次仍立起一邊的膝蓋。

他正緩緩地準備站起來……

「在這個空間裡面，無論『死亡』或『疼痛』都會被保留，永遠不會動起來……！」

縱然是蘿賽蒂和愛麗絲，也只能顫抖著嘴脣往後退。

不過，她們立刻碰到盡頭。因為這座浮島的邊緣是高高的懸崖。

退後到極限的愛麗絲的腳跟，讓幾顆土粒從懸崖掉落。

土粒唏哩嘩啦地被吸入遙遠下方的海洋——

「遺憾的是『鑰匙』在外面啊。」

蓋雷歐用完全喪失人味的瘋狂表情發出嗤笑。

他的眼眸流出血淚，牙齒縫隙間也流落鮮血。

「只要魔法書沒能闔上，就無法離開這裡……」

『原來如此，這本書就是萬惡的根源嗎？』

第四人的聲音響起。

究竟是從哪裡傳來的呢？那就宛如天之聲——像是巨人在窺探袖珍庭園一般，從空中迴盪過來。蘿賽蒂猛然抬頭向上看。

正好就在那一瞬間，她看見了。

『喝！』

看見一望無際的天空，伴隨著銳利的氣勢，筆直地「裂開」的光景。

看見讓人目眩的光芒從那裡照射進來，吞沒位於浮島的三人——

「愛麗絲小姐……！」

LESSON: VI ～愛之淚～

師徒倆互相伸手抱住彼此，緊緊閉上雙眼，忍耐幾秒之後。

鋼鐵與蒸氣的氣味刺激了她們的嗅覺。

她們猛然睜眼一看，只見那裡已經不是異界的浮島。她們回到了賽勒斯特泰雷斯凱門區的虹油供給工房第二分局……蘿賽蒂飛奔趕到的操作盤前面。

叮——響起清脆的金屬聲。

蘿賽蒂伴隨著確切的預感轉過頭去。

正在從刺到地板上的魔法書裡拔出劍尖的女性騎士身影就在那裡。

「這樣就行了嗎？我還挺擅長文書工作的。」

蘿賽蒂一聲不響地跳了起來，飛奔到女性身旁。

在學生的眼前，毫不害臊地緊抓住對方不放。

「葛蕾娜學姊……！」

是在卡帝納爾茲學教區為了讓愛麗絲和梅莉達逃走，隻身留在敵人面前，聖都親衛隊的葛蕾娜。就如同蘿賽蒂一直相信的一樣，她果然平安無事……！

不過，可以看出她也吃了不少苦頭。雖然沒看到受傷的跡象，但她用宛如旅人一般，有些髒汙的長袍遮掩住全身。她脫下兜帽，露出臉來。

精悍的美貌咧嘴露出笑容。

「我還沒落魄到要讓學妹擔心。」

這時，在有些距離的地方響起有什麼東西沉重地倒落的聲響。

是蓋雷歐。原本肥大成那樣的肌肉完全萎縮了。原本快堵住的傷口再度裂開，以虛弱的氣勢讓血池擴散到地板上。

應該是在牢獄內的反動一口氣湧現了吧，光是還有呼吸已經算奇蹟了。

「……這太扯了吧………」

葛蕾娜依舊拎著長劍，毅然地重新面向他。

「你在工房裡設置的小把戲，我全部恢復原狀了。鎮上的居民不會受害。我呼叫的救兵也會立刻趕來這裡。」

「…………」

「……尼茲家的名字又會登上報紙了啊。」

葛蕾娜瞇細單眼，她細長的眼眸寄宿著憐憫的色彩。

蓋雷歐依然倒在地上動彈不得，看起來像是微弱地從鼻子哼了一聲。

「果然……不能做壞事啊……畢丧……——」

然後他似乎就昏過去了。

蘿賽蒂終於「呼」一聲地從肺裡吐出氣息，癱坐在鐵板地板上。

愛麗絲也將長劍從指尖上放開。與師父的合作雖然讓她得到前所未有的收穫，但疲勞也非比尋常……！少女兩人急促的呼吸交雜在蒸氣之中。

葛蕾娜也看似擔心地單膝跪地，但又堅決地將手放在蘿賽蒂的肩膀上。

「蘿賽蒂，不好意思，但沒有太多時間讓妳休息。」

「葛蕾娜學姊……」

「我能像這樣現身並回到凱門區，是因為那群狂人狼忽然從鎮上消失無蹤的關係。但他們現在聚集在聖王區就表示……」

她話說到一半，蘿賽蒂便連連點了好幾次頭。

自己跳下來的裝甲列車，已經到達決戰之地了吧。在聖王區應該已經展開從塞爾袞手中奪取王位，讓革命終結的戰鬥。

葛蕾娜更嚴肅地繃緊了她的表情。

「把妳知道的事情都告訴我吧。還有目前所有的戰況……——」

† † †

戰鬥、革命——應該怎麼形容那天的狀況呢？

總之圍繞著各人的事態正準備邁向佳境。在聖王區最大的河川福爾摩斯河上，飛空城此刻也高高地噴射出火焰。

那模樣還能稱為「城堡」嗎？

至少甲板上都已經被業火給燒得精光。火焰也慢慢地將獠牙伸向船的結構，試圖將之燒成灰燼。船底浸入水中，裝載的貨物流了出去。別說是在空中飛行了，現在已經連到達河川對岸都辦不到……

即使是這樣的泥船，也還有許多人逗留在上面。

是狂人狼族。對於一潑水就讓火勢變得更強的周遭狀況，已經每個人都束手無策，只能呆站在原地。全身上下被燒成焦炭的毛皮，述說著他們無謂的努力。

所有人都尋求著去處，聚集在船頭。

身為心臟部位的永動機毫不在乎崩落的船體，在那裡發出火焰咆哮。

外殼冒出龜裂，吹飛出去。在已經不知是第幾次的光景之後，內部機構裸露出來。

好幾個小小的十字架伴隨著金屬片在半空中飛舞。然後掉落到火中，燃燒崩潰。

啊——某人發出了聲音。他踏出腳步。

「名……名字……」

同伴拉住用踉踉蹌蹌的腳步走向前的他。

LESSON: VI ～愛之淚～

「喂……喂，很危險喔……！」

「放開我。」

他混濁的眼眸已經沒有在注視現實了。

「我真正的名字……在那裡啊。」

同伴的手從他的肩膀上滑落。

他沒有停下腳步。他輕率地踏入旺盛燃燒的火焰中，從散落在地的好幾個十字架裡面，尋找刻有自己「真正名字」的那一個十字架。

那是毫無道理的作業。

火焰不客氣地摧殘狼的全身。他用遲緩的動作撿起一個十字架，往下看了看根本看不出來的拼字之後，扔向一旁。

注視著他背影的同伴集團，接著又響起一個、兩個腳步聲。

像是受到影響一樣，好幾個狂人狼踏出步伐。

「我……我也要……」、「我的名字……」、「怎能交給其他人……」、「我不想失去……」

永動機再度爆炸了。至今為止最大的火力讓外殼大幅彈起，與此同時，刺在那上面的大量十字架也被散播到火海中。

「不要啊！」

一旦有一個人失去理性，之後就是同時爆發了。

「那是我的……名字啊！」

集團一齊動了起來，飛奔到火焰之中。只要呼吸就會灼燒肺部，定睛細看眼球就會燒焦。儘管如此，他們仍用忘我的表情扯下十字架，然後扔掉。即使同伴在自己身旁斷氣，他們甚至也沒有察覺到。

裊裊升向天空的煙，摻雜著紅色的異味。

被強風吹散後，融入透明的空氣裡，消失無蹤。

就宛如他們早已經失去的名字一般——

† † †

下層居住區的的人們，是如何仰望著那悽慘的革命狀況呢？

弗蘭德爾正下方的虹油精製區「歐哈拉」——

從那個地方根本無從窺探最上層的樣子。儘管如此，鎮上的居民仍然一個接一個地停下腳步，從路上抬頭仰望天空，是因為覺得不對勁。

LESSON: VI ～愛之淚～

可以聽見聲音——彷彿從冥界響起一般，令人發寒的鳴叫聲。

「那是什麼玩意啊？」

一個人用手掌遮著光芒，定睛細看。

有好幾個顆粒從上層街區降落下來。那個輪廓……是人類！不，只是具備人類外型，感覺並非人類。畢竟他們擁有宛如滾燙岩漿般的赤紅肌膚，儘管從超高度墜落，仍露出新月般的笑容。

眼看他們要撞上地面——

但在撞上之前，他們急遽彎曲軌道，飛過居民的頭頂上。颳起一陣烈風，眾人都抱住頭發出哀號。然後在不祥的漆黑火焰筆直竄過路上的瞬間，終於掀起慘叫聲此起彼落的騷動。每個人都丟下手上的東西，東逃西竄。

『嘻嘻嘻……』

彷彿想說「實在愉快」一般發出嗤笑的，是由布魯諾抽掉楔子的火之眷屬「伏爾甘」。他一發現來不及逃跑的孩童身影，便在伸舌舔嘴脣的同時揮舞火焰劍。

子彈淺淺地挖起那個伏爾甘的臉頰並飛過。

他俯視一看，只見穿著騎兵團軍服的幾名戰士聚集起來。

揮動指揮杖的是不適合軍服的微胖男人。

倘若庫法或梅莉達在現場，應該會想起他們是以前在歐哈拉五號街進行不講理的魔女審判的部隊吧。指揮官彷彿想洗刷汙名似的揮動指揮杖。

「動手，動手！把他擊落！如果能在這裡立功，老夫的地位也……！」

零星的子彈射向空中。

伏爾甘儘管被幾發子彈貫穿身體，仍不屑一顧。他非常痛快似的笑了笑後，毫無預兆地俯衝而下。他攜帶著劍，飛過騎士的隊伍中央。

「避——開！」

隊長的指示實在太慢，隊伍亂七八糟地往左右兩邊分開。受到熱風吹襲還能站著的人反而比較少。伏爾甘暫且飛舞到半空中後，優雅地轉身。

從完全相反的軌道立刻突擊過來。一臉欣喜的表情。

一名騎士從正面猛烈撞上，輕易地被撞飛。同時散播出來的火焰讓剩餘的騎士也跌得東倒西歪。隊長慢了些爬起身，同時大聲斥責。

「這群沒出息的部下！」

他將指揮杖猛然比向上空。

「老夫來示範給你們看！」

指揮杖的前端毫無預兆地被火焰包圍，破裂開來。

LESSON VI ～愛之淚～

隊長震驚不已。

伏爾甘用刺耳的聲音咯咯笑著，以快到看不清的速度俯衝而下。他用自身的劍一邊往上砍，一邊打飛茫然呆站著的隊長。

一邊翻白眼一邊尖叫的隊長，倘若沒有突出的小腹，應該當場死亡了吧。看到他砰！一聲地趴倒下去，身為部下的騎士緊張起來。「隊長！」但伏爾甘先一步將手掌貼在嘴邊，「呼」一聲地吹了口氣。

是火焰氣息。

而且猛烈膨脹起來的那火焰橫掃了周圍。騎士忍不住跌倒。

伏爾甘用像是小孩般的態度捧腹大笑。

「可惡……」

隊長勉強恢復意識。伏爾甘天真無邪地俯視他，然後跨在隊長肥胖的腹部站起。

伏爾甘反手拿劍，瞄準隊長的心臟。隊長嚇得哽咽。

「噫！」

伏爾甘露出惡魔般的笑容，往下一刺！

在刺中前響起槍聲。以音速飛來的子彈轟掉了伏爾甘的頭。伏爾甘朝後方後仰了兩公尺，讓無頭的身體搖晃一陣後，身體向上地倒落。

隊長半張著嘴脣。他的呼吸有一半差點停住。

「真沒辦法……」

那個男人攜帶著不像是左輪手槍的巨大手槍站在那裡。

他用另一隻手拿的枴杖拄著地面走動。枴杖叩叩的聲響讓隊長回過神來。他勉強抬起了頭，將從後方靠近的人物映入眼簾。

年紀大約四十左右……穿著漆黑的軍服，看來不太乾淨。

依然倒落在地的隊長口沫橫飛地說道：

「你……你什麼人啊！」

「虧我還救了你一命……」

漆黑的中年男性將香菸移開嘴邊，吐出灰色氣息。

「有很多事情想問清楚的反倒是我喔。才心想犯罪兵團的情報原來是騙人的，結果有一堆陰險的陷阱在等著……想說這樣感覺很不妙，折返回頭一看……弗蘭德爾什麼時候開始盛行異文化交流啦？」

「那身像是流氓的軍服顏色是什麼意思！報上你的部門！」

男人像是放棄溝通似的搔了搔頭。

他舉起一邊的手掌。

LESSON VI ～愛之淚～

「『不存在』的東西我講不出來。」

他隨意地揮下手，於是有個人影在建築物的屋頂上動了。

穿著軍服的嬌小身影在屋頂上跳動。人影敏捷地奔馳，然後飛舞向天空。彷彿被吸過去一般著地在旁若無人地飛來飛去的一個伏爾甘身上。

人影在空中從軍服衣襬底下拔出長劍。

人影在降落到敵人背後的同時，將劍尖刺入敵人的後腦杓。伏爾甘沒有尖叫，周圍的眷屬一齊對神祕的闖入者露出敵意。

將劍從敵人後腦杓拔出來的，是用兜帽將臉完全隱藏起來的「黑衣人」——是個嬌小的少女身影。

已經喪命的伏爾甘在空中失去平衡，呈螺旋狀開始墜落。少女從他的背後更進一步跳了起來。她化為一陣黑色的風，飛過伏爾甘的身旁後，著地在屋頂上。

不知不覺間已經使勁揮動過的劍尖散落出火花。

一個伏爾甘的頭被砍飛了。剩餘的同伴露出如烈火般憤怒的神色。少女立刻奔馳，然後又跳起。她左手更進一步拔出鎚矛，一碰上便擊碎敵人的額頭。她一邊踹開對方的身體，同時用快到模糊的速度收起劍。

她神速更換的武器是左輪手槍。

她接連射出五發，將一個伏爾甘轟成蜂窩。一旁的伏爾甘憤怒地燃燒起來，展開反擊。但「黑衣人」用敵人的屍體擋住伏爾甘突襲發動的劍擊。

她抓住敵人的脖子，當成盾牌使用了。

劍尖在中間停住，換成鎚矛擊碎敵人的頭部——

依然趴倒在地上的微胖隊長仰望著少女勇猛奮戰的模樣。

「什什什……什麼……！」

漆黑的中年男性「噗呼」一聲地吐出煙，一副毫無緊張感的態度。

「馬迪雅——！救人優先啊。」

從上空降落的伏爾甘猛然接近這麼呼喚少女的男性背後。

「危險！」

隊長這麼大叫的同時，伏爾甘在攻擊前被迫停止了。

有什麼東西從遠方高速飛來。

是一捆捆的繃帶！繃帶將伏爾甘五花大綁，阻止了他。才心想點綴在繃帶上的花紋發出光芒，只見在光芒亮起後，伏爾甘全身的火焰變弱。

繃帶一口氣增強壓力，看起來像要勒死伏爾甘。

但中年男性喊了聲「且慢」。

LESSON: VI ～愛之淚～

「這傢伙要活抓。」

嘖──是誰這麼咂嘴了呢？

微胖的隊長再三驚訝得瞪大了眼。又有另一個漆黑的軍服身影，從小巷陰影處走了出來。那一捆捆的繃帶是從他十分寬敞的袖口中射出的。

青年的外貌。甚至纏住臉下半部的繃帶──

不曉得騎兵團的軍服是否適合那不法之徒的氛圍。

「……了解，團長。」

他草率地橫甩手臂。

被繃帶拖拉著的伏爾甘衝撞上右邊的建築物，回頭又撞破左邊建築物的窗戶。還沒空喘息，便高高地被抬向空中，然後被摔落到地面上。

石版路伴隨著巨響彈飛，伏爾甘理所當然地在中心昏倒……

漆黑的中年男性「啪啪啪」地送上隨便的掌聲。

「哎呀，你的咒力果然很方便呢。」

「多謝稱讚。」

「好啦，那就麻煩你速戰速決。爸爸還想要多抓一兩隻俘虜呢。」

繃帶青年大大嘆了口氣，同時走向路口前方。

「真會把人當牛馬使喚耶……跟聽說的一樣。」

回神一看，另外還有幾個黑色騎士現身，蹂躪著那群伏爾甘。隸屬於**正常**騎兵團的隊長，已經只能茫然地眺望那副光景。

「你們是……何方神聖……」

但漆黑的中年男性已經看也不看他一眼。

噗呼——他吐出香菸的煙霧。

「話說，那個『笨蛋兒子』在這種情況下究竟在幹麼呢？」

灰色煙霧薄薄地拖長尾巴，伸展向視野的遙遠高處。

彷彿在指示應是伏爾甘出現的聖王區一樣——

† † †

從戰地回到王城的布魯諾，首先激動地開口抗議：

「這跟說好的不同吧，人類之王啊！」

塞爾袞．席克薩爾從容地坐在寶座上，庫夏娜在他身旁待命。

塞爾袞抬起頭，用柔和的笑容把怒吼當作耳邊風。

「嗨，布魯諾先生。戰況如何？」

「那群該死的瑪那能力者，氣勢完全沒有衰退……！光靠我的伏爾甘與你的部下無法澈底應付喔！」

布魯諾咬牙切齒，彷彿要踩碎大理石地板似的跺腳。

「在鐘樓說的『嚴重意外』到底算什麼！照你的估算，騎兵團不是應該會遭受毀滅性打擊嗎！」

「真討厭啊，你這樣誤會的話，我很傷腦筋。」

塞爾袞翹起二郎腿，手拄著臉頰。

包括那像在矇騙人的聲音在內，他用所有舉止讓布魯諾感到焦躁。

「我一個字也沒說過是『對付騎兵團的招數』喔？」

「什麼……！」

「不過，『內奸』沒有聯絡。看來那邊似乎也失敗了。哎呀，沒辦法一切都照著預言發展呢。」

布魯諾脫掉上衣，一邊誇耀他肌肉發達的紅色肌膚，同時試圖逼近塞爾袞。

「你算計了我啊！」

「這要怪信任『敵人』的那方吧。」

LESSON: VI ～愛之淚～

塞爾袞和庫夏娜甚至沒有擺出備戰態勢。

取而代之地是突然從地板湧現的黑色「影子」，從背後壓制住布魯諾。他被人出其不意地抓住後腦杓，摔向地板上。

「咕唔……！」

力氣居然超越身為沙漠王族猛將的他，實在非比尋常。

那個「影子」雖然具備人類的形狀，卻是個全身被黑色火焰覆蓋，且迸出赤裸殺意的怪物。他從嘴邊流洩出濃厚的咒力氣息。

影子慢慢地壓扁布魯諾的全身，開始吞噬他。

即使強如布魯諾也不禁冒出冷汗。身體的肉從被吞下的地方開始溶解，有一種骨頭碎裂的駭人感覺。就這樣被影子完全覆蓋住的話，肯定會不留任何痕跡。

布魯諾在頭部被按住的狀態下，只靠眼球拚命地瞪著寶座。

「你——這——傢——伙——！」

「哎呀，父親最近很凶暴呢。一看到藍坎斯洛普，就會立刻像這樣撲上去喔。要是我沒有克制住他的話……」

「可惡啊…………——……！」

響起肉與骨頭一起被咬碎，讓人想摀住耳朵的音色。

沒多久後布魯諾的全身一處不剩地被影子吞噬，那個黑色怪物本身也順勢像是潛入地板似的溶解並消失。

之後什麼也不剩——

收拾畢裘．尼茲時也是，用來做善後處理是最適合的。

這時有另一個男性若無其事地走進就這樣恢復寂靜的寶座之間。

身上穿著飛行鎧的他，是隨從騎士吉普森．巴雷。

「計畫進入最後階段。」

——換言之，就是跟他們企圖的一樣，燈火騎兵團逐漸獲得勝利。之後只等塞爾裘本身作為暴虐之王被討伐而已。庫夏娜總算張開豐腴的嘴唇。

「這邊剩餘的兵力呢？」

「剩我一人——」

吉普森流暢地回答，接著看似寂寞地露出苦笑。

「不，很快就會變成『零人』了。」

彷彿在顯示足跡一樣，鮮血滴落在他的腳邊。

……是過度發揮作為屑鬼的力量吧，他不太讓人看見的左手，早已經被黑色火焰包圍並燒得潰爛。

庫夏娜一言不發地走近他身邊。

她筆直地注視從小時候就一直仰望，現在總算能並肩而站的容貌。

向親愛的執事長——

「謝謝你一直以來的付出。」

他看似滿足地笑了。

「能夠服侍您，真的……太好……——」

砰——他話說到一半，便倒向旁邊。

影子從他倒落在地板的身體上，像是鬆開似的消失了。在幽靈船長的帶領下，他順利啟程到死的世界。血池緩緩蔓延開來，作為他生命的證明。

所以感到悲傷是不對的。

庫夏娜這麼說服滑過自己臉頰的淚滴。

有聲響高聲響起——

是從吉普森進入的王城入口那邊傳來的。庫夏娜繃緊表情。

「……騎兵團已經到了嗎？」

「不，太快了呢。」

「我去看看情況吧。」

庫夏娜確認機械矛的狀態後，很快地飛奔而出。

她離開寶座之間，沿著長長的樓梯飛奔而下。

看來大勢已經逐漸底定。甚至連劍戟的聲響也聽不到——

她沒有遭遇到任何人，到達入口處。

然後總算看到發出聲響的主人站在那裡。彷彿在等候著庫夏娜前來一般。

「是你啊，**黑衣人**。」

是庫法。他脫掉伴郎裝扮的外套，換成稍微輕鬆點的打扮。

更應該注目的，是他牢牢掛在腰上的黑刀。

「我來取王爵性命了。」

庫夏娜沒有當成玩笑，她揮動機械矛並架起。蒸氣從前端噴出。

「想通過這裡的話，就殺了我再走。」

「那麼——」

庫法回應她這番話語，也冷靜地拔出黑刀。

轟嗡！空氣發出啼叫。

庫法與庫夏娜的身影同時消失無蹤，換來一陣強風。兩個影子以常人甚至無法目視的速度交錯，在交叉點響起金屬聲。然後衝擊波呈圓環狀擴散開來——

LESSON: VI ～愛之淚～

大理石地板遲了些被烙上刻印。只有斬擊拋下時間離去。

毫無預兆地從正面衝撞上的兩人，在原地踏穩腳步。以彼此的刀身為軸心的刀刃相交。衝擊擴散到四方，細碎的石片飛起。

庫夏娜將雙手貼在握柄上，盡全力推壓。

明明如此，卻有種這邊的肌力被巧妙分散開來的感覺。

「你這傢伙……本領又比之前厲害了啊……」

「我才想請教庫夏娜大人，是否因為漫長的幽禁生活變遲鈍了？」

「哼！」

既然如此——庫夏娜強烈地一蹬地板，一口氣拉開距離。

她在空中從雙腳吹起龍騎士的瑪那，然後滯空。

她更進一步地解禁了腰部的飛行鎧。仙饌密酒發出低吼，從左右兩邊的管子吐出猛烈的蒸氣。爆發力在她的背後無止盡地蓄積起來——

「那我就讓你見識一下吧……見識現在的我最高速度有多快！」

空間破裂開來。

超乎想像的衝擊波甚至扭曲景色，與此同時，庫夏娜也衝了出去。這是鍛鍊到極限的龍騎士飛翔能力與禁忌之力仙饌密酒的合體技。彼此互相加成彼此的速度，無止盡地提昇最高速度。

能夠控制那速度的，包括部下在內，只有庫夏娜一人。

縱然是在許多方面都超乎規格的庫法，這也是他未曾經驗過的領域吧。

「怎麼樣！等你跟丟我的身影時，你就沒戲唱了！」

「不，我甚至沒必要追上妳。」

「什麼？」

庫夏娜本以為他只是在逞強。

不過庫夏娜瞬間領悟到那番話是說真的。因為她的腳尖在空中卡到什麼，下半身跳了起來。令人眼花繚亂地動起來的景色，讓她的思考僵住。

必須重整姿勢才行！但她才這麼心想沒多久，這次換機械矛亂動起來。彷彿在空中被蜘蛛網纏住一般受到拉扯，揮動庫夏娜的全身。無止盡地從飛行鎧裡吹出的蒸氣扭歪她的腰部。

「唔……啊啊！」

握柄終於從指尖滑落，庫夏娜難看地在半空中吹飛出去。

她迷失上下方向。

事情發展至此，她總算領悟了。是鋼絲！入口處四處布滿鋼絲，庫夏娜是自己飛蛾撲火——以超高速。正因那樣的速度，她在不確定自己位於何處的狀態下——衝撞上地板。

為了消除威力，她必須翻滾一段漫長的距離。四肢碰撞地板，骨頭嘎吱作響，飛行鎧的零件從腰部彈飛出去。她的側頭部撞上地面好幾次，視野模糊不清。

「咕……唔……嗚！」

砰！她從背後倒落，以脊髓遭到痛擊為代價，總算停了下來。

無論由誰來看，她都不可能繼續戰鬥——

腳步聲靠近。庫夏娜吐出摻雜著鮮血的氣息，發出呻吟。

「你這傢伙……沒有主動攻進來……是因為在設置陷阱嗎……！」

拎著出鞘黑刀的庫法，已經對跌落在地板上的她不屑一顧。

他就那樣打算通過庫夏娜身旁。

在庫法通過前，拚命擠出所有力氣的庫夏娜緊抓住他的長褲不放。

「等……等一下……」

「…………」

「別殺……他……」

俯視庫夏娜的庫法，看到堆滿淚水的女性眼眸，內心作何感想呢？

最後，他無視庫夏娜的手指，邁出步伐。

庫夏娜的手已經無力地垂落到地板上……

叩叩——他以謹慎的節奏爬上樓梯。

黑刀的刀尖冰冷地劃破空氣。

庫法的表情直到最後都沒有動搖——

他到達寶座之間。

獨自一人的國王在最裡頭等候著他。

就彷彿世界末日的光景一般。

「嗨，我一直在等你喔，庫法小弟。」

塞爾裘爽朗地張開雙手，迎接庫法到來。

庫法依然拎著出鞘的黑刀前進。塞爾裘繼續說道：

「我早知道就憑梅莉達小妹是力不從心的。」

他看似滿足地露出微笑。

「但我推測只要搬出她的名字，你肯定就會出現才對。你可不能小看我喔？我一直

LESSON VI ～愛之淚～

對你很感興趣，因為是朋友嘛。」

庫法在寶座之前，勉強還在攻擊距離外的地方停下腳步後，壓低重心。

他擺出類似拔刀術的下段架式，於是塞爾袞也像在回應他似的站起身來。

「也是，拖拖拉拉的話，騎兵團的人就要來了。」

他拔出愛用的矛。

「如果要被某人殺掉的話，我——」

他沒有將後面的想法化為言語。

不過，塞爾袞透明的聲音是否傳遞到了庫法的耳中呢……

塞爾袞露出微笑。

「……已經可以了吧？」

他噴出黑暗。

影子怪物在他背後膨脹起來，一邊抓著自己的身體，一邊發出尖叫。

塞爾袞揮動矛，擺出架式。黑影甚至纏繞在他的手腳上。

遲早會讓他喪命的詛咒——

「雖然把你找來，但我有一件事很擔心呢。」

塞爾袞搖晃矛尖，毫不鬆懈地隱藏自己的破綻。

「擔心**你會被我**殺掉。就連我也已經無法控制父親了！畢竟他無止盡地吸收了瘴氣，而且不會死亡，如今咒力甚至膨脹到足以威脅夜界樞機卿。」

「用不著擔心。」

庫法總算開口反駁。

與此同時，他本身散發出凍氣。冰呈放射狀擴散開來，爬過地板。

塞爾裘不禁稍微瞠大了眼。

畢竟庫法的頭髮變得雪白，還伸長到肩膀。潛在性的瑪那暴漲起來。會覺得他的容貌似乎變得野性了點，是因為從紅脣裡露出的獠牙吧。

他沒有詢問庫法的真面目。

塞爾裘果然還是接受一切，露出笑容。

「這樣才像你呢。」

隨後，王城炸成碎片。

王城外牆整個吹飛出去，有兩個人影與規模感驚人的瓦礫同時彈了出來。按住頭部的是塞爾裘。他用龍騎士的飛翔力自由自在地一蹬空氣牆壁，才心想他眨眼間飛舞到上空，只見他突然掉頭。

「看招！」

他伸出矛。空氣化為子彈，有好幾顆飛了起來。而且還將周圍的空氣也捲入，變得肥大，到達庫法面前時已經巨大到甚至能吞噬全身。

「————」

庫法在眼前豎起刀，比機械更加精密地往上砍。

不可視的衝擊波斷成兩半，拋下他之後吞噬後方的瓦礫群。並非「橫掃」，而是粉碎地分解成粒子程度。

庫法一蹬唯一安好的踏腳處，跳了起來。

蒼藍火焰爬過刀身。揮動。

單純的動作產生了莫大的效果。看起來只像使勁揮落一閃而已。但庫法也每經過一段距離就讓斬擊分裂，瞬間便填滿塞爾裘的視野。

「唔哦……！」

無法全部擋下！塞爾裘剛作好這樣的覺悟，背後的「影子」便跑上前。影子交叉強壯的手臂，庇護兒子。但不斷颳起的劍風削掉了影子的肩膀、頭部、一隻手。

暴風總算通過。

「影子」張開手臂，塞爾裘早已經將瑪那填充完畢。

「『無畏渴望』！」

「『極致拔刀．戰嵐輝夜』！」

庫法也在瞬間做出反應，從正面回以攻擊技能。

在王城天空綻放的激烈閃光——

應酬完等量的劍擊之後，看起來像是會因為那股衝擊暫且拉開距離。但在距離拉開前，「影子」伸過來的一隻手捕捉住庫法。

他用蠻力試圖勒死庫法。

而且還有塞爾裘將矛尖對準庫法露出的頭部。

他用彷彿爆炸般的氣勢揮出矛。

隨後，「影子」的手掌被劈開。因為庫法竭盡全力抬起了無法自由活動的右手。他勉強接住矛尖，然後加以粉碎。金屬片飛舞起來。

「啊……………」

塞爾裘吐出了氣。

也就是「力量」。庫法趁他變無力的一瞬間破綻爬上怪物的手臂，敲打怪物的頭部。彷彿要回敬對方似的用全力握住，讓混合起來的火焰與凍氣炸裂開來。

爆裂飛散——

業火包住「影子」的頭部，連同尖叫一起吞噬。庫法沒空喘息，瘋狂砍著影子從喉嚨到心臟的部分。隨後，背後響起打擊聲。

是塞爾袞踢開庫法，讓他從怪物身上退開。庫法在半空中飛舞。

「父親……」

在塞爾袞這麼呼喚時，已經跟預料的一樣。

影子逐漸散開——從內側滾出來的無庸置疑地是他的父親，真龍．席克薩爾。原本以為再也不會看見的正常模樣。

他早已經斷氣。

塞爾袞注視著那遺體，之後將遺體推向遠方。遺體被風吹動擺弄，掉落到地上。他甚至不被賦予目送遺體離開的餘韻，這次用「影子」包裹住自己的身體。

他從全身噴出黑色火焰，同時瞪著空中的一點看。

「來吧！」

用不著他說，庫法早已收緊黑刀。位置跟剛才相反，是庫法按住頭部。他讓空氣在背後爆發，靠那股壓力俯衝而下。

他宛如箭一般砍向塞爾袞，兩人順勢垂直降落。兩人一邊在零距離糾纏成一團，同時應酬著劍擊。塞爾袞用矛刺擊，庫法便揮開；庫法用凍氣獠牙攻擊，塞爾袞便使用影子抵銷。蒼藍與漆黑的流星零散地散播著閃光，同時急速接近地表——

一陣轟隆巨響。粉塵膨脹起來。

是王城的陽臺。

面朝上倒地的是塞爾裘——

庫法將黑刀刀尖對準他的喉嚨。暴力般的凍氣收束起來，庫法也恢復成黑髮。人類的理性光芒在他的眼眸中復甦。

塞爾裘笑了。

「好身手。」

庫法的背抽動了一下。

勝負已分……之後只剩取他性命，劃上休止符。

塞爾裘也充分理解到這件事吧，他已經一言不發地闔上眼皮。

庫法反手拿著黑刀，高高舉起。

但他無論如何也無法揮落。

他刺不下去。

彷彿有一道看不見的牆壁。或者手臂像是被看不見的鎖鍊給束縛一般。

塞爾裘察覺到庫法的不對勁，他也睜開眼皮。

——他看見了怎樣的光景呢？

稍微年長的他像在教誨似的勸說著庫法。

「這樣不行喔，庫法小弟。半途而廢是最糟糕的。」

「……唔！」

庫法微微點了點頭。

「動手吧。」

庫法握住黑刀的手指用力。

他不顧一切地高舉黑刀。

黑刀宛如斷頭臺一般被揮落——

在即將揮落前，有兩道光芒從左右兩邊插入。

「不行，老師！」

叮——刀刃響亮地被擋住。

纏住黑刀的是武士的刀與魔騎士的大劍。到了這時，庫法才總算猛然察覺到自己兩旁的體溫。

不知不覺間，梅莉達與繆爾趕來現場，並伸出各自的武器。不知為何，就連繆爾也換上伴娘的白色衣裳。

繆爾用全身的力量阻止黑刀，同時開口說道：

「請快點逃走，哥哥大人！」

「不過……」

「別說了，快走！」

是感到進退兩難，還是敗給她出乎預料的魄力呢？塞爾裘一邊後退一起爬起身，用踉蹌的腳步消失到城裡。

庫法還沒收刀，梅莉達與繆爾也繞到他前進的路線上。

「小姐，請妳讓開。」

「不，老師。我不會讓你殺掉塞爾裘大人。」

庫法用神經質的動作用力咬了咬嘴唇。

「……妳並不曉得。我至今為止奪走了數不清的生命。只不過是在那個墳場最前排立下他的墓碑罷了……」

梅莉達頑固地搖了搖頭。

「你殺過朋友嗎？」

「……朋友什麼的——」

「那麼，他是老師的第一個朋友。失去他真的沒關係嗎？」

LESSON: VI

~愛之淚~

庫法答不出來。他自己也不曉得為何無法回答。

這時宛如救贖一般響起槍聲。

庫法靠習慣成自然的反射運動往後仰。他隨即跳向後方，於是一道閃光飛過較低的位置。他用超人般的視力判斷那是步槍子彈。

他在一瞬間看清子彈飛來的方向。

是比鄰的監視塔。一這麼理解後，庫法立刻飛奔而出。他壓低到極限的刀尖滑過地板，拖出火花。接著又響起第二發、第三發槍聲。

這種來自正面的狙擊不算什麼——

他輕易地砍飛子彈，確認梅莉達她們安全之後，跳了起來。他拿出鋼絲，拋出秤錘。

他一邊在空中滑行，一邊充分地累積慣性，飛舞起來後——

那裡已經是他目的地的監視塔。狙擊手慌忙地抬起槍口，但為時已晚。

庫法在著地的同時用刀背打掉長長的槍身。

「呀嗚！」

被叫做芙莉希亞的狙擊手，因為那股衝擊朝正後方翻滾。

護衛的狼群不在吧——

她已經連抵抗的方法都失去，甚至放棄爬起來。

她用手背覆蓋住雙眼。

「我該做什麼才好？」

以沙啞的聲音發出呻吟。

「我是為了什麼待在這裡的……？」

庫法無法直視她，他背對少女，將黑刀落入刀鞘。

不知是針對誰，喃喃自語。

「可憐的走狗。」

這時，空中響起格外宏亮的爆炸聲。

騎兵團的戰鬥應該已經結束才對。庫法快步繞到監視塔外圍，然後發現了源頭。發現在福爾摩斯河的中央誕生的「太陽」。

發現永動機仍然持續著沒有盡頭的失控——

他又再次咬了咬嘴唇。

「應該先解決哪邊呢……！」

他看向格蘭特洛瓦的慘況，接著將視線拉回塞爾裘逃入的城裡。

金色與黑水晶少女在陽臺上用看似不安的眼神注視著這邊……

LESSON: VI
～愛之淚～

† † †

火勢燒到了王城裡。

不是別人，正是自己與那個白色刺客戰鬥的餘波吧。反倒該說還保留著原型，已經很了不起嗎……塞爾袞按著沾滿血的披風，一邊避開火焰，一邊前進。

不，避開火焰前進有意義嗎？倒不如就這樣跳入火海？

追根究柢，雖然被說了「快逃」，但現在的他根本沒有該前往的地方。

他本已做好喪命的覺悟——

現在卻完全迷失了應該死於何處。

要是能就那樣被刀貫穿就好了……正因為苟延殘喘地活了下來，對於生存的慾望又湧現出來。心臟自然而然地高聲呻吟。雙腳無意識地避開火焰，一步又一步地試圖留下足跡……

「貪得無厭。」

雖然厭惡自己，卻也無法因此下定決心死亡。

之後他到達終點。

對他而言的終點是寶座之間。

弗蘭德爾的最高峰——…………

被火勢燒盡的天鵝絨地毯。已經面目全非地爆裂，崩塌的大理石牆壁……

在寶座之間的中心等候著塞爾袞的，是讓櫻花色秀髮隨風搖曳的天使。

「莎拉夏。」

她的裝扮是怎麼回事呢？只見她身穿伴娘的純白禮服。繆爾出現時他已經領悟到，少女們違背塞爾袞的吩咐，在飛行船作好戰鬥準備後，趕來了這座城堡。

——為了什麼？

莎拉夏手中攜帶著愛用的矛。

這讓塞爾袞突然察覺到了。

「這樣啊。」

這出乎預料的靈感，讓塞爾袞露出微笑。

「預言之子帶來的『白衣戰士』，原來是**妳們**的任務嗎？」

莎拉夏沒有回答，她筆直地注視兄長。

不，她宛如箭一般用視線射穿兄長，以帶有潔癖的語調告知：

「塞爾袞．席克薩爾，請跟我決鬥。」

「哦？」

LESSON VI

～愛之淚～

「賭上席克薩爾家的家督……最後獲勝的人才是真正的當家。」

塞爾袞微微點頭，重新拿出自己已經半毀的矛。

「好啊。」

「那麼——」

莎拉夏不多話，她壓低重心擺出架式。

她將右手纏在矛的握柄上，將左手緩緩伸向這邊。從她指尖散發出來的鬥氣讓塞爾袞再三感到佩服，他「哦」了一聲。

那是有所成長的傑出架式。

而且表情也很棒。

她一蹬地板。

「——吁！」

櫻花色的風伴隨著呼氣飛過身旁。塞爾袞立刻滑向旁邊，同時抬起右手。雙方的矛互相衝撞，莎拉夏讓火花炸裂出來，同時脫離原地。

她隨即散播出衝擊波，並消失無蹤。塞爾袞依靠低吼的風聲，在原地無數次甩動矛。他擋開來自四面八方，盡情襲向這邊的矛擊。

龍騎士的飛翔力並非只限定於往天地間的移動。

而是像這樣即使在地上，也能蹬著空氣牆玩弄敵人，發揮被譽為綜合來說是全位階最快的速度。莎拉夏終於習得了那番精髓。

不知不覺間——

塞爾袞在同一處貫徹防戰，是因為他只剩下那樣的力量了。他的瑪那已經快耗盡。這是為了與庫法怪物般的超火力抗衡，他毫不吝惜地燃燒全身的結果……四肢冒出龜裂，心臟有種被勒緊的感覺。

倘若化為屑鬼，纏繞「影子」的話，說不定還能比較像樣地戰鬥。

但他不想那麼做。

他不想讓莎拉夏看見那醜陋的模樣。

這是他身為兄長最後的尊嚴——

該說是這種堅持的代價嗎？無法澈底揮開的一擊終於劃破他的側腹。

「咕！」

塞爾袞跪倒在地，使勁揮落矛的莎拉夏放慢速度，飛奔而過。

拉開距離之後，她以腳尖為軸心，轉動身體。

她也能一口氣砍掉塞爾袞的頭吧。

但她在這時暫且停止了猛攻。矛的握柄從塞爾袞的指尖掉落。

LESSON: VI ~愛之淚~

那已經算不上武器了。化為鐵棒的愛矛滾落在地板上。
發出尖銳的金屬聲響——
塞爾袞讓巡王爵的衣裳沾滿鮮血，蹲伏在地。
「對妳而言……弒君的十字架太過沉重了……」
莎拉夏無話可回。
她只是抿緊嘴脣，手掌更用力地握緊矛柄。
在刀身緩慢搖擺的火焰，是反映出妹妹困惑的內心本身嗎……
塞爾袞爽朗地呼喚。
「莎拉夏。」
她沒有回答。
她一蹬地毯代替答覆。滲入地毯的血花緩慢地飛舞散落。
她在一瞬間拉近距離，在這短暫的期間，塞爾袞闔上眼皮。
他回顧過往幸福的時光。
孩童時代追逐著偉大父母的背影。當時對輝煌閃耀的未來深信不疑。即使有一半化為異形，不知何故，他仍然能敞開心房的唯一那名青年——
究竟是從何時開始，齒輪錯位了呢？

不過，在他一直被怒濤玩弄的人生當中，也有絕對不會迷失的路標。

他在內心呼喚那個名字。

莎拉夏。

像在細細品味似的宣告。

——我打從心底深愛著妳。

斬擊聲發出低吼，然後飛向後方。

高高飛舞到天花板的———並非國王的人頭。

而是手臂。從塞爾袞的肩膀被砍飛的左手。他不禁睜大了眼。他遲了些對自己能夠睜大眼一事感到驚嘆，同時因為自覺到的劇痛蜷縮起背。

「嗚咕！……嗚！」

在他拚命忍住不發出哀號的期間，他自身的左手掉落在有些距離的地方。

莎拉夏在那隻左手上蓋上布。

她將那隻左手連同布一起抱起，滲出的兄長鮮血甚至也弄髒了她的禮服。

「……就憑你那副身體，已經無法勝任騎士公爵家的當家。」

LESSON: Ⅵ ～愛之淚～

莎拉夏既沒有哭泣，也沒有語帶顫抖。

不，唯獨她抱住兄長手臂的指尖，看起來像是隱約地表現出壓抑住的感情。

儘管如此，她仍堅決地宣告：

「是我贏了。」

聽到她這麼說，塞爾袞也只能露出苦笑。

「是啊。」

看來只能接受了。

自己又迷失了應該死於何處這件事。

——不。

應該接受的是她幫自己保住一命這件事……

† † †

莎拉夏會替革命作個了結——庫法相信這番話，飛奔趕往的地方是再度相見的福爾摩斯河。

已經沒有觀眾逗留在河川的左右兩邊。畢竟在巨大飛空城格蘭特洛瓦的甲板上誕生

的「太陽」，此刻也無止盡地噴出火焰。

火勢跟破壞力比剛才更加強大。

這是當然的。像這樣看著的現在，永動機也重複著永無止盡的湮滅反應，持續讓幾萬年單位的能量失控。放置得越久，後果會變得越不可挽回吧。遲早整個聖王區……不，弗蘭德爾本身都會被吞噬。

雖然比庫法慢了些，但梅莉達也氣喘吁吁地追趕上來。

「老……老師，到底該怎麼做才好呢？」

「我原本以為或許能用我的凍氣封印住……」

但不得不承認──他搖了搖頭。

「……這股熱量已經超越單一生命體能設法處理的範圍。」

既然如此，只能退而求其次，嘗試直接靠近永動機。

庫法用自身的咒力仔細地吹散火焰牆，抱住梅莉達的肩膀。兩人沿著升降階梯飛奔而上。四處被火焰燒燬崩塌，彷彿會不小心踩空一樣。

一進入船裡，膨脹得更厲害的熱風妨礙著呼吸。

庫法仗著沒人看見，毫不吝惜地放出咒力，靠蠻力拓展出通往船頭的道路。為了以防萬一，他環顧四周，確認是否有人被遺留下來時──

呀！梅莉達發出微弱的哀號，停下腳步。

根本用不著詢問理由，因為四周到處躺著狂人狼的焦屍。看來直到燒死之前，他們似乎一直在這裡滅火……有幾個人聚成一群，在野獸的手掌裡緊握著什麼東西，就那樣化為焦炭。

那是十字架嗎？一看之下，有大量十字架散落在火海中。

「……我們走吧，小姐。請忍耐一下。」

庫法無暇替他們的末路祈禱，帶著梅莉達飛奔而出。果然四處都不見還在動的人。只有數不清的屍體被火焰灼燒著。

狂人狼族在這邊全滅了嗎……

與他們的宿願一起。

他們夢想的結晶，在庫法和梅莉達到達的船頭化為狂暴的惡魔。熱浪讓人無法正常地靠近。永動機已經變得幾乎只剩中樞機構。金屬結構融化成爛泥。儘管如此，心臟部位依然無止盡地快速跳動著。

它又吹起了一陣爆風。長椅吹飛出去，庫法保護著梅莉達。

直到沒多久前，這裡還是純淨的婚禮會場……

現在卻變成令人難以置信的慘況。庫法用最大限度的咒力製造出防護牆，同時慢慢

LESSON VI ~愛之淚~

靠近奇蹟似的還保留著原型的祭壇前。

在他腳邊有個東西閃閃發亮。

是新娘之前戴著的訂婚戒指——

庫法回想起昨天發生的事，正好就是在這個地方，被迫聽戈爾德說的事情。為了讓猛烈的輸出穩定下來，永動機需要某樣東西當作控制裝置。

需要「永恆不變的事物」。

原本應該是今天在這個誓言之地完成的那東西——

梅莉達拉了拉庫法的背後。

「老師，有什麼我能辦到的事情嗎？」

「有。」

庫法撿起戒指，然後轉過頭來。

他牢牢抓住梅莉達纖細的肩膀。那出乎意料的握力讓梅莉達驚訝得眨了眨眼。

「小姐，恕我冒昧，但小姐把我當成家庭教師仰慕沒錯吧？」

「咦？是的……」

這點當然是不用說，但梅莉達更加混亂起來，不曉得庫法在講什麼。

庫法一邊讓狂暴的熱風吹亂黑髮，同時感觸良深似的點頭。

「我也一樣。沒有像小姐這麼值得服侍的主人吧。」

「我……我會害羞……」

「即使花上一輩子，肯定也無法遇到。這正是『永遠』！」

「哦。」

「換言之，就是愛！」

「什……什──什麼？」

即使是梅莉達，聲音也不由得變調。

畢竟庫法彷彿想說這下就準備萬全似的，用力攬住梅莉達的腰。一變成這樣的姿勢，梅莉達無論在力量或心情上都已經無法做出反抗。庫法貼向梅莉達下頷的手指往上抬起，他將嘴脣遞向梅莉達。

他逼近到眼前的嘴脣，對梅莉達吹著溫熱的氣息。

「來吧，小姐，這是對我們的考驗。老實說，我也害怕去確認真相……不曉得小姐是否真的認同我是最棒的家庭教師。不曉得我對妳抱持的忠誠心是否貨真價實……！」

「等……等……等……請等一下！這是什麼情況？」

「小姐可以當成課外教學。」

梅莉達拚命地想克制住庫法的肩膀與自己內心的慾望。

LESSON VI ～愛之淚～

「這……這……這裡是婚禮會場喔？在這種地方接吻的話……！」

「小姐。」

「啊嗚——」

庫法的手掌貼到梅莉達的後腦杓上。

看到自己像這樣被關進他細長的眼眸中，梅莉達連身體的核心都要融化了。一看到梅莉達連僅存的抵抗感都粉碎散落，庫法抱住梅莉達的手更加用力，讓彼此的腰緊貼起來。

是非常熱情的姿勢——這就是師徒的羈絆？

他的嘴唇發出的話語，變成完全不同的意思迴盪在梅莉達的腦海中。

「小姐，我發誓會永遠效忠妳……」

「我……我……我對老師也……我喜……喜歡……——」

在全部說出口前，嘴唇被堵住了。那動作實在過於強硬且毫不浪漫，因此梅莉達發出「嗯嗯～～！」的抗議聲，雙手不停亂揮。但庫法豈止沒有放鬆手的力量，甚至也不願意停止吸吮嘴唇。梅莉達完全不曉得這個吻究竟具備怎樣的意義。

但下個瞬間。小小的戒指在庫法的手掌中迸出鮮明的光芒——

LESSON: VI ～愛之淚～

† † †

穿著聖職者裝扮的男人，拖著血跡往前進。

他的模樣十分悽慘。衣服從胸口附近被直線劈開，乾掉的血液大量地染紅下半身。他有時還會從嘴裡咳出血。鮮血就那樣流落到地面上。

是馬德・戈爾德。

毒藥循環到腦部，他甚至沒有理解到自己走在哪裡。他還記得自己從聖王區的隱藏門逃到了地下迷宮畢布利亞哥德。但自己從那裡是怎樣前進，又走了多遠的距離呢……

那之後經過了多久的時間呢？

「那之後是指？」

戈爾德詢問自己被毒侵蝕的大腦。

應該有什麼導致他逃離那裡。非常可怕的什麼！快想起來……對了，那是他總算被託付燈火騎兵團的討伐任務時。他意氣風發地與同伴一同前往的戰場——藍坎斯洛普的陷阱卑鄙地在那裡等他們上鉤。

是會用毒的敵人！那是會灼燒眼球，讓肺部腐爛的可怕攻擊……整支部隊不小心踏入那領域，眨眼間便陷入毀滅狀態。

勉強注意到奇襲而成功逃離戰線的戈爾德，只能看著逐漸斷氣的同伴，什麼也辦不到。他們應該有求助才對……但戈爾德拚命地摀住耳朵，不停替自己只會顫抖而不行動的膝蓋找藉口。

「盧斯塔斯、奧庫塔維亞……馬爾維拉……」

對，記得是叫這樣的名字。他自己都對還記得一事感到驚訝。

原以為早已經遺忘了……——

應該還有一個人才對。身經百戰的勇者——部隊的隊長。她也逃過劇毒攻擊，但無法對身陷絕境的同伴棄之不顧，自己也撲向劇毒裡！何等悲壯的身影……！但藍坎斯洛普發動毫不留情的追擊。從虛空被射出來的矛刺穿她的全身！啊，快住手……

矛雨將同伴一個接一個地殺死。隊長無法接受這個事實，不斷戰鬥。從往上揮起的長杖放出的瑪那。但令人絕望不已的戰鬥。不可能活下來的……！她的尖叫彷彿甚至傳遞到雨雲那邊……

戈爾德背對那光景，一個人逃回了弗蘭德爾。

騎兵團的人們是以怎樣的眼神迎接在泥濘中爬著回來的他呢？

任務的末路。家名的沒落。被降職到邊境。來自周圍的視線——

LESSON VI ～愛之淚～

戈爾德逃離了這一切。

他一直逃，一直逃，在黑暗中不斷逃跑……

從那之後，經過了多久的時間呢？

「停下來，狼男！」

忽然有劍尖凜然地對準戈爾德。

視野從劍尖的前端急遽擴展開來，周圍的景色變得清晰。

這裡是……哪裡？昔日無緣的芳香花園、高高聳立著的校舍。

他看向後方，夢幻的玻璃製宮殿讓他瞇細眼睛。自己的血跡從腳邊一點一點地連接到那座宮殿的正門。

離開畢布利亞哥德後……為何會來到這樣的地方呢？

他用野獸般的鼻子嗅了嗅。

有個讓人懷念的瑪那氣味，混在花香之中……

是從校舍那邊飄過來的。

戈爾德踏出腳步。

「你沒聽到我說停下來嗎！」

劍刺向他背後。

戈爾德並沒有多在意，但披著講師長袍的幾個人圍住自己。看到渾身是血的狼人從地下爬出來，想必會驚訝不已吧。

女學生聚集到校舍的窗戶邊，戰戰兢兢地俯視這邊。

年邁的女性講師勇猛地說道：

「我們不會再害怕什麼狂人狼族了！」

「麻煩讓開。」

戈爾德沒力氣應付她們，試圖通過她們的身旁。

「別讓他跑掉！」

第二把、第三把劍接連地刺向戈爾德的四肢。

戈爾德變得要稍微拖著腳前進，但他還是沒有停下來。

女性講師啞口無言。

「什……」

刺在他全身的那些劍，已經宛如墓碑。

儘管如此，戈爾德還是看也不看一眼。他宛如死人一般前往校舍。

講師面面相覷，只能一邊警戒，一邊追在他後面。

他打算上哪去呢——……

LESSON: VI ～愛之涙～

他似乎有明確的路標。他用不穩定到讓人覺得隨時會倒下的步伐，沿著讓人快昏過去的道路前進，最後找到的是醫務室。

講師不禁繞到他前方。

「不能讓你進去這裡面！」

「夏洛特。」

從戈爾德口中發出的那句話，完全出乎眾人預料。

他的眼眸目不轉睛地凝視著躺在乾淨床舖上的老婦。

「夏洛特……！」

他絞盡所有力氣衝入醫務室。鮮血散落四處，室內的修女發出哀號。但他毫不在乎，跪倒在床舖旁邊。

夏洛特……布拉曼傑學院長的傷勢非常嚴重。

但勉強還活著。她還活著！在戈爾德昔日逃離的戰場，一直以為當然已經過世的隊長，像這樣保住了性命。

即使已經年邁，他也認得出來。

不曉得夢見過幾次……！

「夏洛特。」

他反覆呼喚著，於是布拉曼傑學院長稍微睜開了眼皮。

當她的眼眸看向這邊時，戈爾德想起來了。自己有些害怕承受她意志堅決的眼神。

舌頭的動作瞬間變得令人焦躁起來。

「妳……妳……應該不記得了吧？不記得我……我這個人……」

學院長看來像在發呆。戈爾德著急起來，說話速度變快，難以聽清楚。

「妳……妳……妳……妳是個傑出的騎士，而且交遊廣闊。那之後也已經過了好幾十年，我……我……我又變成這種模樣，以……以前的影子一點也沒——」

「龍佩爾。」

最無法置信的應該正是戈爾德本身吧。

布拉曼傑學院長用微弱的聲音，柔和地對他露出微笑。

「我是在作夢嗎？」

用彷彿真的是夢話一般，似乎很幸福的聲音說道。

「原來你活著……你活下來了……我一直以為以前的同伴已經統統都不在了……」

布拉曼傑學院長用彷彿會倒塌一般的虛弱動作抬起手臂。

戈爾德用雙手握住她的手掌。

野獸般的雙眼溢出淚水。

LESSON VI ～愛之淚～

「我……很想送妳一個禮物。送妳一個沒有爭鬥的世界！我想送妳一個不用再有人死去，妳不用再受傷的和平世界……！」

「…………」

「我……我還蓋了房子喔。是飛天的魔法屋！可以不用去管地上的人類。只要聚集中意的人，把他們變成家人就好了！——啊，可是……」

這時戈爾德蘊含著渾身的後悔，抓了抓頭髮。

「我失敗了！失敗了……失敗了！我什麼也辦不到。我沒辦法替妳做任何事。我又逃了出來，真的是個無藥可救的傢伙。」

「龍佩爾。」

學院長彷彿什麼也沒聽見一般，將手伸向戈爾德的臉頰。

她用指尖擦拭戈爾德的淚水。

「……謝謝你來看我。」

「名字……」

戈爾德用力握住那滿是皺紋的手。

祈願。

「叫我的名字。」

學院長輕輕點了點頭。

「……龍佩爾。」

「對。」

「龍佩爾施迪爾欽。」

「對……」

戈爾德像在細細品味似的點了點頭，流下眼淚，然後笑了。

「沒錯。」

看似驕傲地。

「那就是我的名字。」

他這麼斷言後，一道裂縫在他的嘴邊竄開——

那之後的光景，讓學院的講師不知該如何處置。

布拉曼傑學院長再次像是沉睡一般昏了過去。

還有撕裂狼的毛皮、渾身是血，已經斷氣的男人屍體。

但直到最後，兩人的手掌都依然繫在一起——

LESSON: VI

～愛之淚～

† † †

革命終結了。

菲爾古斯・安傑爾公爵與亞美蒂雅・拉・摩爾女公爵很快就得知這個事實。他們率領燈火騎兵團，一邊驅散阻擋去路的火之眷屬和席克薩爾分家的反抗勢力，一邊進軍。不僅在鎮上四處部署了部隊，還漂亮地奪回王城。

王城不知怎麼回事，早已經嚴重燒燬，只見火海蔓延開來。王城的滅火作業說不定還比與敵人的戰鬥更加難纏。

反抗勢力少得令人驚訝。

而且一個狂人狼族也沒看到，到底是怎麼回事呢？不僅如此，還有突然在福爾摩斯河出現的「太陽」的真面目是？

遲了些回到王城的庫法與「預言之子」梅莉達回答了這些疑問。

據說化為狂暴太陽的永動機，燒光了遺忘原本樣貌的愚者（狼）——

現在不知透過何種手段恢復穩定，已經無力化了。

「話說，莉塔為什麼臉紅成這樣呢？」

「沒……沒什麼……」

雖然繆爾對好友可疑的態度似乎有話想說……

總之這麼一來，聚集在王城入口處的重要人物——菲爾古斯、亞美蒂雅、庫法、梅莉達與繆爾關心的事情就剩下一件。

一名天使將那最後的碎片從樓梯上送了過來。

是莎拉夏．席克薩爾，她用鎖鍊綁住遍體鱗傷的兄長，將他帶來此地。被迫脫掉王爵衣裳的塞爾裘居然少了一隻手。梅莉達與繆爾雖然早已作好某種程度的覺悟，但還是忍不住用手掌摀住嘴。

塞爾裘順從地走下樓梯，然後被迫跪在菲爾古斯與亞美蒂雅面前。

莎拉夏一邊用鎖鍊拴住他，一邊宣告：

「身為當家的我逮捕了席克薩爾家的叛徒。」

菲爾古斯稍微挑起眉毛，另一方面，亞美蒂雅則是一臉感嘆似的搖了搖頭。

年紀比他們小上一輪的莎拉夏，儘管如此仍拚命挺直了背。

「關於對他的制裁，就由我親自負起責任……」

「好吧。」

菲爾古斯用宛如岩石般的表情回答。莎拉夏點頭回應，繞到兄長面前。

儘管如此，罪人依然筆直地仰望眼前的光芒。

LESSON: VI
～愛之淚～

「你──」

莎拉夏的嘴唇在語尾顫抖起來，她吞了一次口水後，重新開口。

梅莉達與繆爾也緊張地吞了吞口水，在旁守護著好友。

「……依弗蘭德爾目前的狀況，失去他這般的戰力並非上策。」

她首先看向後方的公爵等人。接著將視線再度落到眼前的塞爾袞身上。

「此後你面對敵人不被允許『撤退』。縱然對手是比你強大的敵人，即使你失去剩餘的一隻手，變得無法戰鬥也一樣。」

「是……」

「既然你遲早會因為詛咒而死亡，就連最後一片靈魂也成為我的矛吧。即使所有同伴都逃走，只有你依然必須在敵軍之中繼續奮戰。然後在最後被敵人撕裂心臟，充滿孤獨與絕望地曝屍街頭。明白了吧？」

「悉聽尊便。」

塞爾袞對妹妹深深垂下了頭。

莎拉夏悄悄咬了咬嘴唇，避免被發現，然後觀察背後的公爵等人的反應。

「……這樣如何呢？」

「行了──這樣就行了。」

率先這麼回答的是亞美蒂雅。她彷彿想說已經受夠似的嘆了口氣。

「活下去吧，塞爾裘！縱然會承受一片罵聲也一樣。」

「…………」

菲爾古斯緊緊地閉上雙眼。

他用沉默來表示肯定。莎拉夏微微點頭之後，將臉轉回前方。

「還有——…………」

她話剛出口，聲音便中斷了。

塞爾裘一臉疑惑。

——還有？

「還有……」

她聲音的語調變了。

從毅然的席克薩爾當家變成一名少女。

一直忍耐住的感情化為淚水，從她的眼眸中溢出。

「還有……！」

她的膝蓋崩落。

她像要倒下似的緊抓住兄長的胸口。尊貴的淚滴沾溼了染血的衣裳。

LESSON: VI
～愛之淚～

縱然手掌會被染紅，她仍緊緊握住自己砍落的塞爾袞的左手袖子。

「再也不要！瞞著我擅自行動了……哥哥！」

「好……」

被鎖鍊綁住的右手無法自由活動。

儘管如此，塞爾袞仍用臉頰磨蹭著位於肩膀位置的櫻花色秀髮。

「對不起。」

抽泣的聲音毫不害臊地迴盪在周圍。

「對不起，莎拉夏。」

莎拉夏不停大聲哭泣著。梅莉達與繆爾的雙眼也浮現淚水，她們互相伸手抱住彼此。庫法悄悄闔上眼皮，慢慢地理解了一切。

這就是她們推導出來的，拯救塞爾袞性命的方法。

給予他比死亡更難受的懲罰──

他們還有一點時間可以讓莎拉夏大哭一陣。但下個預定差不多要逼近了。察覺到王城外面開始吵鬧起來，菲爾古斯抬起頭。

「該走了。」

亞美蒂雅點頭回應。莎拉夏也擦掉眼淚，儘管還吸著鼻涕，仍點了點頭。

LESSON: VI ~愛之淚~

菲爾古斯率先折返回頭。

「結束這場革命吧。」

當菲爾古斯公爵，也就是騎士團長的身影出現在陽臺時，觀眾安靜了下來。

這裡是王城的中庭。

聖王區的居民蜂擁而至，騎兵團的騎士整齊地排好隊伍。

已經四處不見狼的毛皮——

每個人都屏住呼吸，等候著菲爾古斯的第一句話。

「戰鬥結束了。」

叮——宛如波浪一般響起的聲音，讓觀眾互相對望。

「是我們的勝利！」

哦哦——歡呼聲正要湧現。

但菲爾古斯的演講還沒結束。

「不是其他人，正是由席克薩爾家的當家擊敗了萬惡根源！」

這句話的矛盾讓人們蹙起眉頭。

但看見接著上前到菲爾古斯身旁的人們，不知該說是哀號或歡呼的騷動聲蔓延開來。畢竟被視為萬惡根源的塞爾袞．席克薩爾剩下一隻手且受到拘束，帶著他出現的正是塞爾袞的妹妹。

如果是親近的人就會知道，莎拉夏非常努力地發出充滿威嚴的聲音。

「現在席克薩爾家的當家是我！」

好似波浪般的騷動。莎拉夏像是要設法超越那音量一般，大聲吶喊。

「我自己親手！洗刷了我們一族的汙點！」

這次終於響起歡呼聲。看到聖王區的居民高舉雙手，莎拉夏轉頭看向一旁的菲爾古斯。她一張開嘴脣，觀眾又再次準備側耳傾聽她的聲音。

「菲爾古斯公，原本應該由我繼承巡王爵之位，才是正確的做法吧。不巧的是我還是個不成熟的學生……能否請你就這樣接替王位呢？」

人們再度騷動起來，觀望著頭頂上的情勢發展。

莎拉夏目前十四歲。要讓她扛起剛被革命擾亂的弗蘭德爾，市民也會非常不安吧。但讓安傑爾家接替王位三年，接著換拉．摩爾家再三年，輪過一遍之後，當王冠回到席克薩爾家時，她也已經成年了。

屆時才會誕生吧。

又再次更新歷史紀錄，最年輕的莎拉夏．席克薩爾巡王爵——

LESSON VI ～愛之淚～

「妾身投贊成一票。」

亞美蒂雅女公爵走上前，一邊聚集觀眾的視線，一邊舉起手掌。

「現場有三個評議會的人……過半數了啊？」

「別無他法吧。」

菲爾古斯點頭同意，於是整個中庭「哦哦！」地響起熱烈歡呼。

騎士的隊伍將劍尖高舉向天空。

「菲爾古斯．安傑爾巡王爵，萬歲！」

「替弗蘭德爾的未來獻上祝福！」

騎士響亮的聲音讓居民更加狂熱起來。歡呼聲在整個中庭……不，整個聖王區裡擴散開來。人們的表情充滿希望，聲音無比宏亮。

「莎拉夏．席克薩爾女公爵大人！」

「席克薩爾家唯一的明星！『英雄』莎拉夏小姐！」

「罪大惡極的前當家必遭天譴！」

莎拉夏的脖子嘎吱地發疼。

攝影師從報社蜂擁而至，朝陽臺啟動讓人頭暈目眩的閃光燈。莎拉夏為了更引人注目，將兄長推到欄杆前。

她抓著塞爾袞的脖子，壓制住他。記者更加興高采烈地按下快門。

身為罪人的塞爾袞不發一語。

還有莎拉夏緊咬到嘴唇發白，沒有任何人注意到這些……

除了她的好友之外。

「……如果是我，一定無法忍受。」

梅莉達像是再也看不下去一般，在通往城裡的門扉陰影處將臉別向一旁。繆爾也一樣。畢竟她還跟稱之為哥哥的塞爾袞度過相當長的時光。

「莎拉真堅強呢。」

她一陣鼻酸。

但她在內心決定不能哭出來。

庫法用左右手輕輕抱住少女們的肩膀。

「他還活著真是太好了呢。」

少女們一臉意外地猛然抬頭，仰望青年的臉。

庫法不經意地搖了搖頭。

「我只是忽然這麼覺得而已。」

就在這時，可以看到有一些人從城裡爬樓梯上來。那親密的說話聲，還有神祕的銀髮氣息，讓梅莉達猛然轉過頭去。

她在樓梯平臺上發現親愛的堂姊妹（愛麗絲）身影。幾天沒見了呢！儘管彼此都是讓人感覺到歷經苦戰的模樣，兩人仍張開手臂靠近對方，靜靜地互相擁抱。

庫法看向更後方。只見他的搭檔蘿賽蒂也渾身是傷。不過，陪伴在蘿賽蒂身旁的女性騎士身影實在令人驚訝！葛蕾娜舉起一隻手回應。

庫法與蘿賽蒂一邊取笑彼此嚴重的傷勢，一邊舉起手掌靠近對方。

啪！兩人的手在高處互相擊掌——

「各位。」

菲爾古斯的演說對著所有人繼續進行。

「替弗蘭德爾點亮燈火吧。」

彷彿事先約好的一般，光芒在所有路燈裡復甦了。以王城為中心緩緩地傳播出去，沒多久用光芒填滿整個聖王區。不僅是這樣而已，燈光還沿著列車的軌道往下到第二層的街區，又從那裡前往隔壁，擴展到更下層的城鎮——

不久之後，「提燈中的世界（弗蘭德爾）」恢復成它應有的姿態。

在太陽都市的頂點，身為光輝象徵的國王宣告：

「我們戰勝了夜晚的侵略——」

弗蘭德爾三月第三週第三天。

將人界與夜界捲入的革命，就像這樣在人們熱烈的歡呼聲中落幕了。

莎拉夏．席克薩爾

位階：龍騎士

HP	3672	MP	428		
		防禦力	302	敏捷力	399
攻擊力	357（430）	防禦支援	－		
攻擊支援	0～33%				
思念壓力	29%				

主要技能／能力

飛翔Lv.7／空氣刃Lv.5／空氣殼Lv.5／鼓舞Lv.5／抗咒Lv.4／六號漸強／武竹路西弗爾／空中突襲「飛龍」

【來賓名單：IV　《在月光下起舞的貴族》吸血鬼族】

就連記錄都讓人有所顧忌……這最後一封邀請函恐怕毫無意義吧。

感覺吸血鬼仔細在觀察夜界的勢力爭鬥，還有人界的燈火，同時幻想著更「之後」的未來。

雖然不曉得那是指何處……

但很不可思議地有一種預感。

能親眼確認他們在眺望什麼的日子，一定已經不遠了。

HOMEROOM LATER

——結束後一看，應該可以說這是無比理想的戰果吧。

亞美蒂雅．拉．摩爾在自身的辦公桌前整理著從各方面送來的龐大報告書。這幾個星期還真是四處被搞得一團亂。

話雖如此，但包括身為首領的馬德．戈爾德在內，狂人狼族已經全滅。瑪那能力者培育學校的學生也從「聖母」的詛咒中獲得解脫，目前平安地恢復成天生的心智。

只有聖弗立戴斯威德女子學院的講師遭受到不能忽視的被害……

那個沙漠王族放出的眷屬（伏爾甘），似乎由白夜騎兵團一個不剩地收拾掉了。該說他們一回來就有工作嗎……不過他們隊員一個不少地歸來，實屬萬幸。雖然團長似乎還是被動員出來善後而大發牢騷。

與塞爾裘同夥的兵卒全部分散了。蓋雷歐．尼茲被拘束起來，又是從聖都親衛隊發生的醜聞似乎讓各大報社立刻恢復活力。他們之前還一直在觀察狂人狼的臉色，真是一群見風轉舵的牆頭草……看來得事先跟他們協商一下，請他們目前別寫一些批判騎兵團的報導。

最令人頭痛的原因讓亞美蒂雅不禁按住額頭。

畢竟與夜界的戰鬥還沒有作個了結。倘若得知失去了使者，沙漠王族與暗妖精族會怎麼行動？聽說庫法不知用何種手段籠絡了弗蘭克斯坦族，但他們會成為新的制止者，發揮作用嗎？

假如敵人的侵略會變得猛烈起來，這邊的王牌是——

亞美蒂雅打開一個抽屜，然後關上。

那裡收納著據說會成為永動機「關鍵」的訂婚戒指。

他到底是怎麼拿到這種東西的呢？包括他似乎屢次誘騙愛女（繆爾）的事情在內，看來有必要好好地質問那個殘暴教師一次嗎……

總而言之，巨大飛空城格蘭特洛瓦已經解體，永動機本身轉移到畢布利亞哥德的研究區域「宇宙」。已經沒有任何人能加以干涉了吧。

那麼，說到之後該解決的事情——

亞美蒂雅從手邊的報告書中抬起頭來。

「你真的不需要特赦嗎？」

室內有幾個負責監視的騎士。還有沙發上坐著兩個「罪人」。

坐在右邊的布洛薩姆．普利凱特回應女公爵的呼喚。

「我只是做了身為一個人該做的行動。不是什麼該有回報的事情。」

「你不去見一下『一代侯爵』嗎？」

布洛薩姆搖了搖頭。他的態度像是擺脫了心魔一樣。

「我想以父親的身分去見她，而不是罪人。即使那會是幾十年以後……」

亞美蒂雅像是放棄了一樣，微微點了好幾次頭。

「那你就去吧。前往淨化靈魂之處——」

換個說法就是監獄。兩個監視者默默地動了起來，布洛薩姆站起身。

他們從房門離開，室內變得稍微冷清了點。

亞美蒂雅用較為隨性的語調，對剩餘的一個人說道：

「那麼，關於給你的懲罰……」

「請儘管吩咐，拉．摩爾公。」

是塞爾袞。已經不是公爵的他從上到下都是漆黑的裝扮。

說不定也具備喪服這層意義。

看到那垂落的左邊袖子，亞美蒂雅略微蹙起了眉頭。

「……雖然你的行動實在愚昧到了極點。」

她眉頭深鎖，瞪著虛空。

「但以結果來說，說不定是喚來了大好機會。」

「這話是什麼意思呢？」

「你看這個。」

亞美蒂雅將被捲起來的老舊羊皮紙遞給他。

塞爾袞放到桌上攤開一看，只見那是張航海圖。

「我記得這是……布拉德船長的？」

「飛向夜界吧，塞爾袞。」

塞爾袞回望亞美蒂雅，只見她果然還是點了好幾次頭。

「你能夠不依賴太陽之血在夜界行動的身體，會在潛入搜查時發揮無比強大的功用吧。你去依靠弗蘭克斯坦族，盡可能地多收集一些情報回來。妾身有種不好的預感……妾身感覺到一種不光是弗蘭德爾，甚至把夜界也捲進來的**波濤**。」

只不過——亞美蒂雅斬釘截鐵地豎起食指。

「你必須把『人質』留在弗蘭德爾才行。」

「是說庫夏娜呢。」

「沒錯。」

庫夏娜並沒有被問罪。

目前的她以非常曖昧的立場，掛名在席克薩爾家的末席。塞爾袞用單手靈活地捲起羊皮紙，然後站起身，輕鬆地拍了拍自己的肩膀。

「正合我意。讓我揭露夜界的一切給妳看吧。」

「你大概暫時無法回到弗蘭德爾了吧。跟親近的人打聲招呼再走啊。」

塞爾袞一邊露出苦笑，一邊仰望掛鐘。

「舍妹現在應該在替父親和母親掃墓吧。我帶些花去好了。」

他的態度讓亞美蒂雅略微感到不對勁。

「其他還有什麼留戀嗎？」

「……不，什麼也沒有。」

他一邊說道一邊別過臉去，轉身離開。

他右手拿著捲起的羊皮紙，讓空虛的左邊袖子隨風搖擺，退出了辦公室。

† † †

戰鬥留下深切的傷痕——

在敲響那扇門前，庫法・梵皮爾必須先深深地做個深呼吸。

房間主人喜好的樹莓香味搔癢著鼻腔。

叩叩——自己這麼敲門後，接著便收到入室許可。

庫法只將門打開到足以進入的程度，慎重地踏進房間。

「布拉曼傑學院長……您身體情況如何？」

「相當不錯喔，先生。」

倘若知道她從脖子到睡衣底下都緊密地纏著繃帶，現在也幾乎一整天都在沉睡中度過的話，實在無法覺得她的狀況跟她說的一樣。

她位於校舍的個人房間，已經搬進了醫療所需的各種用品……

現在是請原本一直隨侍在旁的修女破例給予探視的時間。

在聖王區的戰鬥結束，回到懷念的卡帝納爾茲學教區，女僕在等候的宅邸，還有聖弗立戴斯威德女子學院的梅莉達與庫法等人，在這時被迫得知完全出乎預料的事情。

庫法一走近床邊，便在地毯上跪了下來。

「都怪我想得太天真了……！」

「別這樣，這是我太大意了。」

學院長宛如母親一般斥責，讓庫法抬起頭來。

「你在那場革命中漂亮地一直守護安傑爾小姐到最後。你應該受到表揚才對，哪有理由責怪你呢！我很想感謝你喔。」

「學院長……」

「我很高興能夠對你們說『歡迎回來』。這比什麼都重要。」

聽她這麼勸說好幾次之後，庫法才總算站了起來。

不過，還有個正題。庫法不禁有些難以啟齒似的開口說道：

「……其實有一件事想懇求學院長。」

「什麼事？」

「本來我是沒有立場請求這種事的，但我無依無靠……說到能拜託的對象，實在沒其他──」

布拉曼傑學院長緩緩搖了搖頭，打斷庫法的話。

「欠你的恩情我一輩子也還不清。請儘管開口吧。」

「……我正在尋找保證人。」

「保證人？誰的？」

庫法轉頭看向一直微微打開的房門。

「進來吧。」

他一這麼呼喚，便有一名少女戰戰兢兢地鑽過房門。是芙莉希亞。

為了給人留下好印象，她穿著樸素的便服裝扮。接著還有七隻狼毫不躲藏地進入了房間。所有狼都忐忑地讓鼻子左右移動，一副如坐針氈似的樣子。「哎呀哎呀哎呀。」布拉曼傑學院長悠哉地表現出驚訝的樣子。

庫法設法避重就輕地說明。

「她因為革命失去了家人。」

他盡可能地告知事實。

「我因為個人因素，無法忽視她的遭遇……所以正在尋找能夠信賴的人收養她。不知您是否有想到合適的人選呢？」

布拉曼傑學院長看似不便地抬起手臂，招手邀請芙莉希亞到身旁。

芙莉希亞用緊張的表情走近……還有陪伴她的狼群。

布拉曼傑學院長像在詢問幼童似的說道：

「妳的名字是？」

「我……我是龍佩爾施迪爾欽的女兒，名叫芙莉希亞。」

學院長的小眼睛緩緩地微微睜大。

以芙莉希亞的立場來說，她是想要增加自己的信用吧。她結結巴巴，越說越激動。

「聽……聽說家父以前曾經是弗蘭德爾的貴族。」

「……這樣呀。」

布拉曼傑學院長緩慢地點了好幾次頭。

然後用雙手牽起芙莉希亞柔嫩的手掌。

「到我家來吧，**菲絲**。」

「……！」

「來當我的家人吧。」

學院長將視線從無法回答的少女身上轉向她身旁。

看向露出為難表情的狼群。

「如果會當個乖孩子的話，你們也一起來吧？」

嗷嗚——狼群立刻出聲回應，學院長滿是皺紋的臉龐綻放出笑容。

之後芙莉希亞儘管聲音數度哽咽，仍開口說道：

「……好的。」

庫法在有些距離的地方，注視著少女話中帶淚的身影——

† † †

學院長他們想要稍微討論一下今後的事情，因此庫法先一步退出了校舍塔。今天是假日……特別是革命剛結束後的現在，就連以涅爾娃為首的住宿生，也幾乎都返鄉回到家人身邊。

他通過感覺有種特別的氛圍，空無一人的入口處——

一來到圓環，一名少女立刻注意到這邊。是一同來探望學院長的梅莉達。她快步地飛奔靠近，委婉地詢問：

「……學院長的情況還好嗎？」

「雖然不能說完全沒事——」

庫法老實地蹙起眉頭，然後打從心底鬆了口氣。

「但似乎沒有生命危險。」

「太好了……！」

「我們差不多該離開了，小姐。」

庫法一如往常地打算將手貼到梅莉達的背後。

只見梅莉達在中途抓住庫法的手掌，將五指緊緊地纏繞在庫法手上。然後她擺出完全是戀人的態度與庫法並肩，用臉頰磨蹭著庫法的上臂。

「欸嘿嘿嘿嘿……」

她擺了擺牽在一起的手，心情好得不得了。在前來的路上，她也看準沒人看見的時機，一直像這樣樂在其中。「這到底是？」庫法不得不感到疑惑。

「小姐，妳最近心情相當好呢？」

「咦？老師真是的，又在裝傻！」

「哦。」

梅莉達轉過身，輕盈地踏著步伐。

她繞到庫法的正面，挺起單薄的胸膛。

「畢竟我我……我們在婚禮會場接吻了嘛。而且還發誓永……『永遠相愛』什麼的……啊……啊嗚！老……老師已經無法蒙混過去嘍？」

她彷彿將了殘暴教師一軍似的，將食指伸向庫法。

「雖然嘴巴說什麼我還是孩子，但老師果然有意識到我呢！那個戒指讓我弄清了這點。欸嘿嘿，知道的話，就別再逞強，得把我當成獨當一面的淑女來看待才行！上……上……上……上課的時候，可以更熱情地將身體緊貼在一起……！」

「原來如此。」

庫法深深點頭，理解了原因。

然後糾正錯誤。

「的確，或許就跟小姐說的一樣。」

「唔咦！」

「最近的我實在有些奇怪。例如覺得應當還是孩子的小姐很性感，或是不像樣地靠在小姐身上……我自己也一直搞不太清楚原因，但前幾天接吻的時候，我感覺總算能夠理解自己的內心了。」

「這！這這這這這……這該不會是求……求求求求婚……！」

「小姐。」

他抱起梅莉達的腰，攬向自己。

「我非常想要獨占妳的一切。」

他將另一邊的手貼在梅莉達的後頸上，同時讓金髮柔順地滑落到脖子。

「無論是妳的身體或內心……還有這誘人犯罪的嘴脣！」

在指尖最後到達的美之中心，庫法入迷地撫摸桃色光澤。

「真想把妳的一切都染成我的風格——」

「那……那那那個，老師，在這這這種地方，我覺得不行……」

「作為家庭教師，這是很奇怪的感情嗎？」

——還有，作為刺客來說呢？

庫法針對自己的內心這麼提問。對了，那個馬德·戈爾德不是曾經說過嗎？「正因為死亡，愛才會成為永恆」！

將我的全部奉獻給敬愛的妳吧。

然後有一天會奪走性命。無論那是誰先動手，我們都會永遠合而為一。

沒錯，因為這個正是！

暗殺教師（Assassin' s Pride）的純愛。

總而言之——

這絕對不是單純的戀愛關係。庫法很乾脆地收回手腳。

他用爽朗無比的表情對滿臉通紅地呆住的梅莉達露出微笑。

「好啦，小姐。回到宅邸後立刻開始上課吧？」

「唔咦？是……咦……上……上課？」

梅莉達猛然回過神來，無法理解似的亂揮著雙手。

「為……為什麼從剛才的發展會變成要上課？我……我是不是漏聽了什麼……？剛才應該是非常浪漫的氣氛才對吧……」

「小姐？妳在說什麼呢！」

啪！庫法拍響了手。光是這樣，梅莉達就反射性地挺直了背。

庫法一臉得意地豎起手指，同時快步地踏上歸途。

「我們失去了一個月的上課時間，這是非常不得了的損失。請小姐作好心理準備，從今天起的一個月，會有平常兩倍的訓練在等著妳！」

「什麼～～～～！」

「我有很多事情想要教導小姐……哎呀，好久沒這麼躍躍欲試了呢！」

庫法轉動肩膀，快哭出來的梅莉達只能追趕他的背影。

追趕現在還難以跟上的他的步伐——

「真是……真是……真是夠了～～！老師你這魔鬼～～～～～！」

和煦的風吹過校舍。

用像在搔癢般的溫柔，帶走少女哀傷的吶喊。

後記

非常感謝您閱讀到這邊，我是作者天城ケイ。

多虧各位讀者的支持，才能像這樣按照當初所想的總結二年級生篇的事件。由衷地感謝此刻翻閱到這一頁的「您」……真的是多虧有各位讀者的支持。

然後在這本《刺客守則》第九集發售時，我居然也出道滿三週年了，三週年！我回頭翻閱自己的作品好幾次，至今也能鮮明地回想起執筆當時的心情。

怎麼可能會忘記呢。

首次在書店拿起自己寫的作品時的感動。也能回想起在對書皮精緻的質感深感自豪的同時，感受到沉重的壓力。因為看到那燦爛閃耀著的金色書帶……！咦，我獲得「大賞」？真的嗎？（↑還在講這件事）

從今以後我也會一直對自己還有「您」不斷提問吧。

本集您看得還滿意嗎？

如果能在某處有一點，有一些什麼讓您感到中意的話，我將喜出望外。

非常令人感激的是，本系列還會繼續下去。從下個故事開始，梅莉達她們將邁向新學期！也準備了跟至今為止稍微不同風味的展開。一直隱藏到現在的事實，說不定也將真相大白……？

假如您很期待那樣的光景，還請再度蒞臨。

殘暴教師與惹人憐愛的小姐，應當隨時都會面帶笑容迎接您的到來。

那麼，差不多該進入謝詞了。

插畫家ニノモトニノ老師，感謝您在百忙之中替本書描繪總是完美無缺的插圖。負責漫畫版的加藤よし江老師，多虧您充滿能量的原稿，我也獲得了執筆的動力。看到梅莉達與庫法逐漸被灌注靈魂，實在令我期待不已。

衷心感謝 Fantasia 文庫編輯部、《ULTRA JUMP》編輯部，以及所有與文庫、漫畫出版相關的各位相關人士。雖然經過三年，我依然像個笨拙的蝸牛，還請各位不吝協助，感激不盡。

還有當然也誠摯感謝閱讀到這邊的「您」——

這次還有一個消息要告訴各位。

是否已經在書帶等地方告知了呢？應該是吧，大概。聽說《刺客守則》居然要動畫化了，好耶！唔哦！

對動畫感興趣的各位讀者，關於詳細內容，請等後續情報。在下一集的發售時期，應該還有其他消息可以告知各位。下一本終於要邁入第十集這個大關了。梅莉達與庫法這次究竟會展開怎樣的課程呢？

敬請期待。

我也非常期待能繼續編織與他們的時光。

天城ケイ

國家圖書館出版品預行編目資料

刺客守則. 9, 暗殺教師與真陽加冕 / 天城ケイ作 ;
一杞譯. -- 初版. -- 臺北市 : 臺灣角川, 2020.03
面 ; 公分. -- (Kadokawa fantastic novels)
譯自 : アサシンズプライド. 9, 暗殺教師と真陽戴冠
ISBN 978-957-743-623-8(平裝)

861.57 109000710

Kadokawa
Fantastic
Novels

刺客守則 9
暗殺教師與真陽加冕

（原著名：アサシンズプライド 9 暗殺教師と真陽戴冠）

2020年3月25日　初版第1刷發行

作　者：天城ケイ
插　畫：ニノモトニノ
譯　者：一杞

發行人：岩崎剛人
總經理：楊淑媄
資深總監：許嘉鴻
總編輯：蔡佩芬
編　輯：陳書萍
美術設計：胡芳銘
印　務：李明修（主任）、張加恩（主任）、張凱棋

發行所：台灣角川股份有限公司
地　址：105台北市光復北路11巷44號5樓
電　話：（02）2747-2433
傳　真：（02）2747-2558
網　址：http://www.kadokawa.com.tw
劃撥帳戶：台灣角川股份有限公司
劃撥帳號：19487412
法律顧問：有澤法律事務所
製　版：巨茂科技印刷有限公司
ISBN：978-957-743-623-8